대영 제국에서 작가로 살아남기 3

초판 1쇄 발행 2023년 10월 25일

지은이 ㅣ 고스름도치
발행인 ㅣ 최원영
편집장 ㅣ 이호준
편집디자인 ㅣ 한방울
영업 ㅣ 김민원

펴낸곳 ㅣ ㈜디앤씨미디어
등록 ㅣ 2002년 4월 25일 제20-260호
주소 ㅣ 서울시 구로구 디지털로 26길 111 JnK디지털타워 503호
전화 ㅣ 02-333-2513(대표)
팩시밀리 ㅣ 02-333-2514
E-mail ㅣ papy_dnc@dncmedia.co.kr
블로그 ㅣ blog.naver.com/gnpdl7

ISBN 979-11-364-4826-2 04810
ISBN 979-11-364-4732-6 (SET)

※ 저자와 협의하여 인지는 붙이지 않습니다.
※ 이 책은 ㈜디앤씨미디어(파피루스)가 저작권자와의 계약에 따라 발행한 것으로 본사와 저자의 허락 없이는 어떠한 형태나 수단으로도 내용을 이용할 수 없습니다.

대영제국에서 작가로 살아남기

고스름도치 대체역사 장편소설 3

PAPYRUS FANTASY HISTORY OF ALTERNATION

1장. 바스커빌 가문의 개 · 7

2장. 리하르트 슈트라우스 · 23

3장. 퓨처 워커 · 53

4장. 이 프로그램은 보고 계신 스폰서의 제공으로 보내드립니다 · 79

5장. 그리고 아무도 없었다 · 115

6장. 오스카 와일드 · 153

7장. 모던 타임즈 · 181

8장. 꼬마 케빈의 집 지키기 · 205

9장. 불태우는 화염의 우리 · 241

10장. 프랑스 여행 · 277

1장
바스커빌 가문의 개

바스커빌 가문의 개

"퇴근합니다. 다들 좋은 주말 되세요!"
"고생했네, 지미!"
"수고하셨습니다, 제임스 과장님!"
런던의 한 무역회사.
과장 제임스는 최근 몇 달간 그랬던 것처럼 활기차게 퇴근했다. 아니, 오늘은 평소보다 더 발걸음이 가벼웠다.
'오늘이 드디어……!'
월급날…… 이면 물론 그것도 좋겠지만, 이 역시 한 달에 한 번 있는 그에 못지않은 날.
바로 〈스트랜드 매거진〉의 정기 발간일이다.
품위 있는 런던 시민이자 정통 있는 셜로키언, 그리고 최근엔 한슬리언에도 합류한 그는 매달 이날의 지출액이 평소의 두 배 가까이 뛰곤 했다.

아니, 사실상 이 한 달간 절약하는 이유는 오직 이날만을 위해서라 해도 과언이 아니었다.

〈던브링어〉의 첫 발간을 놓치다니…… 어떻게 그럴 수가 있겠는가!

그는 그렇게 생각하며 그와 일부 소설 광팬들이 이용하는 단골 서점으로 들어갔다.

조금 외진 곳에 있지만, 오히려 그래서 〈스트랜드 매거진〉과 같은 경쟁이 지나친 책들을 구하기엔 안성맞춤인 곳이었다.

'정말이지, 저번에도 최고였지!'

설마하니 새로운 라이벌인 형사이자 빛의 전사, 라이트레이(Lightray)가 에드먼드 에어하트의 어린 시절 소꿉친구였다니. 라이프니츠(Gottfried Wilhelm von Leibniz)의 전인(傳人)으로서 런던의 평화를 수호하는 두 전사가 서로의 정체를 모르고 경쟁하는 그 모습은 그야말로 한니발과 스키피오를 보는 듯했다.

그야말로, 셜록 홈스가 죽어 버려 생긴 그의 갈증을 완벽히 메워 줬…… 다.

'정말 그러한가?'

순간 제임스는 그렇게 생각했다.

물론 던브링어는 재밌다.

충분히 그 자체로도 〈스트랜드 매거진〉의 간판이 될

만한 매력을 가진 강력한 작품이었다.

실제로 그렇기에 그도 이렇게 열광하고 있는 것 아닌가.

〈던브링어〉의 에드먼드 에어하트는 그의 가슴을 뛰게 만들었고, 뒷골목을 호기심의 눈으로 보게 만들었다. 그가 최근, 쓸모는 없겠지만 눈스 사가 판매하기 시작한 왼팔 전용 완갑(腕甲)을 산 이유도 그것 때문이다.

하지만 그게 〈셜록 홈스〉와 완전히 같은 맛이냐고 한다면…… 그건 또 아니었다.

신화와 전설, 독특한 세계관을 표방한 가슴 뛰는 전투는 좋았다. 하지만 범인의 행적을 추리하고 서술하면서 냉철한 판단을 하는 홈스나, 무거운 순간 추임새를 넣는 감초 같은 왓슨. 이런 무게감 있는 추리물의 분위기는 없었으니까.

위스키가 아무리 맛있다 해도, 그가 원하는 긴 칼칼한 맥주지 위스키가 아니기 때문이다. 목이 축여지는 것은 사실이지만 그것과는 별개다.

'하아. 어쩔 수 없지. 영국의 자랑 셜록은 이미 죽었는 걸.'

그도 이젠 체념의 단계를 받아들이고 있다. 하지만 동시에 느끼고 있었다. 그는 평생, 이 아릿한 그리움을 안고 살리라고.

그런 아쉬움을 참고, 그는 단골 서점에 들어서려고 했다.

즉, 들어서진 못했다.

그는 멈춰서 눈을 비빈 뒤, 서점 창문에 붙어 있는 한 선전 문구를 다시 한번 확인했다.

―아서 코난 도일 신작 입하!

아서 코난 도일.
제임스가 지금 제일 절실히 찾던 맥주 장인.
좋아할 법도 하건만 그의 반응은 정반대였다.
"젠장, 또 그 쓸데없는 짓거리를 한다니! 다시 회원을 모아 불매 운동을 해야겠군!"
그도 그럴 것이, 가장 최근에 발매됐던 소설이 그 재미라곤 눈곱만큼도 없는 역사 소설이었기 때문이다.
맥주 장인이 맥주를 말지 않고, 와인을 만든답시고 포도 식초나 만들고 있는데 화가 안 날 수 있나.
몇 년 전에 그가 응원하던 스토크 풋볼 클럽이 꼴등으로 강등했을 때도 이토록 화가 나진 않았다.
'아, 화염병 마렵네……'
하지만, 그 밑의 문구는.

―셜록 홈스가 돌아왔다! 신작 장편 〈바스커빌 가문의 개〉 출간!!

"장편……!?"

몸을 움직일 수밖에 없게 만들었다.

아, 이건 못 참지!

제임스는 후다닥 서점 안으로 들어갔다. 그곳에는 이미 다른 단골들이 평소보다 더욱 뜨거운 열기로 책을 보고 있었다.

제임스는 더 이상 그들과 그 자신을 구분하는 것이 무의미했다. 이미 그들과 하나가 되어 있었으므로.

그리고 잠시 후.

그는 마침내 신작, 〈바스커빌 가문의 개〉를 손에 쥔 승리자가 되어 책방을 나섰다.

그리고 집까지 달려갈 시간조차 아깝다는 듯, 가까운 카페로 들어가 이름도 잘 모르는 커피 한 잔을 주문한 뒤 천천히 책을 펼쳤다.

얼마 전에도 곱씹어 봤던, 그것과 비슷한 문체의 글이 거기 있었다.

〈"홈스 씨, 그건 거대한 사냥개의 발자국이었습니다!"

그 말을 듣는 순간, 나는 온몸에 전율을 느꼈다.

자신의 말에 본인도 심하게 동요된 듯, 모티머 박사의 목소리 또한 심하게 떨리고 있었다. 홈스도 흥분하였는지 몸을 앞으로 내밀었다. 그의 두 눈은 날카롭게 빛나고 있었다.

"박사, 박사께서 그 발자국을 보셨다고요?"

"지금 홈스 씨를 보는 것만큼이나요. 확실하게 봤습니다."

"황무지에는 목양견이 많이 있지요?"

"물론입니다. 하지만 홈스 씨, 저도 꽤 세계 여러 곳을 둘러봤지만 그런 개는 없다고 단언할 수 있습니다. 그건, 그것은— 세상에 있어선 안 될 정도로 커다란, 개의 발자국이었습니다."〉

"오, 오오……!"

돌아왔다.

드디어 돌아왔다! 그가 기억하는, 위대한 런던의 수호자. 냉철한 이성의 고문 탐정.

그들의 냉정하지만 친절한 이웃이 마침내 돌아온 것이었다.

물론 배경이 1889년. 셜록 홈스가 라이헨바흐 폭포에서 떨어진 것보다 훨씬 이전으로, 사실상 부활한 것이라기보단 이전의 내용이 발매된 것이지만…… 그게 뭐가 중요하단 말인가.

일단 지금 당장은, 셜록 홈스의 새로운 모험을 읽을 수 있다는 점이 더욱 즐거웠다.

게다가, 이번 작은 특히.

'재밌어……! 이전 작들보다 훨씬!'

아서 코난 도일이 단편보다 장편의 퀄리티가 높은 건 알고 있었다.

하지만 이번 〈바스커빌 가문의 개〉는 더욱 흥미로웠다.

예를 들자면, 이번 작품의 셜록은 전반과 후반에만 등장하고 온갖 미스터리와 맞서며 사건을 파헤치는 중반부의 내용은 사실상 존 왓슨이 도맡고 있었다.

존 왓슨이 헛다리 짚는 것은 어디 가지 않지만, 그가 전직 군인이었다는 점을 잘 살려 적극적으로 싸우는 모습은 꽤나 인상적이었다.

게다가 다른 셜록 홈스 시리즈 장편은 미국, 인도 등 외국을 배경으로 해서 그런지, 사연이 길어 분위기를 깎아 먹었는데…… 이번에는 그런 것이 없었다.

물론, 스케일은 전보다 작은, 순수하게 영국 다트무어를 배경으로 하긴 했으나, 오히려 그렇기에 제임스는 같은 영국인으로서 더욱 잘 몰입할 수 있었다.

그리고 무엇보다…… 클라이맥스에서 그를 사로잡는 것이 있었으니.

그것은 바로.

※ ※ ※

"쉿, 조심해. 온다!!"
홈스가 외쳤다. 나는 무의식적으로 권총을 장전했다.

몰려오는 안개 무리 사이에서 타닥타닥 내달리는 소리가 희미하지만, 끊임없이 들려왔다.

안개는 우리가 숨은 곳에서 채 50야드도 되지 않는 곳까지 몰려와 있었다.

나는 홈스의 얼굴을 보았다. 그의 얼굴은 비록 창백했으나 의기양양했고, 눈은 반짝이고 있었다…… 그것이 나타나기 전까지는.

—컹! 컹컹!! 컹!!

나는 얼어붙은 손으로 권총을 쥐어 벌떡 일어섰다. 안개 속에서 튀어나온 무시무시한 모습에 나도 모르게 총을 쏠 뻔하였다.

그것은 거대한 몸집의 새카만 사냥개였다.

그러나, 주여.

그것은 이승에서 볼 수 있는 사냥개가 아니었다.

이빨을 드러낸 주둥아리에서는 푸른 불길이 뿜어져 나왔고, 눈은 연기를 내뿜으며 붉게 타올랐다. 그 모습은 마치 암사자만큼이나 커다래 보였다.

단언컨대, 저 안개를 뚫고 나타난 저 포악하고 사나운 형체보다 더 사납고 흉악한 짐승은 없을 것이다.

나는 그 짐승이 헨리 경을 뒤쫓는 것을 눈치챘다. 절대로 용납할 수 없었다.

아프가니스탄 이후 잠들어 있던 군인의 정신인지, 아니면 친구로서 헨리 경의 목숨을 지키겠다는 용기의 발로인지. 어쨌든 나는 어느새 리볼버의 방아쇠를 당기고 있었다.
 타아앙!!
 짐승이 소름 끼치게 울부짖었다. 명중한 모양이다. 개가 내 쪽으로 고개를 돌렸을 때, 한쪽 눈은 예의 연기와 함께 피를 줄줄 흘리고 있었다.
 앞으로 나서는 나에게 홈스가, ―그도 그런 소리를 낼 수 있다는 것이 놀라웠지만, 그래. 비명을 지르듯 내 이름을 불러 주었다.
 "왓슨!!"
 "홈스, 레스트레이드와 함께 가게!! 여기는 내게 맡겨!!"
 "하지만!!"
 "어서 가! 스태플턴을 잡아야 하지 않겠나!!"
 잠시 고민하던 홈스가 믿겠다고 속삭이며 달려가는 소리가 내 귀에 닿았다.
 좋아, 나는 숨을 들이마시며 중얼거렸다.
 "나도 개를 기른 적이 있었지. 그래서 알아. 네놈은 그냥 짐승이야."
 나는 개가 내지르는 울부짖음을 '고통'이라고 해석했다. 그것이 내 두려움을 씻겨 주고 있었다. 개가 상처를 입었다면, 주여. 그것은 유령이 아니라 주님의 산물이란 뜻이었다.
 그렇다면 내가 죽일 수도 있다.

나는 침착하게 피를 흘리는 개를 노려보았다.

얼마나 시간이 지났을까. 홈스는 스태플턴을 체포했을까? 메리가 그립다. 헨리 경은 잘 도망쳤을까? 형…… 그런 오만 가지 생각이 내 머리를 아주 잠깐 동안에 스쳐 지나간 순간.

개가 뛰었다.

내가 방아쇠를 당겼다.

"윽!"

반동으로 팔이 당겨진 것이 다행이었다. 그게 아니었다면, 총탄을 피한 저 끔찍한 개가 내 머리를 모자와 함께 넝마로 만들어버렸을 테니까.

한번 몸을 구른 나는 침착하게 개를 다시 한번 노리려 했다. 하지만 저 악마의 산물이 더 빨랐다. 나는 이내 괴물과 몸을 뒹굴었다.

"이, 놈이!!"

나는 손을 휘저어 떨어진 모자를 잡아, 개의 머리를 짓이겨 눌렀다. 운이 좋게도, 그쪽은 개의 하나 남은 눈동자가 있는 자리였다.

끔찍한 울음소리를 낸 개가 물러섰다. 나는 그제야 놈을 역으로 다리로 묶고, 마운트를 잡았다. 군대에서 배운 제식 레슬링이 아직 쓸모가 있었던 모양이다. 그리고, 마지막으로 놈의 뇌수에 한 발을 쏘아 주었다.

총소리가 귀를 때렸고, 마침내 끔찍한 개가 몇 번 발을 휘젓고 영원히 침묵했다.

 어휴. 안도의 한숨을 내쉬는 내게 헨리 바스커빌 경이 다가왔다.

 "왓슨 박사님!! 괜찮으십니까? 맙소사, 그게 대체 뭡니까?"
 "이것이 무엇이든, 안심하십시오. 이제는 죽었습니다."
 "그렇군요. 박사님이 바스커빌 가문의 유령을 완전히 무찌르셨습니다!"

 헨리 경의 반짝이는 눈이 부담스러웠다. 나는 헛웃음을 지으며 개를 살폈다.

 우리 앞에 죽어 있는 짐승은 그 크기만으로도 범상한 혈통의 사냥개가 아님을 알 수 있었다.

 야만적이었고, 비쩍 말랐으며, 비정상적으로 컸다. 마치 늑대와 암사자의 교배종 같았다.

 특히, 이미 죽어 꿈쩍도 안 하는 데도 거대한 주둥이에서는 푸른 불꽃이 일고 있었다. 나는 불쾌감을 참아 내며, 그 주둥이에 손을 대 보았다.

 이내, 내 손에도 그 불꽃이 일기 시작했다.

 "인광성(燐光性) 물질이군요. 교활하게도 빈틈없이 준비했습니다."

 "이럴 수가, 대체 누가 이런 짓을……!"
 "글쎄요. 저로서도 참 의아합니다."

 나는 눈살을 찌푸렸다. 아무리 내가 사람 전문 의사라지만 생물학은 인간과 짐승이 크게 다를 바 없는 살과 뼈의 구조물임을 알려 준다.

이런 생물은 정상이 아니었다.

나는 거대한 짐승의 몸을 살폈다. 검은 털을 벗겨 내자, 옆구리에 작게 어떤 문신 같은 것이 보였다.

맨 앞에는 대문자 M. 그 뒤에는 일련의 숫자가 늘어서 있었다.

대체 이게 무엇일까? 더 알고 싶은 생각은 있었지만, 헨리 경의 몸이 우선이었다. 사실 나 역시, 그다지 정상은 아니었다.

그리고 나는, 나중에 후회할 수밖에 없었다.

이때, 나는 홈스에게 이 M과 일련의 번호에 대해서 제대로 들었어야 했다.

영국 최악의 범죄자이자, 거대한 악의 중심인 그 남자에 대해서.

* * *

"굉장하다……."

어린 소년…… 이라기에도 너무 어린 어린애, 찰리는 눈을 빛내며 어린이집 교사가 읊어 주는 〈바스커빌 가문의 개〉를 들으며 눈을 빛냈다.

곧 6살이 되는 찰리는 책을 좋아했다.

한슬로 진, 아서 코난 도일, 루이스 캐럴. 누구 하나 어린아이에게 충격을 주지 않았다 할 수 없는 이야기의 마술사들이었다.

이 어린이집은 일반적인 시설이 아니었다. 루이스 캐럴과 한슬로 진이 설립한 〈앨리스와 피터 재단〉이 세운 어린이집이었다.

그리고 목적이 '문맹 타파'인 만큼, 당연히 어린이집치고도 꽤 많은 책을 비치해 두고 있었다.

그 덕에 찰리는 술집에서 일하는 가난한 여가수의 둘째 아들치고 풍부한 독서량을 자랑하고 있었고, 무럭무럭 꿈을 키우고 있었다.

"야, 너 또 거기에 나가 보려고?"

"넌 안 될걸. 너무 어리잖아."

"그래도 할 거야."

찰리가 꼭 쥐고 있는 것은 다름 아닌 사보이 극장의 〈피터 페리〉 연극 단역 모집에 대한 공개 포스터.

아무리 적게 잡아도 10살부터 들어갈 수 있는 단역이지만, 혹시 아는가?

6살인 그라도 혹시, 어떻게, 정말 운이 좋아서 어떻게든 들어갈 수 있을지.

불우한 환경의 집시계 소년, 찰리는 포스터를 꽉 쥐며 그렇게 생각했다.

리하르트 슈트라우스

"……하여, 위와 같은 공로로 시민 아서 코난 도일과 진한솔에게 표창을 수여함이라."

어이가 없군.

아서 코난 도일은 고개를 도리 저으며 말했다. 불만스럽다는 눈빛이 참으로 순수한 어린아이 같다.

"그 사건의 최고 공로자가 있다면 내가 아니라 자네일세. 어찌 내가 끼어들었는지 이해를 못 하겠군."

"아니, 애초에 범인들의 혐의를 전부 밝혀낸 건 선생님이시지 않습니까."

나는 쓴웃음을 지으며 말했다.

몇 달 전, 아서 코난 도일은 애쉬필드에서 고작 며칠 만에 〈바스커빌 가문의 개〉를 탈고했고, 곧장 조지 뉴스

사에 보냈다.

그리고 뉴스 사에서는 이를 스트랜드 매거진에서 연재할 것도 없이 바로 단행본으로 만들어서 출판했고…… 예상대로, 대박을 쳤다.

원 역사에서는 장편이라도 잡지로 연재한 다음 단행본으로 냈다고 아는데 말이지…… 이건 역시 '셜록 홈스 뽕'이 완전히 죽지 않은 타이밍이라 그런 걸까? 골든 타임을 놓치지 않았다는 것이다.

'전 세계의 셜록키언들이여 나를 찬양해라! 내가 셜록을 살려냈다, 이 말이야!'

아니, 뭐…… 일찍 죽게 되는 원인도 나였던 거 같지만 그건 일단 묻어 두기로 하자.

아무튼 탈고한 뒤에도 아서 코난 도일은 당분간 애쉬필드에 머물렀다.

덕분에 밀러 씨나 애들이랑도 안면을 트고, 사이좋게 1894년의 크리스마스와 1895년의 새해를 맞이…… 하려고 했는데.

홉킨스 형사가 찾아와서 '스코틀랜드 야드에서 표창장을 수여하려 하니, 런던에 올라와 주시기 바란다'는 얘기를 전한 것이다.

아무튼.

"제가 밝혀낸 건 펀스비가 뭔가를 꾸미고 있다는 것 하나뿐이니까요."

"그게 중요했던 걸세. 덕분에 내가 집사랑 내통한 사람이 누군지에 대한 실마리를 잡지 않았던가."

"실타래를 잘 당긴 사람이 중요하지, 실마리를 제공하기만 한 사람이 중요하겠습니까."

"끙, 겸손하긴. 됐네, 됐어. 일 얘기나 하지."

일이라…… 나는 고개를 끄덕이며 미소를 지었다.

"어떠세요. 역시 다시 홈스를 쓰니 좋으시죠?"

"사람 참. 그래, 자네 덕에 이번 〈바스커빌 가의 개〉는 꽤 잘 팔리고 있네. 내가 생각해도 지금까지 쓴 〈셜록 홈스〉 중 가장 잘 써진 듯해."

"그러고 보니 암사자니 하는 묘사는 뭡니까? 아무리 그래도 그렇게까지 크진 않았던 것 같은데."

아무리 그래도 늑대랑 암사자가 교배해서 낳은 것 같다는 게 말이 되나? 그 둘은 과가 달라서 잡종이 불가능하다고요. 사자랑 호랑이면 모를까.

하지만 아서 코난 도일은 당당했다.

"'암사자만큼이나 크게 보였다'고 하지 않았나? '보였다'. 그 괴물을 직접 때려잡은 자네는 모르겠지만, 나에겐 그렇게 느껴졌다네. 내가 그렇게 생각했다는데 뭘 어쩔 건가?"

아, 예예. 그리고 때려잡은 게 아니라 잠깐 기절시킨…….

아니, 말을 말자. 이미 여러 번 이야기 나눈 거라 말을 해 봤자 입만 아플 거 같다.

아무튼.

"다음은 어쩌실 생각이신가요?"

"음, 계획대로 착착 되는 중이지. 전에 이야기했던 것처럼 복선을 하나하나 깔고 있으니까."

지금도 모리어티를 적수로 하는 두 번째 장편이 떠오른다고 하는 걸 보면, 확실히 아서 코난 도일은 타고난 대중소설 작가다.

그래, 역시 송충이는 풀잎을 먹어야 하고 사자는 고기를 뜯어야지.

괜히 몸에도 안 맞는 거 구우우운이 먹으려고 하면 탈난다.

"그러면 다음에도 영국을 배경으로 하십니까?"

"아니, 이번엔 〈주홍색 연구〉처럼 미국 쪽 소재를 좀 차용해 볼까 하네. 그으, 핑커톤이라고 들어 봤는가? 밀러 씨가 얘기해 주던데 소재로 쓸 만할 것 같더군."

어, 그거 혹시 〈공포의 계곡〉인가?

개인적으로 좋아하는 작품이긴 한데, 핑커톤이 그리 좋은 양반들은 아닐 텐데? 기껏해야 노조 파괴범에, 용역 깡패들 아닌가.

하긴 생각해 보니 실제 탐정들이 대개 그런 케이스긴 했다. 홈스 같은 경우는 진짜 소설에서나 가능한 거고.

"그래서 밀러 씨 연줄로 자료를 좀 수집해 볼 생각일세. 자네는 이제 어떻게 하겠나?"

"아, 전 슬슬 가 볼 데가 있어요."

"흐음. 어디지? 나도 같이 가 볼 수 있나?"

"어…… 오셔도 저는 상관이 없는데, 선생님은 좀 불편하실 수는 있습니다."

"아니, 내가 왜? 나처럼 모범적인 영국 신사가 못 갈 곳이 어디 있나!"

"사보이 극장인데요?"

"아……."

순간 그의 얼굴이 해쓱해졌다.

머릿속에 그가 했던 〈제인 애니와 선행상〉의 추억이 스쳐 지나간 모양이다.

그…… 엄청 망했던 그 오페레타(소형 가극) 말이다.

아서 코난 도일은 모자로 얼굴을 푹 가린 채 조용히 멀어져 갔다.

역시, 흑역사는 흑역사인가 보다.

* * *

"어서 오십시오, 한슬로 진 선생님! 이렇게 처음 뵙습니다."

"반갑습니다. 카르테 씨."

리처드 도일리 카르테, 사보이 극장의 극장주는 소년처럼 천진한 웃음을 짓는 남자였다. 검은 콧수염을 기르고 있어 어딘지 유쾌한 분위기다.

그러고 보니 계약은 벤틀리 씨를 끼고 서면으로만 진행해서, 정작 극장주를 직접 만나는 건 이번이 처음이었다.

카르테는 검은 눈을 빛내며 말했다.

"벤틀리 씨에게 들었습니다. 그, 죠오선에서 오신 분이시라고요."

"예. 혹시……."

"아, 실은 저희도 동양 문화에 관심이 많습니다. 혹시 들으셨는지 모르시겠지만, 저희 극장에서 흥행했던 작품 중에 〈미카도(The Mikado)〉라는 오페라를 한 적이 있지요. 그때는 참 좋았는데……."

카르테는 우수에 찬 눈으로 과거를 보듯 중얼거렸다.

흠, 나는 처음 듣는 오페라지만 반응을 보면 잘 나가긴 했나 보다.

"아무튼, 그래서 이번 작이 잘되면 다음번 작품도 그런 식으로 동양 문화를 배경으로 한 오페라를 해 볼까 합니다."

"오호, 그렇군요."

뭐, 너무 노골적이긴 한데 신경 써 주는 기분이 들어서 나쁘진 않네.

그러고 보니 사보이 오페라는 가벼운 희곡 위주라고 했지, 그러면 상대적으로 소재를 쓰는 데에 좀 거부감이 덜할 것 같긴 하다.

나는 고개를 끄덕이며 말했다.

"뭐, 저도 자세히 아는 것은 아니긴 합니다만, 도움이 필요하시면 얼마든지 자문을 드리겠습니다."

"하하하. 그때 되면 부탁드리겠습니다."

이렇게 대충 아이스브레이킹을 끝내고, 나는 리처드 도일리 카르테가 넘겨준 명단을 쭉 훑어보기 시작했다.

"일단 대부분은 저희 사보이 극단의 전속 배우들을 쓸 생각입니다. 일단 여성 캐릭터가 많은 작품이니, 여배우로는 저희 극단의 간판인 레오노라 브라함, 제시 본드, 시빌 그레이를 우선적으로 캐스팅했으며, 남배우는 던컨 영, 루트랜드 바링턴, 그리고 테너인 더워드 렐리가 피터 역을 맡는 게 어떨까 합니다."

몰라요. 그런 식으로 나열해 줘 봤자 모른다고.

애초에 내가 이 시대 연극배우의 이름을 알면 얼마나 알겠냐?

안 그래도 한국은 연극판도 다 죽어서 기반 지식도 별로 없다. 조금 뒤의 영화라면 몰라도.

그래서 나는 조심스럽게 리처드 도일리 카르테에게 묻는 수밖에 없었다.

"일단…… 실력은 확실한 사람입니까?"

"물론입니다. 가수로서도 배우로서도요. 아, 물론 알코올 중독이 있고 사생활이 좀 지저분하긴 한데…… 연예인이란 종자들이 다들 그렇지 않습니까?"

거, 뭐…… 이 시대에 한정하면 틀린 얘기는 아니긴 하지. 아직 방송 윤리고 뭐고 그런 게 없는 시대니까.

"근데, 피터 역할을 맡기엔 너무 나이 들지 않았습니까? 피터는 고작 10대인데요."

배우 나이를 확인해 보니 아서 코난 도일 선생님보다도 연배가 높다. 이런 양반이 어떻게 피터 역할을 맡아?

그런 얘기를 하자, 리처드 카르테도 난처하다는 듯 고개를 끄덕이며 말했다.

"하지만 작가님, 10대 배우들은 다들 실력이 부족합니다. 테너는 더더욱 그렇고요."

음, 역시 그게 문제긴 하지.

심지어 21세기야 배우의 인식도 좋고, 이런저런 재능을 드러낼 기회가 많다 보니 좋은 아역 배우를 찾을 수 있다지만…… 이 시대는 그렇지 않으니까.

하긴, 현대에서도 40대 배우가 중고등학생을 연기하는 판국인데…….

하지만.

"그건 이해합니다만, 20대라도 좋으니 액면가는 최대한 낮아 보이는 배우를 쓰는 게 좋지 않을까 합니다."

"으음. 그 정도라면……."

아무리 그래도 10대 소년을 수염이 덥수룩한 아저씨가 연기하는 것은 좀…… 그렇잖아?

결국 나로선 기왕이면 최대한 내용에 맞출 수 있는 배

우들을 쓰고 싶은 게 본심이었다.

 설마 이 시대에 천재 아역 한 명 없겠냐고.

 그리고 그런 내 마음이 전해졌는지 곤란해하면서도 그는 고개를 끄덕이며 요구를 들어주었다.

 "일단 최대한 찾아보려 노력하겠습니다. 공개 오디션도 좀 돌려 봐야겠군요."

 "죄송합니다만, 부탁드리겠습니다."

 "하하, 아닙니다. 저희 극장으로써도 이번 기획엔 사활을 걸고 있으니까요."

 무너진 극장을 되살리기 위해서라면 뭐든지 할 수 있다면서, 리처드 도일리 카르테는 눈에 불을 켜고 말했다.

 역시 뜨거운 사람이다.

 하지만 나로서야 나쁠 일은 없지. 방금 처리하는 것도 그렇고, 그게 좋은 공연을 위한 발판이 된다면 더할 나위가 없으니까.

 "뭐, 사실 그렇게까지 힘들진 않습니다. 저희가 작가님의 작품을 연극화하겠단 소문을 내니, 후원금이 꽤 많이 들어왔거든요."

 "호, 후원금이요?"

 "예. 심지어는…… 흐흐, 요크 공작가에서도 왔습니다."

 요크 공작가란 말에 나는 고개를 끄덕일 수밖에 없었다.

공작가, 라는 건 순수하게 돌려 말하는 것에 불과하다.

프린스 오브 웨일스가 영국 왕세자의 대명사인 것처럼, 요크 공작은 영국 왕세손에게 붙는 직함이니까.

그러고 보니 그 왕세손비께서 내 팬이시라지. 전에 결혼식 때의 코스프레 행사 모습은 아직도 기억에 남아 있다.

으음, 진짜로 헌사 단편이라도 하나 써야 할지도 모르겠네.

"그러면 다음은 작곡가인데…… 사실 저희는 작곡가도 공개 모집을 돌렸습니다."

"음, 들었습니다."

나는 고개를 주억거릴 수밖에 없었다.

아닌 게 아니라 각본이 아닌 작곡 쪽은 내가 손댈 수 있는 부분이 아니니까.

사실 보통 이런 일에는 극단 전속 작곡가가 나서겠지만, 사보이 극장의 전속 작곡가는 공동으로 각본을 집필하던 그, 아서 설리반이라는 사람이었다고 한다.

즉, 전속 각본가인 윌리엄 슈윙크 길버트와 함께 탈주했다는 그 사람이다.

그래서 사보이 극장에서는 새 작곡가를 뽑는 겸, 아예 공개 모집을 돌려 버렸다고 한다.

"그래서, 어떻게 되었습니까?"

"아시다시피 오페라 쪽은 유럽 쪽이 더 강세이지 않습

니까? 그래서 하는 김에 프랑스와 독일, 오스트리아 쪽도 좀 돌려 봤습니다."

"그거…… 굉장히 돈이 많이 들었겠군요."

"왕실의 후원을 받았는데 이 정도는 해야지요."

오히려 망할 수 없어졌다는 듯, 리처드 도일리 카르테는 예의 불타는 눈으로 말했다.

하기야, 제아무리 당장 왕은 아니더라도 언젠가 왕이 될지도 모르는 사람이 후원했다는 거다. 꼴사나운 오페레타를 올렸다간, 사업 실패는커녕 아예 영국을 떠야 할지도 모르는 일.

'필사'라는 게 농담이 아니라는 소리다.

나야 어차피 내가 상대하는 것도 아니고, 맘 편히 의견만 내면 되겠지만. 덕분에 퀄리티가 올라간다면야 대환영이지.

"그래서 누가 입후보했는데요? 설마 아무도 안 한 건 아니겠죠?"

"음, 실은 그게……."

방금까지만 해도 눈에 불을 켜던 그 사람답지 않게, 리처드 도일리 카르테는 잠시 딴 곳을 보며 말을 아꼈다.

뭐야, 궁금하게 시리.

내가 빨리 말하라고 그를 재촉하려던 그때였다.

"단장님! 이분이 그분입니까!?"

"리하르트, 벌써 왔나?"

"한슬로 진 작가님께서 오셨다는데 당연히 제가 직접 와야죠!!"

뭐지, 이 찌인한 독일계 억양은?

난 갑자기 문을 박차고 들어온 인물을 잠시 멍한 표정으로 바라보았다.

일단 인상은 꽤나 잘생긴 편이다. 중유럽 쪽 스타일이라 눈썹이 짧은 게 좀 흠이지만, 예전 처칠을 만났을 때와 비슷한 금수저를 만날 때와 비슷한 인상이다. 대충 흔하다면 흔한 얼굴이란 소리.

하지만.

특이한 점이 있다면— 눈.

큰 편은 아니다. 하지만 그 눈동자는 초롱초롱하면서도 거침없는 시선으로 똑바로 나를 바라보고 있었으며, 마치 별이 박혀 있는 듯이 빛났다.

이런 느낌을 받은 건 세 번째다.

〈수학의 기사〉를 집필할 때의 루이스 캐럴, 〈바스커빌 가문의 개〉를 작성할 때의 아서 코난 도일.

즉, 천재적인 재능을 자각한 사람이, 그 재능에 완전히 몸을 던졌을 때 발하는 '초인'적인 그것에 가까웠다.

그리고 그 초인은 성큼성큼 걸어와 내 손을 잡더니 소리치듯 말했다.

"처음 뵙겠습니다, 작가님! 작가님 작품의 곡을 담당하게 된 리하르트 게오르크 슈트라우스(Richard Georg

Strauss)라고 합니다. 잘 부탁드립니다!!"

"후보지. 아직 확정은 아닙니다."

"에이, 너무 그러지 마십쇼! 저 독일로 다시 돌려보낼 겁니까?!"

"……어."

잠깐, 슈트라우스?

* * *

리하르트 슈트라우스.

아버지는 당대 최고의 호른 연주가이자, 스승은 당대 최고의 지휘자.

그야말로 현시대 최고를 자랑하는 독일 음악계에서도 희대의 천재이자 걸작이라고 할 수 있었던 그였으나, 전성기라 할 수 있는 30대 중반 1894년—

최악의 한 해를 보내고 있었다.

〈슈트라우스의 도전적인 작품 '군트람', 최악의 도전!〉

〈오페라계의 충격, '군트람'의 노골적인 음란성과 선정성〉

〈이건 최악의 실패작이다…… 공연 난제〉

"빌어먹을 새끼들."

예술이라곤 아무것도 모르는 놈들 같으니라고.

리하르트는 읽던 신문을 구기며 중얼거렸다.

물론 그도 알고 있었다. 대차게 망해 버린 그의 오페라, '군트람'은 그의 지나친 욕심이 빚어낸 참극이라는 것을.

지나치게 어려운 악보, 지나치게 정밀한 화음, 지나치게 복잡한 기교.

이른바 음악 금수저의 폐해였다.

눈높이가 지나치게 높아, 작곡할 때도 터무니없는 기교를 연주자들에게 요구하게 된 것이다.

그 결과는 자명했다. 하나 그는 그러고도 아직 정신을 차리지 못했다.

'그 정도도 못 하면…… 음악을 왜 하지?'

연주자들이 들었으면 들고 있는 악기로 대가리를 깨 버릴 오만한 생각이었다.

그렇게 현실과 자기애 사이에서 결론을 내리지 못하던 그의 목에 아름답고 새하얀 상아색의 팔이 휘감겼다.

"당신, 아직도 고민 중이야?"

"응? 오, 파울리네! 내 사랑!"

리하르트는 벌떡 일어나 사랑하는 신부를 벌떡 들어 올렸다.

신혼부부다운 달달한 키스를 나누고, 둘은 깨소금이 떨어지는 듯한 눈빛을 나누었다.

그리고 파울리네는 그의 사랑하는 신랑의 눈빛에 있는 근심을 찾을 수 있었다.

그녀는 나직한 눈빛으로 그를 바라보며 물었다.

"아직도 저 신문을 보고 있었어?"

"응? 아하하. 그야 뭐, 나도 세간과의 소통은…… 해야지?"

"지지리 궁상을 떨면서 소통은……."

크흠, 큼.

리하르트는 헛기침하며 눈길을 피했다.

파울리네 데 아나.

그녀는 리하르트의 망작, '군트람'으로 얻은 최고의 업적이라 생각할 만큼 좋은 아내였다.

단지, 군인 아버지를 둔 탓인지 좀…… 직관적이라 가끔 그의 섬세한 마음을 흔들긴 했지만 말이다.

파울리네는 그런 그의 마음을 다 안다는 듯이 신랑의 얼굴을 잡아 고정시킨 뒤, 눈을 맞추며 말했다.

"남자가 이미 끝난 일로 이러쿵저러쿵하는 게 아니야. 자, 전에 말했던 다음 곡은 어떻게 된 거야?"

"아, 그게……."

"그게?"

"큼, 큼흠. 이번에 뮌헨에서 '군트람'을 상영한다고 해서 그 리허설을……."

"핑계는. 어차피 가 봤자 뻔할 텐데."

크흑. 리하르트는 거침없는 신부의 팩트 폭력에 눈물을 삼켜야 했다.

분명 사랑스럽기 그지없는 아내였으나…… 이럴 때는 울컥울컥 올라오기도 한다.

좀 좋게 말해 줄 수도 있는 거 아닌가? 자기가 주역을 맡았던 오페라기도 한데.

심지어 조금 더 과장돼서 말하자면…… 둘을 이어준 사랑의 증거와도 같은 작품 아닌가.

자존심에 금이 갈 거 같던 그때, 파울리네가 나직이 말했다.

"그래서 말인데…… 자기, 오페레타는 어떻게 생각해?"

"오페레타?"

리하르트는 의아하다는 듯 파울리네를 보았다.

오페레타는 뮤지컬과 오페라의 중간 단계에 있는 장르.

나름 붐이었던 적도 있지만, 지금은 많이 가라앉은 장르기도 했다. 이유 중 하나로는 도움이라곤 하나도 되지 않는 옆의 바게트국에서 그 유쾌한 내용을 경박하고 천박하게 바꿨기 때문이겠지.

이제는 기껏해야 문화의 변방인 영국과 그 식민지인 미국에서나 향유하는 장르.

그런데 갑자기 그런 이야기는 왜 꺼낸단 말인가?

그는 자신의 반려가 이유 없는 소리는 하지 않는다는 것을 잘 알고 있었다.

역시나, 파울리네는 품에서 한 광고지를 꺼내 보이며

말했다.

"자, 안 그래도 요즘 여기저기서 들려오던 소문 때문에 작곡하기 힘들었잖아? 그래서 환경을 바꿔 보면 어떨까 싶어서."

"음, 어디 보자…… 사보이 극장?"

광고지에 보인 것은 다름 아닌, 런던에서 사보이 극장의 작곡가를 모집한다는 광고였다.

평소의 리하르트 슈트라우스, 독일 음악계가 자랑하는 샛별이었다면 이런 촌 동네의 극장에서 모집하는 작곡 광고 따위 거들떠보지도 않았을 것이다.

하지만 파울리네가 이 광고를 그에게 보여 준 이유는 따로 있었다.

"〈페터 페리〉를, 사보이 극장에서 오페레타로 만든다고!?"

리하르트는 벌떡 일어섰다.

〈피터 페리〉, 독일식으로 읽어서 〈페터 페리〉.

위대한 게르만 민족주의자이자 신화학자, 그리고 음악가인 바그너가 죽은 뒤, 독일 문화계는 큰 슬픔에 빠져 있었다.

―바그너는 죽었다. 게르만의 문화도 같이 죽었다.

―대체 우리는 바그너를 언제까지 잃어야 하는가? 토르의 쇠망치 소리를 들려줄 음악은 다시 나타날 수 없는 것인가!

―꼭 오페라가 아니라도 좋다. 희곡이 아니라도 좋다. 〈젊은 베르테르의 슬픔〉과 같은 소설 양식이라도 좋으니, 독일 문화를 고취시킬 수 있는 작품을 원한다!

그리고 그것은, 바그네리안인 리하르트도 마찬가지였다. 아니, 오히려 늦은 '입덕'이 제일 슬프다고 했던가?

그는 바그너를 싫어하던 아버지 탓에 생전 부정해 왔으나, 정작 그가 죽은 이후에나 그 아름다움에 눈을 뜬 것이다.

기존의 정체된 음악에서 타파하여 다양한 모습을 보이고자 하는 이념은 왠지 모르게 그의 가슴을 울렸다.

그리고 그중 제일 와닿았던 것은 다름 아닌 표제음악(標題音樂)이었다.

―음악은 단순히 듣기만 좋은 소리가 아니다. 문화의 총체로서 모든 것을 녹여내고, 영혼에 울림을 줘야 하는 것이다!

본디 독일의 지성인으로서 문학을 사랑하고, 문화에 대한 자긍심이 있었기에, 영감을 얻는 것은 어렵지 않았다.

〈페터 페리〉도 그 일환이었다.

기독교 문화, 그리스 문화, 그리고 게르만의 문화까지 고루 녹였으면서도 절묘한 균형감을 유지하는 작품.

마치 베오울프가 그렌델에게 맞섰듯이 혹은 지크프리트가 파프니르를 토벌하듯, 어둠의 요정과 싸우는 페터의 모습은 니체가 말했던 '위버맨쉬(Übermensch)'와 비슷한 경향이 있다.

그래서 그런지 많은 독일인은 이 '문화적 후진국'에서 온 소설에 깊게 빠져들었다.

어떤 의미로는 본국이라 할 수 있는 영국보다 더욱.

심지어 영국에서는 지나치게 운율을 무시한다는 이유로 배척하는 이들도 꽤 되었지만, 이는 독일어로 번역하면서 해결됐다.

번역가들이 독일 문학에서 선호하던 문장으로 훌륭히 바꿔 놨으니까.

리하르트 슈트라우스 역시 마찬가지로 이 작품에 깊은 영감을 받았다.

안 그래도 최근 여러 전설에 심취해 있던 그에겐 이만한 작품이 없던 것이다.

그리고, 그런 만큼 충격도 클 수밖에 없었다.

"이, 이 작품을 감히 섬나라 원숭이(Inselaffe)들이?"

사실 영국 작품이니 당연한 일이었지만, 그에게 그런 원초적인 건 중요하지 않았다.

음악의 불모지나 다름없는 영국. 그런 데에서 이런 위대한 대서사시를 만든다고?

Nein. 절대로 있을 수 없는 일이다.

그건 저 미개한 해적들이 흔히 그러듯, 뛰어난 식재료에 흙탕물을 뿌려 망치는 일일 뿐.

언젠가 〈페터 페리〉와 같은 낭만이 넘치는 이야기를

만들어 보고 싶던 그의 입장에서는 더더욱 그러했다.

그런 남편의 얼굴을 보던 파울리네는 빙긋 웃어 보였다.

"어때, 아직도 작곡할 게 안 떠올라?"

"아니, 고마워. 당신 덕분에 눈이 떴어. 지금 이렇게 시간을 낭비할 때가 아니었어!"

리하르트는 눈에서 불을 뿜었다.

그것은 별빛이기도 했으며, 파울리네가 리하르트에게 진심으로 반하게 만든 열정의 빛이기도 했다.

* * *

"……그래서 여기까지 오신 거라고요?"

"예, 그렇습니다!!"

거참, 행동력이 굉장히 불도저시네.

나는 어이가 없어서 잠시 슈트라우스를 보았다.

그나저나 이 사람이 이렇게까지 열렬한 내 팬이었을 줄이야…….

슈트라우스라면 그거잖아? 2001 스페이스 오디세이의 오프닝을 만든 사람.

CF나 뭔가가 벌떡 서는 장면을 합성한 영상에서 자주 들렸기에 대충 알곤 있다.

그런데, 그런 걸 만든 사람의 음악이 과연 내 작품과는 잘 어울릴까?

"그렇게까지 제 작품을 좋아해 주시다니 영광입니다."

"아니요, 오히려 이쪽이 영광이지요. 작가님의 정체는 솔직히 예상외였습니다만…… 신기하군요. 아니, 오히려 그렇기에 더욱 '초인'이라 할 수 있겠지요."

"초인이라뇨. 과찬이 심하십니다."

"아니요, 저도 별의별 말을 들었기에 잘 압니다. 하지만 저희를 죽이지 못하는 고통은 저희를 더욱 강하게 만들 뿐이지요."

"어, 음…… 예."

최근 몬터의 행보를 봤기 때문인가? 난 그를 기이한 눈빛으로 쳐다봤다. 새벽 2시에나 나올 법한 말을 술도 안 먹고 술술 내뱉는 게 대단하긴 하네.

"아무튼! 이제 제가 왔으니 걱정하지 마십시오! 저라면 〈페터 페리〉에 가장 어울리는 곡을 만들 수 있으니까요."

"아, 안 그래도 그래서 말인데……."

자신감이 과다해 보이는 그를 향해 나는 내가 생각하는 바를 솔직히 말했다.

"그렇게까지 말하는 걸 보면 뭔가 비전이 있으신 거 같은데, 혹 이미 준비 중인 게 있으신가요?"

"물론이죠!"

"아니, 벌써 준비가 되었다고요?"

너무 당연한 것을 물어본다는 듯이 답한 그의 모습에

놀란 것은 뜻밖에도 내가 아닌 옆에 있던 이 극단의 주인, 카르테 씨였다.

"네, 전 페터 페리를 수도 없이 읽으며 그때마다 필요한 풍경을 그려 왔지요. 어디, 한번 들어 보시겠습니까?"

"네, 좋지요."

"감사합니다! 그렇다면……."

슈트라우스는 자신만만하게 말하며 주변을 둘러보았다. 그러더니 카르테 씨의 단장실 안에 있던 피아노로 다가가, 탄주를 시작했다.

그리고.

'와아…….'

나는 숨 쉬는 것조차 잠시 잊어버렸다.

피아노의 건반 위에 올려진 손가락은 마치 발레리노의 다리처럼 우아하고 아름답게, 그러면서도 굶주린 표범이 내달리는 것처럼 빠르게 움직였다.

손끝에서 흘러나온 폭발적인 음향에, 나는 내가 런던의 극장 사무실에 있는 건지, 아니면 태고의 숨결을 간직한 숲속에 있는 건지 잠시 헷갈릴 정도.

확실히 슈트라우스는 괜히 21세기까지 이름이 남은 천재 작곡가가 아니었다.

물 흐르듯 쏟아지는 음률은 그 변환도, 중의도 자유로웠다.

때로는 간드러지게, 그리고 때로는 익살스럽게. 때로

는 호기심으로, 때로는 모험심으로 내 마음을 채웠다.

'이건……!'

피터가 처음으로 요정의 숲에 들어서는 장면. 이루릴과 윙키를 만나며 당혹스러워하지만, 동시에 그 아름다움과 신비함에 환희하고, 또 경탄하는 장면이 눈앞에 그려지고 있었다.

클래식에 대해서는 잘 모르는 나라고 해도…… 그저 감탄만 나온다.

"후우! 어떻습니까!"

"굉장하군요. 슈트라우스 씨."

괜히 자신감이 넘치는 게 아니었군. 난 그렇게 감탄을 연발했다.

하지만.

"으음, 역시…… 작가님, 이래서는 좀 곤란합니다."

"뭔가 문제라도 있습니까?"

그것을 막은 것은 바로 옆에서 함께 듣고 있던 리처드 도일리 카르테였다.

카르테의 반박에 슈트라우스는 발끈하는 표정으로 답하였다. 마치 네가 음악에 대해서 뭘 아느냐는 듯한 표정.

"아니, 음악은 좋네. 훌륭해. 정말 좋은데…… 이거, 너무 어렵지 않은가?"

"아……."

나야 그냥 듣는 입장이다 보니 별생각 없었는데, 경영자로서는 다른 게 보인 모양이다. 하긴 모르는 내가 들어도 엄청난 기교의 곡이긴 했다.

게다가 그게 끝이 아니었다.

"그리고 묻겠네만…… 혹시, 관현악단의 구성은 어떻게 생각하고 있는가."

"음, 현악기는 하프를 빼더라도 최소 90은 돼야 하지 않겠습니까? 〈니벨룽의 반지〉에서처럼 8대의 호른으로 두터운 성부를 만들어 준다면 지금과는 비교도 안 될 정도로 좋겠지요."

슈트라우스가 뭐라고 말하긴 했지만, 솔직히 나한텐 그냥 외계어처럼 들리는 영역이었다.

하지만 카르테는 다 알아들은 듯 고개를 끄덕이며 한숨을 쉬었다.

"그래, 그럴 줄 알았지. 자네 스승만큼 관현악단을 잘 조율하던 사람이 없었으니."

문제는.

"우리 극단의 규모가 아무리 크다 해도, 그 정도의 대규모 인원은 무리일세. 게다가, 저 정도 곡을 연주할 수 있는 연주자를 구하라는 건…… 솔직히 무리에 가깝네."

"하지만, 그렇다고 완성도를 낮추는 일은 있을 수 없습니다!"

"그렇게 말해도 현실적으로 무리인 것은 어쩔 수 없어.

자네도 최근 그걸 느끼지 않았나! '군트람'의 이야기는 나도 들었다네."

"으음! 하지만……."

흠. 뭔가 있었나? 난 그 모습을 보며 머리를 긁적였다.

잘은 모르지만, 확실히 슈트라우스의 음악은 문외한인 내 마음조차 사로잡을 정도로 대단했다. 이대로 내치기엔 아쉽다 여길 만큼.

하지만 현실적인 것을 무시할 수도 없다.

그사이에도 두 사람의 논쟁은 더욱 심화되어만 갔다. 이대로면 감정적으로까지 번질 게 뻔히 보일 정도다.

뭔가 방법이 없을까?

"일단 두 분 모두 진정하시고요."

"하아, 하아…… 실례했군요. 좀 감정적으로 변한 거 같습니다."

"아니요, 그럴 수도 있지요. 그게 창작자라는 직업이지 않습니까."

게다가 슈트라우스는 마치 그림으로 그린 듯한 장인 타입의 예술가니까. 타협한다는 것 자체가 용납이 안 될 것이다.

물론 그렇다고 현실적으로 불가능한 것은 어쩔 수 없다.

그러니 필요한 것이 바로 조율(arbitration)이겠지.

난 둘 사이에 껴서 말을 꺼냈다.

"일단, 이게 오늘 당장 결정해야 하는 일은 아니잖습니까."

"으음……."

"그건…… 그렇죠."

"그러니 우선 알아보도록 하지요. 카르테 씨?"

"네, 작가님."

"연주자 쪽은 필요하다면 제가 추가로 투자해 볼 테니, 최대한 알아봐 주실 수 있으신가요?"

"으음, 알겠습니다."

물론 탑 클래스의 연주자는 단순히 돈으로만 움직이지 않는다. 하지만 그렇다고 넋 놓고 있을 수만은 없지.

혹시 아나? 거절할 수 없을 정도의 황금이 있다면 신념이 꺾일지도?

그리고.

"이쪽은 그렇게 진행해 보고…… 그럼 일단 슈트라우스 씨도 그사이 한번 다른 방도를 생각해 보시는 게 어떨까요?"

"다른 방도라……."

"뭐, 제가 음악에는 별 조예가 없어서 모르긴 하지만. 늘릴 수 없으면 대체지요. 바그너도 '사람의 목소리는 하나의 악기다'라고 했잖아요? 그런 만큼 배우의 연기를 이용하거나, 혹은 이런저런 악기 편성을 바꿔 보든지 해서요."

"으음, 과연……."

나로선 대충 가볍게 한 말이었다. 하지만 그는 그렇지 않은지 잠시 중얼거리기 시작했다.

"확실히, 바그너는 필요에 의해서라면 직접 악기를 만들기도 했지요. 그런데 저는 단순히 그의 편성을 따라 했을 뿐, 본질까진 고민하지 않았군요. 아아, 어째서 이렇게 쉬운 것을 생각하지 못했는지. 진작 알았다면 '군트람'도 더 좋은 방법이 있었을 텐데……."

그리고 과장되게 머리를 쳐들더니, 이윽고 번뜩이는 눈동자로 이쪽을 응시하며 내 손을 붙잡았다.

"감사합니다, 작가님. 덕분에 눈이 뜨인 듯합니다! 다음 만날 때는 반드시 지금처럼 반쪽짜리가 아닌, 저만의 〈페터 페리〉를 보여 드리도록 하겠습니다!"

"아, 네…… 감사합니다?"

그러더니 카르테 씨를 한번 강한 눈빛으로 쏘아보곤 밖으로 나가는 그. 정말 폭풍 같은 사나이였다.

그나저나 어, 뭐랄까…… 저래도 되나? 아무리 내가 원작자라지만, 직접 고용주는 카르테 씨 쪽인데?

아무튼.

"그럼 악곡에 대해서는 어떻게든 된 거 같으니 다른 것도 확인해 볼까요?"

퓨처 워커

 보류긴 하나, 제일 시끄러운 이슈인 작곡가 문제가 어떻게든 해결되었다.
 하지만 우리가 상의할 일은 그 외에도 무수히 많았다.
 각색 담당자, 무대 관리, 단역 오디션, 그 외 기타 등등.
 물론 방금 있던 일에 비하면 무척이나 수월하게 지나갔다.
 역시 투자가 많아지다 보니 디테일한 부분까지 잘 살아났고, 이는 충분히 만족할 만했다.
 예를 들면 의상도 새로 제작에 들어간데다, 모조긴 해도 새로 단조된 무기의 소품도 구경했다.
 모든 것이 순항 중이다.

"그럼 다음 오는 것은 대강의 악곡이 완성된 이후겠군요."

"넵, 단역 오디션 때도 잘 부탁드리겠습니다."

그렇게 둘은 악수를 나누며 헤어졌다. 그리고 그런 그를 바라보는 리처드 도일리 카르테의 뒤로.

"놀랐네요, 귀도 안 뾰족하고. 아시아인이란 건 좀 놀랐지만."

아들 겸 조수, 루퍼트 도일리 카르테가 나른한 표정으로 너스레를 떨며 말했다. 리처드는 그런 아들을 슬쩍 쏘아보며 말했다.

"넌 아직도 그놈의 음모론질이냐?"

"아니, 그치만 그럴 수밖에 없잖아요? 그런 작품을 쓴 작가가 설마 아시아인이라니."

물론 아시아인이긴 하나, 루퍼트가 알고 있던 다른 아시아인과는 확연히 달랐다.

키도 크고, 피부도 상대적으로 새하얗다.

항구에서 일하는 칭키에 비하면 뭔가 신비한 느낌이 들 정도다. 저런 게 오리엔탈리즘인가 싶기도 하고.

루퍼트는 여전히 그자가 사라진 방향을 향해 흥미로운 눈빛을 보내고 있었다.

그렇게 말했건만 아직도 쓸데없는 데만 신경을 쓰다니.

대체 언제야 극단 운영에 박차를 가할 것인지…… 리처

드는 그저 혀를 차며 고개를 저을 뿐이었다. 하지만 나름 기꺼운 부분도 있었다.

평상시라면 또래 배우들과 시시덕거리거나, 아니면 구석에서 짱박혀 있을 아들이, 어쨌든 이 시간부터 일하러 나온 것은 사실이다.

'그래, 이런 식으로라도 나오면 어디냐.'

평상시 의욕이 없이 녹아 흐르던 모습에 비하면 훨씬 나아 보였다.

이대로 작가님이 종종 들려 주시고, 그때마다 아들놈도 이렇게 나와 준다면야 더할 나위 없겠지.

'그를 위해서라도 무조건 성공시켜야만 한다!'

〈피터 페리〉는 그 내용이 깊고 긴 작품이다. 이번에도 그 내용의 극히 일부만을 다룰 뿐, 남은 내용은 한참 남았다.

잘만 하면 아들을 계속해서 나오게 만들 수 있다는 소리였다.

게다가 그것을 제외해도 이번 연극이 성공하는 것은 의미가 크다.

한슬로 진의 작품은 〈피터 페리〉만 있는 게 아니다. 〈빈센트 빌리어스〉나 〈턴브링어〉도 엄청난 인기작.

잘만 계약해서 이 작품을 모두 우리 쪽에서 낸다면? 최소 수십 년간은 걱정이 사라지게 된다.

그의 그런 생각은 작가인 한슬로 진을 직접 확인하고

더욱 공고해졌다.

'터무니없는 사람이야.'

스스로는 계속해서 자신을 낮추며 겸손해했지만…… 아니, 그렇지 않았다.

함께 이런저런 것을 확인하면서 보인 모습은 지극히 섬세하고 꼼꼼했다.

심지어 그건 그저 자기 작품이 이런 느낌이기에 해 달라는, 무조건 밀어붙이는 터무니없는 요구가 아니었다.

어디까지나 현장을 존중하고, 그 범위를 확실히 알고 있음에서 나오는 타협이었다.

음악에 관해 이야기 나눌 때가 대표적이다. 가볍게 흥얼거리는 식으로 말하긴 했지만, 그가 말하는 것은 명백히 바그너가 확립한 라이트 모티프(Leitmotiv)를 따르고 있었다.

최신 음악에 박학하지 않으면 결코 알 수 없는 내용이었다.

물론, 당사자는 그저 흔하디흔한 테마곡과 OST에 대한 느낌을 말했을 뿐이고, 현대의 그런 음악 대부분이 바그너를 뿌리로 두고 있었기 때문에 생긴 오해였으나, 카르테가 그것까지 알 수는 없었다.

'아들놈의 헛소리가 영 거짓말은 아닐지도 모르겠어.'

이 업계에서 오래 일하며 수많은 인재를 봐 온 도일리 카르테는 잘 알고 있다.

천재라는 생물을.

그들의 생태는 둘 중 하나다. 지나친 이상 속에서 현실과 절충하지 못해 익사하거나, 아니면 현실을 깨부수면서 자기 자신을 밀어붙이거나.

그런데 한슬로 진은 그 어느 쪽에도 해당하지 않았다.

현실을 천착하면서도 이상을 추구하며, 그 이상을 현실화시키고 있다.

마치 그 이상이 현실이 된 미래에서 살고 오기라도 한 듯.

'에이, 설마.'

그런 게 말이나 되나.

카르테는 고개를 저었다.

아무튼 당장 해야 할 것은 하나였다. 무슨 일이 있어도 그가 만족할 만한 작품을 만들어 내는 것이다!

그는 또다시 굼벵이 모드에 들어간 아들의 뒤통수를 후려갈기며 소리쳤다.

"할 일이 태산인데 아직도 여기서 뭉그적거리고 있냐! 가서 홍보부 애들이랑 오디션 광고 하나라도 더 하고 와!"

"아, 아파요, 아버지!"

어쨌든, 한슬로 진의 보우 아래 사보이 극장은 오늘도 순항 중이었다.

* * *

다음 날. 벤틀리 출판사.

"슈트라우스라…… 괜찮을까요? 독일에선 크게 실패했다고 들었습니다만."

아니, 대체 얼마나 실패했으면 평가가 이 모양이야?

나는 벤틀리의 말에 고개를 갸웃할 수밖에 없었다.

그런 명곡을 남긴 사람이 어마어마한 실패를 했다고? 혹시 내가 아는 슈트라우스와는 다른 사람인가?

잠시 고민하던 나는 고개를 저었다.

"그 피아노 실력을 봤을 때, 그는 진짜입니다. 아마 큰 힘이 될 거예요."

"뭐, 그렇다면 저도 할 말은 없습니다만……."

"그런데 독일에서 제 책이 그렇게 잘 팔리고 있나요?"

슈트라우스씩이나 되는 양반이 런던까지 찾아올 정도면 어지간히 팔리는 건 아닌 것 같은데.

그렇게 생각하는 나에게 벤틀리는 고개를 끄덕이며 말했다.

"독일 뿐만이 아닙니다. 덴마크, 오스트리아, 프랑스, 오라녜(남아공), 최근에는 인도에도 판매처를 확대하고 있습니다."

"허어, 벌써요?"

아니, 예전 판매 루트 다시 연계하느라 고생했다면서, 그런데 벌써 이렇게 해외 출판 루트를 뚫어?

내가 감탄하고 있자, 벤틀리는 멋쩍어 웃더니 내 눈치를 살살 보며 말했다.

"헤, 헤헤. 그러니 작가님, 부디 저희를 버리지 마시고……."

"에이, 별걱정을 다. 설마 제가 벤틀리 씨를 버리기라도 하겠습니까."

그러니까 〈턴브링어〉 때문에 걱정하고 계시다 이거구먼.

하긴 슬슬 〈피터 페리〉 시리즈도 6권째. 7~8권에서 대단원의 막을 내리고 나면 다음 작품을 생각해야 한다.

뭐, 〈스트랜드 매거진〉도 좋긴 한데 거기는 아무래도 자기 색이 좀 강한 편인지라…… 아무래도 그런 쪽의 작품만 연재하게 되겠지.

하지만 그런 내 생각은 아는지 모르는지, 벤틀리 씨는 여전히 혼자 전전긍긍하고 있었다.

그런 모습을 보며 난 쓰게 웃었다.

"어휴, 다음 작품도 〈위클리 템플〉에서 연재할 테니 걱정 마세요."

"감사합니다! 작가님!"

"그건 그렇고, 학습 도서 시리즈 쪽은 어떻게 됐나요?"

"아, 넵! 루이스 캐럴 작가님이 〈아서 왕과 수학의 기사〉 2편을 보내 주셨습니다. 확인해 보시겠습니까?"

"당연하죠."

나는 벤틀리 씨가 보여 주는 원고를 보며 히죽 웃었다.

역시 루이스 캐럴이야. 벌써 감을 잡곤 곧잘 이야기가 진행하고 있었다.

특유의 시적 운율은 여전히 유지하면서도, 작품의 내용을 꽉꽉 담아 넣는 걸 보니 이젠 큰 신경을 안 써도 좋을 정도.

"좋네요. 이건 바로 작업해서 원고를 넘겨 드리겠습니다."

"네. 아, 그리고 보니 마크 트웨인 작가님의 전보가 도착했습니다. 지난번 말씀하신 그 '닉'이라는 과학자의 설득에 성공했으니, 바로 물리와 화학 분야의 학습 도서를 집필할 예정이라 하시더군요."

"오……."

큰 문제가 없을 거라곤 했지만 세상일이 꼭 그렇지는 않으니까.

나름 조마조마하고 있는 와중 찾아온 낭보에 절로 기분이 좋아졌다.

"내용은 전에 말했던 것처럼 톰 소여의 모험 같은 동네의 천방지축 아이들이 여러 과학적 법칙을 이용해서 어른이 없는 마을에 쳐들어오는 악당들을 막는 내용이라고 합니다."

대충 가늠해 보면 나 홀로 집에의 소설 버전이라는 애

기였다.

역시 마크 트웨인이다. 사유지에 침입하는 호래자식에겐 샷건도 합법이라는 미국 문화를 생각하면 미국인의 감성에도 딱 맞는 내용이었으니까.

대충 봐도 광고 문구가 떠오른다.

'당신의 아이들이 혼자서도 집을 지킬 수 있게 만들어 주는 책!', '과학적이고 안전한 집 지키기!' 정도면 되겠지.

그러고 보면 마크 트웨인도 전에 이야기할 때, 이 아이디어를 들으며 마치 소년처럼 웃으면서 좋아했었다. 자기도 어렸을 적 통나무집 근처에 그런 함정들을 지었노라며 말이다.

역시 그는 자전적인 부분이 섞여야 더 리얼하게 쓰는 작가인 만큼, 딱 어울리는 소재기도 했다.

그럼 이걸로 학습 소설 쪽은 나름 그 틀이 갖춰진 건가?

"전에 작가님께서 말씀하신 것처럼 레이블화를 진행하면 되겠네요."

"네네, 그쪽은 그럼 맡기겠습니다. 마지막으로…… 이쪽은 이번에 쓴 피터 페리의 원고입니다. 확인해 주시겠어요?"

"어휴, 물론이죠. 금방 읽어 보겠습니다."

모든 게 순조롭다. 더할 나위가 없을 정도로.

그렇게 긴장을 푼 채 이야기를 정리하려는 순간.

"아, 그리고 이건 작가님께 온 팬레터입니다. 제가 원고를 확인하는 사이 좀 보시겠습니까?"

"물론이죠."

팬레터라…… 솔직히 아직도 좀 신기하긴 했다.

내가 작가로 활동하던 웹소설 시대에는 팬레터라는 것 자체가 과거의 산물이 되어 있었으니까.

만약 받는다고 해도 메일로 5,700자에 해당하는 불유쾌한 글이 오는 경우가 더 많았고 말이다.

그런 만큼 언제나 팬레터를 열어 보는 것은 가슴이 두근거리는 일이다.

난 제일 위에 있는 작은 편지부터 열어 보았다.

부우욱―!

페이퍼 나이프로 깔끔하게 열린 편지 속에는 어린애들이 조막만 한 손으로 올망졸망하게 쓰인 글씨가 보였다.

그 내용이 무척이나 순수한 게, 내가 아니라 '피터 페리'에게 보내는 내용이다. 아래쪽에 귀여운 피터와 윙키의 그림까지 그려 넣은, 보기만 해도 가슴이 따뜻해지는 편지였다.

난 계속해서 편지를 개봉했다.

당연하지만 〈피터 페리〉만 있는 건 아니었다. 〈빈센트 빌리어스〉도 있고, 〈수학의 기사〉 관련도 있었다.

'귀족한테 갑질 당했었는데 이걸 보니 속이 시원하다'라든지, '이걸 보고 우리 애들이 수학을 공부하기 시작했어요!'라든지.

보낸 사람 중엔 간혹 '앨리스와 피터' 재단의 어린이집 애들이 보낸 것도 있었다.

그래, 이 맛에 자선하는 거지.

그렇게 하나하나 열어 가던 와중.

"흠, 이건……."

글로벌하게 팔리고 있다는 얘기가 사실인지, 해외 우표와 통관 통과 도장이 덕지덕지 붙어 있는 편지도 하나 있었다.

음, 이건 어디서 온 거지? 보낸 사람이…… 어우, 이걸 어떻게 알아보라고. 너무 흘려 쓰여 있어 도저히 이름을 읽기 어렵다.

일단 내용이나 보자.

나는 그렇게 생각하며 편지에 쓰인 글자를 찬찬히 읽기 시작했다.

그리고.

"……뭐야, 이거."

난 나도 모르게 고개를 좌우로 돌리며 주변을 살펴봤다. 그럴 수밖에 없었다.

그도 그럴 게 그 편지 안엔…… 지금 편집장이 확인하고 있는.

현재 플롯만 잡아 둔 〈피터 페리〉 최종장, 〈피터 페리와 찬란한 빛(Peter Perry and Radiant Ray)〉.

그 내용이 고스란히, 쓰여 있었기 때문이다.

* * *

〈피터 페리와 찬란한 빛〉.

〈피터 페리〉 시리즈의 제7권이며, 마침내 요정숲을 공격하는 어둠 요정의 군주 중 최후이자 최강의 요정왕인 요마왕과 마주하게 되는 권이다..

그리고 밝혀진 요마왕의 정체는 다름 아닌 아카데미아의 설립자였던 오베론이자, 요정향에 닿은 최초의 인간. 바로 죽은 아서 왕의 망념(妄念)이 모여 만들어진 존재인 레버넌트(Revenant).

그는 요정의 숲 전체를 대상으로 한 마법진을 발동하여 다른 요정들을 와일드 헌트(Wild Hunt)로 만들어, 브리튼 섬을 정복하려는 야망을 이루는 내용이었다.

그래서 이를 4대 요정왕들의 힘을 모아 다시 되살려낸 엑스칼리버로 토벌해 낸다는, 연출에 신경 써서 만든 원고였으나…….

문제는 지금 그 내용이 고스란히 팬레터에 쓰여 있다는 사실이었다.

정확히는 팬레터의 내용으로 스포일러(Spoiler)를 당한 상황이라는 것이지만.

─안녕하세요, 작가님. 저는 블룸폰테인에 사는 존이라고 합니다. (중략) ……그래서 이렇게 될 거라 생각하는데 어떠신가요?

"끄으응."

하아…… 이게 장기 연재의 폐해지.

나는 한숨을 푹 쉬며 고개를 저었다.

사실 이런 경우는 잦다. 21세기 한국에 있을 때도 많았으니까.

연재가 길어지고, 내용이 쌓이면 그만큼 풀어놓은 보자기를 접어야 한다. 그리고 그 펼쳐진 보자기로 감쌀 수 있는 내용은 한정되어있기에, 유추하는 독자들도 많아지게 된다.

애초에 '안정적인 아는 맛'이 추구되는 웹소설의 특성상 향후 전개를 예상한 사람들이 없을 수 없지.

아니, 솔직히 하늘 아래 새로운 게 없는데 나랑 같은 발상을 떠올리는 게 과연 불가능할까? 얼마든지 가능하다.

"너무 걱정하지 마시죠, 작가님. 애초에 원고에 문제는 없었으니 도난이나 그런 건 아닐 테고…… 내용도 제가 볼 때 큰 문제는 없었습니다. 이야기는 재미있었으니까요. 그냥 우연히 겹친 걸 겁니다."

"네, 저도 그 부분은 크게 신경 쓰지 않습니다. 오히려 기쁘기도 한걸요."

내용을 맞히는 것까진 큰 상관이 없다. 아니, 오히려 내가 유도한 대로 잘 따라와 줬다는 방증이기도 하니까 어떤 의미로는 기껍기도 하다.

어떻게 보면 웹소설이 없는 이 시대에서 내 소설을 보면서 내가 어떻게 쓰는지, 그리고 어떻게 진행할지를 고민하고 이해하면서 이렇게까지 따라와 줬다는 소리기도 하니까.

과장해서 말하자면 나라는 존재가 이 세상에 새겨지는 듯한 느낌을 받을 정도다.

……하지만 문제는.

"문제는 접니다."

"예? 무슨 말씀이십니까. 작가님은 충분히 잘해 주시고 계십니다!"

벤틀리 씨가 눈을 똥그랗게 뜨고는 이쪽을 쳐다본다. 그야말로 무슨 말을 하는지 모르겠다는 듯한 표정.

하지만 나는 다시 한번 크게 한숨을 쉬며, 찬찬히 설명하였다.

"정확히는…… 요즘 스스로 느꼈던 매너리즘(mannerism) 때문이지요."

요컨대 찔렸다는 거다.

연재가 장기화가 되다 보니까 나오는, 용두사미의 저주다.

특히나 〈피터 페리〉는 태생부터 그 전개와 진행이 단

순했다. 애초에 장편 연재할 생각이 없었으니 당연하지.

그러다 보니 내 나름대로, 원래 계획도 없던 적 보스급을 7명으로 늘리고, 새 에피소드를 짜내고, 그러다 보니…… 자연스럽게 내용이 단순해진 것이다.

게다가 난 지금 작품을 셋이나 진행하고 있잖아?

물론 장르가 다르니 에피소드 재료가 완전히 겹치진 않는다. 하지만 결국 〈피터 페리〉에 대한 집중도가 떨어진 것은 어쩔 수 없는 사실. 씁쓸하긴 하지만 이렇게 된 것은 어찌 보면 필연이라 볼 수도 있겠지.

사실, 평소였다면 나도 이렇게 크게 신경 쓰진 않았을 거다.

원래 매일같이 수백 편을 쓰면서 모든 화가 재미있을 수는 없다. 그건 인간인 이상 당연한 일. 그래서 농담 삼아 나온 말 중 '마지막 화를 조지는 것이 명작의 조건'이라지 않은가.

하지만 지금은 최종장의 전반부에 속하는 7권. 어떻게 보면 제일 중요한 분기기도 하다.

후반부인 8권에서 죽이 되든 밥이 되든 터트리려면, 여기서 최대한 긴장감을 고조시켜 둬야 한다.

게다가 미디어믹스, 그러니까 연극도 상연해야 하지 않은가.

"어찌 보면 마침 좋은 자극이었다고 생각됩니다."

이번 팬레터는 그런 의미로 나에게 큰 충격을 주었다.

초심을 느끼게 해 주었달까?

난 천천히 내 양팔을 걷기 시작했다. 그리고 달력을 바라봤다.

어디 보자, 발간 일자가······.

"어, 그래서······ 작가님. 혹시 지금 무슨 생각을 하시는 건가요? 어······ 설마 저 편지 때문에 처음부터 다시 쓰시려는 건 아니시죠?"

"물론, 전개를 바꿀 생각은 없습니다."

당연하다. 지금은 작품의 초중반도 아니고 후반을 바라보는 시국.

여기서 어설프게 전개를 바꾼다고 이야기는 좋아지지 않는다. 오히려 어설퍼지지.

"그러니 어느 정도, 변주만 살짝 줄 생각입니다. 뭐, 원래부터 준비했던 떡밥들이 몇 개 있기도 하고요. 언제 쓸진 몰랐지만······."

그게 오늘이 될 줄 몰랐네요.

나는 그렇게 말하며 일어서서 출판사 내부를 쓱 한번 훑었다.

"예?"

"벤틀리 씨. 혹시 남는 사무실 하나 없습니까?"

"아, 예. 사무실이야 많습니다."

"잘됐네요. 안내 좀 해 주시죠."

나는 벤틀리 씨를 앞세워 빈 사무실 하나를 통째로 점

거했다.

그러고는 빈 원고와 타자기를 주문하는 내게, 벤틀리는 당황해하며 말했다.

"작가님, 설마…… 지금?"

"예."

커피나 좀 넣어 주시죠.

나는 그렇게 말한 뒤 외투를 벗었다.

하, 셀프 통조림이라…… 예전에 대학생 때 런칭 전날 스누피 빨면서 며칠 밤샌 이후로 오랜만이긴 하네.

"그러면……."

나는 빠르게 타자기를 두드리기 시작했다.

쓸 건 많다. 시간이 여유롭진 않다. 환경도 열악하다.

하지만 마감 직전의 작가가 그런 것까지 신경 쓸 수 없다.

열돔이 형성되든 장마가 오든 태풍이 오든, 몸만 멀쩡하다면 연재해야 하는 게 작가니까.

다행히 뭘 써야 할지는 이미 알고 있었다.

단지 그것은 이 19세기에 이걸 쓰는 게 맞을까? 라는 생각이 안 들 수가 없는 전개라 배제했던 거였다.

하지만 나 자신이 매너리즘에 빠져 있었다는 걸 안 이상, 내가 이런 판단을 하는 것 자체가 오만했다는 생각이 든다.

그러니.

"까짓것 한번 해 보죠."

그저 생각난 것을 쓸 뿐이다.

* * *

피터의 동공이 흔들렸다.

"……어째서."

"어째서라, 어째서."

리스가 머리를 배배 꼬았다. 아니, 피터는 더 이상 '저것'을—

검게 물든 머리카락과 차가운 말투로 말하는 나방과 같은 요정을.

리스라고 부를 수 있을지 알 수 없었다.

그를 엑스칼리버로 인도했던 옛 친구.

소심하지만, 중요할 때는 용기를 내어주었던 요정학교의 청량제.

항상 붉게 달아오른 얼굴로 책 너머에서 이쪽을 보고 있던 그 부끄럼쟁이가…….

사실은 어둠의 내통자이자, 이루릴과 윙키를 공격하고…… 심지어는 엑스칼리버를 부러트린 범인이었다고?

그러자 리스. 아니, 요마왕 오베론은 비틀어진 웃음을 지으며 말했다.

"그야…… 재밌으니까."

"뭐……라고?!"

"널 속이고, 순진해 빠진 요정들을 뒤통수치고, 비웃는 건…… 정말, 너무, 어마어마하게 재밌었단 말이야."

그것은 피터가 알지 못하는…… 단 한 번도 보지 못한 웃음이었다.

"그래, 바로 그거야! 그 표정이 정말 최고라고!!"

"리스……!"

"둔하네! 정말 둔해!! 즐거웠어! 너와의 우정 놀이! 저기, 저기. 기분이 어때? 지금까지 절친했다고 생각했던 친구가! 사실은 최악의 적이란 걸 안 기분이?"

"리스!!"

"그런 이름은 인제 그만 잊어 줬으면 좋겠는데."

리스가 손짓했다.

그 손짓을 따라, 곳곳에서 솟아난 검은 나방들이 파닥파닥 날개를 퍼덕인다.

그리고 그때마다 잿빛 가루를 휘날리며 리스의 몸을 감쌌다.

닿기만 해도 모든 것을 썩게 만들어 버리는 부패의 기운.

그것은 서서히 리스의 몸을 키워, 마치 모든 것을 갉아먹는 거대한 애벌레가 되었다.

그리고 그것을 하반신으로 삼은 그 무언가는, 마치 실루엣만이 존재하는 악마와도 같은 모습으로 화했다.

―나는 오베론. 오베론 아르토리우스. 위대한 아서왕의 망념을 갉아먹고 피어난 구더기의 요마왕.

"너!!"

―재밌는 구경시켜 줘서 고마웠어, 피터!!

벌레가 뭔가를 씹는 듯한 매스꺼운 목소리로, 리스였을 적의 말투를 흉내 낸 오베론이 말했다.

―그럼, 죽어 줘!!

"크으으윽!!"

순간, 사방에서 검은 나방들이 쇄도했다.

덮쳐 오는 죽음의 위기 속에서, 피터는 칼을 쥐었다.

하지만 부서지고, 썩어 버린 엑스칼리버는 더 이상 의지할 수 없었다.

마력은 바닥났고, 친구들은 올 수 없으며, 빛의 힘은 이미 새하얗게 사라진 상태였으니.

'하지만, 그래도.'

그래도, 무언가……!

그렇게 생각한 순간이었다.

―하여간, 그 무릎이 언젠가 네놈의 발목을 잡을 것이라 했거늘.

"윽……!?"

무언가가 피터의 몸을 당겼다. 그리고 그 자리에 자주색 불길이 치솟았다.

―키이이!!

—키이익!!

타닥타닥하는 소리와 함께 벌레 타는 냄새가 확 코를 찔렀다.

그 지독한 냄새와 뜨거운 열기가 피터를 덮쳤으나, 그런데도 그는 시선을 돌릴 수밖에 없었다.

"이 불길은······!"

그리고 저 검신(劍身)은!?

타오르는 보랏빛 장막의 뒤.

익숙한, 그러나 절대 익숙해질 수가 없는 남자가 잊을 수 없는 새카만 칼을 쥐고 있었다.

한때, 피터의 첫 번째 적이었던 자.

"오랜만이군. 피터. 그리고 오베론."

"너, 넌?!"

—지옥왕····· 살아 있었나?!

"덕분에."

지옥왕 알비스.

과거, 피터가 쓰러트렸던 타락한 난쟁이 왕이, 지금은 오히려 피터를 지키듯 오베론을 향해 자신의 마검을 겨누고 있었다.

"오베론, 묻겠다."

—·····하. 건방지게.

"그 옛날, 광산에서 여(余)를 지옥불에 떠민 놈이 네놈이냐."

피터의 눈이 휘둥그레졌다. 설마 리스가 그런 짓까지 했던 것인가? 알비스는 이를 뿌득 갈며 이어 물었다.

"그리고 그 옛날, 아바마마를 사주해 과인의 백성들이 여를 토벌하도록 사주한 놈도 네놈이냐."

―하하, 그리운 업적을 떠올리게 해 주는구나.

"얼마 전…… 인간 세계로 표류했던 내게 자객을 보낸 놈이 있었다."

―아아, 그렇지.

"그 역시…… 네놈이냐."

오베론이 박장대소했다. 그러더니 마치 정중한 집사와 같은 몸짓으로, 고개를 숙이며 말했다.

―메인 디쉬에 어울리는 디저트였다. 지옥왕 알비스. 덕분에 재밌게 즐겼어.

"그렇다면……!"

순간 알비스가 몸을 크게 부풀렸다.

그의 전신을 보랏빛 불꽃이 감쌌다. 그의 몸이 한번 불태워졌다가 다시 재생된다.

그 뒤에는 난쟁이라고 볼 수 없이 성장해 버린 몸과 큰 뿔, 그리고 불꽃의 날개가 공기를 달구었다.

알비스는 검게 비늘이 돋은 팔뚝으로 오베론을 가리키며 피터에게 말했다.

"약한 척하지 말고 일어나라. 피터 페리."

"쳇…… 어쩔 수 없지!!"

피터는 이를 악물었다.

잠시 쉰 덕분인지 체력은 돌아왔다.

몸은 너덜너덜했지만, 팔다리는 멀쩡했다.

칼이 부러졌지만…… 휘두를 수는 있다. 그거면 충분했다.

"이번 한 번만!"

"임시동맹이다!"

4장
제공으로 보내드립니다
이 프로그램은 보고 계신 스폰서의

이 프로그램은 보고 계신 스폰서의 제공으로 보내드립니다

 런던으로부터 멀리 떨어져 있는 작은 은행의 지점장, 아서는 그날 집으로 온 소포를 들고 울적하게 대문을 열었다.
 그곳에는 이미 그의 아내, 메이블이 짐을 다 싸 놓은 채 자신을 기다리고 있었다.
 "여보, 왔어요?"
 "아, 부인…… 결국 가는구려."
 "이 사람도 참."
 메이블은 울먹이는 남편을 보며 어이없다는 표정을 지었다.
 "아니, 지금 누구 이혼해요? 그냥 먼저 귀국해서 친정 좀 가 있는 것뿐인데 왜 울어?"

"그렇지만, 오. 여보. 난 당신이랑 우리 애들하고 떨어지기 싫은걸."

"그럼 수속을 빨리 끝냈어야지."

메이블은 어쩔 수 없다는 듯 피식 웃으면서 남편 아서를 꼭 껴안아 주었다. 대체 나이가 몇인데 이렇게 철없이 구는지 몰라.

그렇게 생각하며 포옹을 푼 그녀는 남편의 손에 들려 있던 것을 발견하고 물었다.

"웬 소포예요?"

"아, 존에게 온 거야."

"존에게?"

메이블은 의아해하며 되물었다.

아니, 무슨 세 살배기에게 소포가 다 온단 말인가. 그것도 본국에서.

그런 아내에게, 아서는 어깨를 으쓱이며 말했다.

"글쎄. 당신, 혹시 뭔가 존의 이름으로 응모라도 한 거 있어? 이거, 〈벤틀리와 아들〉 출판사에서 온 거던데."

"벤틀리와 아들? 혹시……."

메이블은 손뼉을 치며 남편의 손에서 소포를 가져와 조심스럽게 상자를 뜯어 보았다.

그곳엔 예상대로, 그녀가 매번 아이들에게 읽혀 주는 소설 중 하나인, 〈피터 페리〉의 최신간이 들어 있었다.

"아니, 이게 웬 거야?"

"그 왜, 몇 달 전에 존이 '앞으로 이 소설은 이러저러하게 될 거 같아요!'라고, 신이 나서 이야기한 적이 있잖아요? 그걸 존 이름으로 출판사에 편지로 써서 보냈거든요."

"아아~"

그랬었나, 라고 아서가 감탄하는 사이. 방 안에서 부부의 맏아들, 존이 짜리몽땅한 다리로 아장아장 걸어 나왔다.

"아빠, 오셔써어?"

"오, 존! 우리 천재!"

아서는 껄껄 웃으면서 아들을 안아 올렸다.

대부분의 부모는 으레 자신의 자식이 천재라고 생각한다. 하지만 그럼에도 아서는 확신하고 있었다.

그의 아들이 진짜로 천재라는 것을.

그게 아니라면 세 살도 안 되는 나이에 책에 흥미를 갖고, 끊임없이 탐독하며 심지어 그 앞 내용을 예측까지 할 수 있겠는가?

그리고 메이블 역시 웃으면서 존에게 다가가 말했다.

"존, 네가 보고 싶어 하던 책이 왔구나."

"피터 페리?!"

존은 함박웃음을 지으면서 그렇게 말했다.

좋아하는 건 틀리지 않는다는 건지, 바로 정답을 맞히는 존.

지금 제 부모가 어떤 생각을 하는지 알지도 못하며 신나 하는 그 모습에 아서와 메이블은 쓰게 웃으며 서로를 보며 말했다.

"책 한 권 정도는 읽어 주고 가도 되겠지?"

"물론이죠. 존이 이렇게 좋아하는데요."

좋았어! 아서는 속으로 불끈 주먹을 쥐었다.

다만 반대로, 메이블의 속은 좀 불안했다.

'혹시 존이 실망하면 어쩌지.'

비록 시골 농가에서 나고 자랐지만, 메이블은 라틴어와 식물학을 전공한 지식인이었다. 괜히 먼 아프리카 남쪽 끝이지만, 젊은 나이에 은행 지점장이 된 아서의 아내가 된 것은 아니라는 말.

그래서 알 수 있었다. 남편의 말대로, 존은 천재 기질이 있다.

특히, 이야기를 이해하고 구성하는 데에 천부적인 재능이 있다고.

존이 예측한 〈피터 페리〉의 스토리는 꽤 그럴싸했다. 세부적인 부분은 레퍼런스에 대한 이해가 없어 조금씩 다르지만, 큰 굴곡은 비슷했다.

하지만 과연 이번엔 어떨지…… 메이블은 그녀 역시도 깊은 기대를 하며 책을 열어 보았다.

그런데.

"아."

다르다. 아니, 큰 굴곡은 비슷했지만, 더 많은. 자잘한 변주가 들어가 알면서도 앞 스토리를 예측하지 못하게 만들고 있었다.

비슷하지만 아닌, 이걸 대체 어떻게 전해야 하지?

"엄므아?"

"아, 존. 미안. 지금 읽어 줄게."

메이블은 잠시 고심을 하다가 고개를 끄덕였다.

아무리 예상과는 다르다고 해도 저렇게 기다리고 있는데 안 읽어 줄 수도 없는 노릇 아닌가. 결국 그녀는 천천히 아들에게 〈피터 페리〉 제7권을 읽어 주기 시작했다.

이야기는 스펙터클했다.

심지어 그 내용은 진행될수록 더욱더 깊어졌다.

그렇게 이어가던 목소리는 초창기부터 만나온 리스가 피터를 배신하고, 과거 물리쳤던 알비스가 나타나고, 스토리의 굴곡이 예상보다 더 크다는 걸 알게 되자 서서히 떨리기 시작했다.

덜컥 겁이 난 것이다.

혹시 아이가 이를 어떻게 받아들일까? 자신의 예상과 다르다는 것에 실망하지는 않을까?

그리고 그런 걱정을 안고 쳐다본 아이의 얼굴에는.

"우아아아……!"

오로지, 흥미만이 담겨 있었다.

이야기를 즐기는 것에서 그치지 않았다. 그 얼굴은 마

치, 새로운 장난감을 발견한 듯한 표정이었다.

"재밌니, 존?"

"응!!"

존의 그 청록색 눈빛은 한여름의 호수처럼, 한없이 맑게 빛나고 있었다.

* * *

그리고 평온하게 이야기를 즐긴 존의 가정과는 다르게…… 이 내용은 런던을 불태우고 있었다. 그것도 아주 활활.

"뭐, 뭐야 이게."

"리스가…… 리스가 마왕이었다니!!"

"이건 말도 안 돼!!"

도서관의 실프인 리스.

비록 비중은 높지 않지만, 중요한 국면에서 해답을 주는 역할.

게다가 성격은 소심하지만 귀여운 언동으로 주역 3인방보단 못해도 그에 버금가는 인기를 자랑하는 조역 중 하나였고, 적극적인 성격의 윙키와 대변되는 마스코트로의 역할에도 충실했었다.

만약 실프가 성별이 없는 무성(無性)이란 설정이 없었다면, 그 역시 이루릴과 마브에 준하는 히로인으로 삼파

전을 벌였을 것이다.

그런데 그런 인기 캐릭터가, 초반부터 피터의 뒤통수를 치기 위해 준비해 온 악역이었다니.

그야말로 시대를 앞서 등장해 버린 치명적 유해물의 롤러코스터 전개에 한슬리언 팬덤은 충격에 빠졌다.

이미 리스의 일러스트를 이용해서 수제 액세서리를 만들고, 상업적으로 이용하고 있던 상인들 역시 마찬가지였다.

물론 '수제'라는 말에서 느껴지듯 대다수는 저작권을 무시한 불법 상품이었으니, 벤틀리 출판사나 한슬로 진에 하소연할 수도 없었기에 더더욱 혼돈의 카오스였다.

다만, 그렇다고 모든 한슬리언들이 전부 그런 것은 또 아니었다.

"헹, 그러니까 복선은 제대로 알아봤어야지."

"암, 리스 고거 은근히 낄 때만 끼고 빠질 때는 쏙 빠지는 게 뭔가 음흉해 보였다니까!"

"그건 그렇고 알비스 재등장 실화냐?"

"외전 편에서 그렇게 쿨하고 시크하게 갱생한 이유가 있었어!"

리스가 인기가 있었던 것도 크게 회자 되는 안건이었지만, 그 이상으로 1권의 악역으로서 피터 페리의 라이벌이란 느낌을 팍팍 냈던 알비스의 재등장도 큰 화젯거리였다.

특히 잡지 연재되었던 외전 편에서, 인간 세계로 표류되었다가 평범한 시골 처녀 노라와 풋풋한 대화를 통해 치유를 받고, 추격해 온 옛 부하를 태워죽이면서 참회의 길을 걷기 시작한 그의 서사는 소위 말하는 '나쁜 남자' 캐릭터로서 10대 중후반의 학생들에게 급격한 인기를 얻고 있었다.

그런데 그런 캐릭터가 다시금 본편에 등장했을 뿐만 아니라, 피터를 도와 요마왕 오베론을 토벌한다니……!

심지어 모든 일이 끝난 다음에는 다시 드워프 왕국으로 돌아가는 게 아닌, 다시 노라가 있는 마을을 향해 조용히 사라지는 그 모습은 독자들의 심금을 울렸다.

쉽게 말해, 간지가 폭발했다.

동화로 피터 페리를 보기 시작했으나, 나이가 들며 비뚤어지고 반사회적인 것에 더욱 마음이 끌리게 된 10대 중후반이 빠져들기엔 딱 맞는 캐릭터였다.

"이, 이래서 애들은! 야! 니들이 순정을 아느냐!?"

"뭐래. 아재요, 그거 서긴 해요?"

자연스럽게 갈리는 파벌.

그러나 한슬리언 사이의 다툼은 길지 못했다.

리스의 배신, 알비스의 재등장.

이것도 충격적이었으나, 이 둘 모두를 묻어 버리는 이슈가 7권의 마지막에 있었기 때문이다.

―〈피터 페리〉 시리즈를 사랑해 주시는 독자분들에게. 다음 편으로 〈피터 페리〉는 완결하고……

"아니, 이게 대체 무슨 소리야!?"
"〈피터 페리〉가 완결이라니!"
 아무리 〈빈센트 빌리어스〉나, 〈던브링어〉가 있다 하더라도, 한슬리언의 근본은 〈피터 페리〉.
 이대로 하늘이 무너지도록 둬야 하는가!
 런던의 밤은 오늘도 길어만 간다.

* * *

자체 통조림을 끝낸 뒤.
 나는 벤틀리 씨에게 원고를 넘긴 뒤, 벤틀리 출판사에 비치되어 있던 소파에서 꼬박 하루, 24시간을 죽은 듯이 잤다.
 벤틀리 씨의 말에 의하면 내가 너무 곤히 잠들어서 처음엔 문제가 생기지 않았나 걱정되어 의사까지 부르려 했단다.
 물론 이윽고 그저 잠이 들었을 뿐이란 걸 안 이후는 이불만 덮어 주었다지만.
 아무튼, 그렇게 불편하게 잤기 때문일까? 온몸이 찌뿌둥하고 빼걱거리는 느낌이었다.

으윽…… 아직도 피로가 덜 풀렸네.

"끙, 죽겠다."

예전에는 그래도 버틸 만했던 거 같은데…… 쉽지 않다.

이래서 이런 짓은 나이 들면 하면 안 되는 건데…… 이래서 선배들이 글쟁이들은 틈나면 운동해야 한다고 한 건가? 나도 좀 운동이 필요할 거 같다.

내려가면 밀러 씨가 조르는 대로 크리켓이나 같이 해 볼까?

그렇게 생각하다 보니, 어느새 나는 웨스트엔드의 밀러 씨네 타운하우스에 도착해 있었다.

어쩌다 보니 재데뷔하고 난 다음부턴 밀러 씨보다 내가 더 많이 쓰는 느낌이다.

밀러 씨도 혼자 올 때는 이곳을 쓰지만, 가족이 다 같이 올 때는 친가인 일링(Ealing)이나, 장모이신 메리 앤 베이머 여사가 있는 베이즈워터(Bayswater)로 가는 경우가 많았기 때문이다.

두 집이 서로 자매다 보니까 아예 한곳에 모이는 경우도 잦고.

그래서 지금 웨스트엔드 타운하우스에는 나만 있다.

음, 일단 옷 좀 갈아입고, 공중목욕탕에나 좀 가야지. 찝찝해서 버틸 수가 없네.

그렇게 생각하며 문을 여는 순간.

"오! 오셨는가? 꽤 늦었군."

"에?"

생전 처음 듣는 목소리가 내 귓가에 울려 퍼졌다.

그것도 집 '안'에서.

뭐야, 이 사람?

나는 타운하우스 거실에 당당히 들어와 앉아 있는 젊은 남자를 보며 눈을 크게 떴다.

나이는…… 멋들어진 금색 수염 때문에 짐작하기가 어려웠다. 수염에 비해 푸른 눈동자 옆이나 콧대에는 별로 주름이 없거든.

아니, 그보다 지금 이거! 주거침입죄잖아! 어떻게 집 안에 있는 건데?

스, 스코틀랜드 야드 전화번호가……!

내가 그렇게 우왕좌왕하고 있는 사이, 그 남자는 하하 웃으며 정중하게 말을 걸었다.

"실례했소. 하지만 시간이 많이 늦었고, 마차를 너무 오래 밖에 세워 두는 건 주변인들에게 폐라 생각되어, 이리 염치 불고하고 들어왔소."

아니, 밖에 오래 세워 두는 것보다 가택 침입이 더 심한…….

"아니, 그래도…… 에, 누구시죠?"

"조지. 조지 프레드릭 어니스트 앨버트(George Frederick Ernest Albert)."

아니, 그러니까 그게 누군데요 이 양반아.

나는 그렇게 물으려다가, 다음으로 나오는 이야기에 좀

음이 싹 날아가야 했다.

"할머님께서 봉하신 직위는 요크 공작이지."

"……어."

"내 아내가 그대를 너무 좋아하는지라, 남편으로 질투나서 한번 만나러 와 봤소. 하하하. 이번에 연극에도 투자했으니, 이 정도 무례는 용서해 주시기 바라오?"

조지, 그러니까.

왕세손은 매력적인 눈으로 윙크하며 그렇게 말했다…… 아.

아니, 형이 도대체 왜 여기서 나와!?

"아 참. 내가 제일 중요한 걸 깜빡했군."

"예?"

제일 중요한 거? 그게 뭐지? 설마 밀입국자라고 쫓아내려는 건 아니겠지?

왕족을 만나는 것은 처음이라 너무 놀란 내가 벌렁거리는 가슴을 진정시키는 사이, 왕세손은 품에서 매우 익숙한 무언가…… 그러니까 〈피터 페리〉 제1권, 요정의 숲 편을 내밀며 말했다.

"사인(autograph) 좀 해 주시오."

"……그, 예?"

"사인 말이오. 대충 조지, 메리, 그리고 에드먼드에게라고 적어 줬으면 좋겠군."

"아, 알겠습니다."

나는 떨리는 손으로 책의 안쪽에 천천히 원하시는 대로 무아몽중으로 흘겨 적었다. 그런데 어라, 쓰고 보니까 이거, 영어가 아니다?

나는 왕세손 각하의 눈에서 당당히 비치는, 위대한 세종대왕님의 산물…… 그러니까 한글을 보고 얼어붙을 수밖에 없었다.

이, 이런 실수를 하다니!

"이건 무슨 글자요?"

"아, 그, 죄송합니다. 각하. 제가 온 한국, 아니 조선이라는 나라의 문자입니다. 원하시면 다시 써 드리겠습니다."

"아니, 그럴 필요 없소. 이건 이거대로 희귀하겠군."

만족스럽다는 듯, 왕세손은 고개를 끄덕이며 말했다.

아니, 진짜로? 그래도 돼요?

"그보다, 조선이라…… 어렴풋하게 들은 기억이 있소. 이래 봬도 일본에도 가 본 적이 있거든. 거기서 팔에 드래곤 문신을 새기고 온 적이 있는데, 혹시 보고 싶소?"

"아, 아뇨! 됐습니다."

그런가? 라며 조지 왕세손은 무척 아쉽다는 듯 곧 걷어붙이려던 팔을 내렸다.

뭐야, 이 사람…… 내가 지금 보고 있는 게 정말 대영제국의 왕세손이 맞나? 그냥 철없는 한량이 아니고?

얼떨떨한 눈으로 조지 왕세손을 보자, 왕세손은 쓰게

웃으면서 고개를 젓고 말했다.

"너무 그렇게 긴장하지 말아 주시오. 이, 요크 공작이란 지위가 매우 불편한 건 나도 마찬가지거든."

"아, 예에."

"아마 그대도 알진 모르겠소만, 난 왕세손이 될 팔자가 아니었소. 그건 죽은 형의 몫이었지. 지금은 내 아내가 된 메리까지도."

나는 예전, 밀러 씨에게 들은 얘기를 얼핏 떠올렸다.

원래 왕세손이 갑자기 결혼식을 앞두고 급사하는 바람에 동생이 이어받았다는.

처음 들었을 땐 그냥 단순히 왕족들이다 보니 형사취수제도 남아 있구나~ 정도의 감상이었는데, 막상 그 본인이 눈앞에서 그 심정을 토로하니 참으로 괴상한 기분이다.

"예정에 없던 정략혼이긴 하지만, 오히려 나는 그렇기에 메리에게 더욱 잘해 주고 싶소."

"으음. 무척 좋은 말씀이긴 합니다."

근데 그게 나랑 무슨 상관이냐고요. 그렇게 생각하는 나에게, 조지는 피식 웃으면서 말했다.

"그런데 그런 메리가 가장 좋아하고, 미소를 보여 주는 게 당신뿐이니, 남편으로서 질투심이 생길 수밖에 없지."

아니 그걸 제가 뭘 어쩌라고요.

"크흠. 저기, 전 그냥 평범한 작가에 불과합니다."

"알고 있소. 하지만 뭐, 그대도 아마 나중에 결혼한다면 이 기분을 이해할 수 있을지도 모르겠지. 본디 인간이라는 게 그런 거 아니겠소. 일단 요즘은 에드먼드가 생겨서 비슷한 미소를 자주 보고 있소만."

"그건…… 다행이군요. 근데, 에드먼드요?"

"원래는 에드워드(Edward)라 지을 생각이었소. 돌아가신 형님의 애칭인 에디(Eddy)에서 따올 거였거든. 그런데 〈턴브링어〉를 보고 나니 기왕 지을 거, 에드먼드인 쪽이 나아 보여서 말이오."

그러니까, 차차기 국왕의 이름을 바꿨다고? 그것도 다른 게 아니라 〈턴브링어〉를 보고?

이게 대체 무슨 미친 소리인지 모르겠다.

혹시 이거 무슨 몰래카메라 같은 거 아냐?

"뭐, 그래서…… 내가 하고 싶은 말은."

그렇게 날 패닉 상태로 몰아가 놓고, 조지 왕세손은 주머니에서 시가를 꺼내 뚝 잘라 멋들어지게 불을 붙였다.

이놈의 담배 냄새는 영국에서 몇 년을 지냈는데도 익숙해지지 않는구먼…….

"나와 친구가 되어 줬으면 좋겠소."

"……예?"

그때 갑자기 이 철없는 왕족이 핵폭탄을 던졌다.

이건 또 뭔 소리야? 대영 제국의 차차기 국왕께서 그냥 일개 소설가랑 친구?

이 프로그램은 보고 계신 스폰서의 제공으로 보내드립니다 〈95〉

아니, 뭐 그야 이 양반 부부가 내 팬이라는 건 대충 알 겠는데 말이지.

"각하. 죄송하지만 전 아까도 말했듯 한국, 아니 조선 인입니다."

"그래서?"

"영국인도 아니고, 딱히 귀족도 아닙니다. 그런데 친구 라뇨."

"어차피 나도 왕이 될 사람은 아니었소만."

"아니, 거시기요."

이렇게 잘 밀어붙이는 걸 보니까 확실히 왕의 재목은 맞는 것 같긴 하다. 근데 문제는 그 재능을 나한테 억지 쓰느라 쓰고 있다는 거지.

그렇게 내가 답답해하자, 조지 왕세손은 피식 웃으면서 고개를 젓더니 말했다.

"무슨 말인지 아오. 할머님께서 그렇게 절대권력으로 통치하고 있으니 나도 그저 그런 푸른 피로만 보이겠지."

"아뇨, 그 뭐."

"하지만 나로선 그런 시선이 부담스럽기만 하오. 그저 예전 해군 장교로 있던 때처럼, 세계를 돌아다니면서 여 행하거나, 우표를 수집하거나, 사냥도 하고 책을 읽거나 하면서 말이지."

"으음…… 그래도 왕손이면, 어느 정도 품위를 유지하 기 위해 교육을 받지 않습니까?"

"조선은 그런가 보오?"

글…… 쎄요? 내가 거기서 오긴 했는데 조선 왕실 생활까진 우예 알겠슴까. 그냥 난 대한민국 서민이었는데.

피식피식 웃던 조지 왕세손은, 고개를 저으며 시가 연기를 푹 내뿜으며 말했다.

"최소한 나는 그런 교육 받은 적 없소. 그런데 뜬금없이 형이 죽고, 왕세손이 되더니 가정교사들이 뭐라는 줄 아시오? 단어 좀 틀린 거 갖고 꼽을 주질 않나, 지적 수준이 철도 짐꾼 수준이라질 않나……."

"아. 하하. 하하하하."

"이러니 내가 당신 글을 좋아하지 않을 수가 없지."

"으, 음. 예. 무슨 말씀이신지 알겠습니다."

내 글은 읽기 쉽다는 평이니 말이지.

뭐, 그냥 내 영어가 그렇게까지 고급이 아니라서 적당히 따라가는 거지만.

"그래도 친구라니. 솔직히 너무 과분한 말씀이라 좀 얼떨떨하긴 합니다."

"뭐, 정 부담되면 거절해도 상관없소. 이렇게 간간이 사인한 책이나 보내줘도 상관없고. 크게 사례하리다."

"아뇨, 그럴 순 없죠."

나는 단박에 말했다.

"이런 흔치 않은 기회를 주셨는데 거절하는 건 당연히 예의가 아니죠. 잠시만요."

이 프로그램은 보고 계신 스폰서의 제공으로 보내드립니다 〈97〉

나는 잠시 몸을 일으켜, 주방 안쪽으로 들어갔다. 그리고 밀러 씨가 애지중지하는 브랜드 위스키 컬렉션을 열었다.

밀러 씨가 알면 노발대발하겠지만, 상대가 왕세손이라면 어쩔 수 없다고 하시겠지.

어차피 내 사비로 채워 넣으면 그만인 거 아니야? 얼마나 비싼지는 잘 모르겠지만.

"원래 제가 술은 즐기지 않지만, 이런 좋은 날이라면 한두 잔 정도는 괜찮지 않겠습니까?"

"호오. 이거, 이렇게까지 배포가 클 줄은 몰랐군."

"원래 제가 또, 이. 지를 땐 화끈하게 지르는 스타일입니다."

주로 가챠 때 그렇긴 했지만.

아무튼 지금 내 눈앞에 있는 조지 왕세손도 마찬가지다. 내가 가챠를 돌리지도 않았는데 한정 1티어급 인맥이 눈앞에 굴러 들어온 거나 마찬가지다. 아, 이건 못 참지.

물론 그렇다고 뭔가 특별한 것을 바라거나 그런 건 아니다.

권력이란 건 모름지기 태양과 같아서, 지나치게 가까이 하면 타 버리는 거라지.

나야 그저 일개 소설가니까 그런 부분은 잘 모르겠고 적당히 친분을 유지하면서 가끔 좋은 거 얻어먹으면 그걸로 만족이지.

그래, 그냥 돈 많은 형님 생겼다고 생각하니 마음이 다소 편해졌다.

내가 뭐 엄청난 뭐시기라서 정경유착 같은 걸 할 것도 아니고, 너무 신경을 쓸 필요는 없다는 거다.

말을 하다 보니 이 눈앞의 왕세손 전하께서도 그런 불순한 것을 곧이곧대로 들어 줄 만한 사람은 아닌 것처럼 보이기도 하고 말이지.

독한 위스키를 통해 서로 한 껍질, 한 껍질 벗기고 보니 조지 왕세손, 그리고 어쩌면 그 아버지인 에드워드 왕세자 또한 느끼고 있을 감정이 조금씩 드러났다.

바로 부담감.

너무 위대한 빅토리아 여왕, 그 뒤를 이어야 한다는 후계자들의 부담감이 장난이 아니란 것이다.

확실히 나도 빅토리아 여왕만 알지, 그다음 왕들은 잘 모르지.

음, 근데 대체 얼마나 능력자길래 이렇게까지 부담을 갖는 걸까? 한번 보고 싶긴 하네.

"그래서 되도록, 나나 아바마마는 왕위를 잇더라도 최대한 골치 아픈 정무는 때려치울 생각이오. 다른 나라 왕들은 민주주의만 보면 경기를 일으키는데, 솔직히 말해 난 그렇게 머리 빠지게 정치하고 살 생각 없소이다."

"좋은 선택이십니다. 열심히 일해 봤자 누가 알아준다고요. 돈도 많겠다, 그냥 맘 편히 하고 싶은 거나 하며 사는 게 최고죠."

"내 말이 그 말이요! 이제야 내가 듣고 싶은 말을 해 주는 사람을 만나는군!"

좀 피곤해서 그런지, 그렇게 툭 터놓고 이야기하다 보니까 어쩐지 평소보다 머리에 취기가 빨리 오르는 기분이다.

그래서.

어쩌다 보니 우리는 허물없이 이야기를 할 수 있게 되었다.

"아니, 그러니까 말이오. 대체 왜 거기서 피터를 죽인 게요? 우리 마누라가 얼마나 울고불고했는지 아시오?"

"거참, 기시감 들게 만드는 말씀을 하시네. 그래야 예? 임-빡토가 있다 아닙니까, 임빡-토가!"

"해괴하기 그지없군. 그렇게 사람 마음을 들었다 놨다 하니 기분이 좋소?"

"거야 물론이죠. 내가 이 사람을 화나게 했다! 이 사람의 마음을 조종할 수 있다! 이걸 말이죠, 한자로는 감동(感動), 그러니까 '감성을 움직였다.'라고 쓴단 말입니다."

"허허, 퍽이나 감동적이구려(Sensational)."

내 글에 대한 거라든가.

"사실 말입니다, 저는 왕세손 각하께 정말 실망했습니다. 아니, 어떻게 결혼식에 제 저작물을 쓰시면서 협찬비 하나 안 주실 수가 있습니까?"

"거참, 쩨쩨하기도 하군. 따지고 보면 우리 부부가 무료로 그대의 글을 홍보해 준 셈인데, 어찌 거기에 저작권료를 받아먹을 생각을 하오?"

"아, 그런 걸 하나하나 받아 주다 보면 2차 창작으로 이상한 놈들이 튀어나온다고요! 에로 동인지라든가!"

"그게 대체 뭔 소린가!?"

옛날 결혼식 얘기라든가.

"그러고 보니 자네, 글 쓰는 속도가 어마어마하게 빠르던데 혹시 뭔가 취미는 없는가?"

"글쎄요. 글 쓰는 거 자체가 취미이기도 하죠."

"세상에. 다른 데에도 좀 취미를 들여보게. 사냥 어떤가? 응? 내가 이래 봬도 사냥총의 명수라네. 언제 한번 노퍽(이스트 잉글랜드에서 제일 동쪽에 있는 카운티)에 오게. 와서 요크 별장(York villa)에 며칠 머물면서 사냥 승부나 하세나."

"흐음. 감히 윈딜의 민족 앞에서 감히 그런 말씀을 하신다니. 좋죠! 제가 이래 봬도 군대 있을 때 만발, 그러니까 스무 발 쏘면 스무 발 전부 명중해 본 사람입니다!"

서로 집에 놀러 오라는 얘기라든가.

생각보다 진짜로, 차차기 국왕이 될 사람치고는 굉장히 털털한 사람이 바로 조지 왕세손이었다.

흠, 가만.

털털한 왕족, 원래 왕이 될 사람이 아니었던 털털한 왕족이라.

뭔가 기깔날 소재가 떠오를 거 같은데?

"왕세손 각하."

"으으응? 무언가?"

"아까 말씀드린 저작권 말입니다."

"어어."

"다른 방법으로 갚으실 생각은 없으십니까?"

"응? 무엇으로."

그러니까.

"혹시, 소설에 등장해 보실 생각은 없으십니까?"

몸으로 갚으시라고요.

* * *

"끄으응, 두야."

"각하, 조심하십시오."

"괜찮네. 걸을 순 있어."

조지 왕세손은 그렇게 손사래를 치며 먼동을 보았다.

드물게, 안개에 가려지지 않은 런던의 해돋이는 그로서도 오랜만에 보는 것이었다.

"문자 그대로 〈던브링어〉로군그래."

"그 아시아인이 퍽 마음에 드셨나 봅니다, 각하."

"직접 보니 더더욱."

조지는 한탄하며 그렇게 말했다.

그렇다. 한탄이다.

아닌 말로, 이 빌어먹을 자리에 오른 뒤에 온갖 잡스러운 것들이 들러붙지 않았는가.

조금 전까지 술을 마시며 한슬로 진에게 푸념했던, 소위 가정교사라 하는 인간들은 말할 것도 없다.

아니, 세상에 조지 자신의 나이가 지금 몇인데 그깟 단어 좀 모른다고 꼽을 당해야 한단 말인가.

그러나…… 진짜 심한 이들은, 그런 가정교사들조차 그냥 잔소리 심한 어른으로 보일 정도.

일확천금의 불측한 생각을 꾀하는 자들, 의회의 노회한 능구렁이들, 어떻게든 청탁하며 달라붙으려는 음흉한 기업인들.

갑작스런 형의 죽음으로, 해군 장교이자 사촌 여동생 마리의 남편으로 살고 싶었던 자신의 미래를 전부 포기하고 오게 된 길.

하나 거기에 들러붙는 오물들은 지독하게 구저분했고, 지나치게 메스꺼웠다.

그가 요크 별장에서 지낸 이유도 그런 부분이 없진 않을 것이다.

그런 그의 삶에 작게나마 청량감을 주었던 것이 바로 저 한슬로 진의 소설이었니, 좋아하지 않을 수가 없다.

뭐, 조금 뿔난 소리를 하긴 했지만…… 그거야, 남편으로서 아내를 울린 막돼먹은 친구에게 얼마든지 할 수 있는 거 아닌가?

하지만, 그러면서도.

"그는 마지막까지 내게 청탁 한 번을 안 하더군."

조지는 눈이 부실 정도로 시린 여명을 보며 중얼거렸다.

저 여명이 뜨는 먼 곳에서 온 남자. 분명 제가 살던 곳도 아니니 불편한 점이 많다면 많을 턴데도, 만나는 내내 이렇다 할 요구를 단 한 차례도 하지 않는다.

돈을 달라거나, 왕립문학회에 넣어 달라거나, 아니면 나라의 높은 자리를 달라거나…….

그나마 한 게 있다면 나중에 했던 작품에 등장시키고 싶으니 허락을 해 달라는 점 정도인데.

솔직히 이런 걸 '요구'라고 할 수 있는가?

그가 알던 일반적인, 혹은 왜곡되어 보아 왔던 상식과는 많이 어긋나 보였다.

하다못해 제 조국을 위해 무언가 말이라도 할 수 있지 않은가? 할머님 몰래 훔쳐본 이사벨라 버드 비숍의 보고서에 따르면, 조선도 딱히 중국과 크게 다르지 않은 중세 왕국 같던데.

'혹시 자기 나라를 싫어하나?'

조지는 일순 그런 생각을 했으나, 이내 그 가정을 일축하였다.

딱히 그런 눈치도 없었다. 자국을 혐오하여 다른 나라에 온 이들이 흔히 보이는, 맹렬한 증오는 눈곱만큼도 찾아볼 수가 없지 않은가.

오히려 그에게서 엿보이는 것은.

"순수한 남자였다."

"각하?"

"순수하게, 사람들을 즐겁게 해 주고 싶다. 그것만 보였네."

조지는 천천히 그와 나눴던 대화를 떠올렸다.

─그러니까 연극도 좋지만, 그거만으론 부족하다 이겁니다. 아무리 대중화를 시킨다고 해도 연극이라는 건 준비하는 데만으로도 한세월이고, 값도 무지막지하게 비싸잖아요? 그러니까 영화! 미리 영상을 촬영해 두고, 이 영상을 편집해서! 모든 사람이 원하는 때에 볼 수 있는! 그런 영화가 미디어의 중심이 될 겁니다!

─개인적으로 아르누보 자체는 좀, 가망은 없다고 봅니다. 그건 예술사조라기보단 뭐랄까, 상업예술의 형식으로 말이죠. 대량 생산, 대중화, 좀 더 말초적으로 말이죠! 왜냐구요? 형이상학적인 예술은 그에 걸맞은 교양이 필요하지만, 그냥 딱 봐도 예쁘다! 하는 건 누구나 좋아하거든요.

─그리고 이, 스포츠! 요즘 뭐라더라? 프랑스에서 올림픽 하겠다는 양반 있지 않습니까? 저는 그게 굉장히 히

트할 거라 봅니다. 근본적으로 사람은 내 알통 굵네, 네 알통이 굵네, 이거만으로도 하루 종일 싸울 수 있는 생물 아닙니까? 그런데 그 분야에서 제일 센 놈들이 모여서 누가 제일 센지 겨룬다? 이거, 환장하지 않을 인간 없습니다. 심지어 국위선양 아닙니까, 국위선양.

물론 그러면서도 꾸준히 자신의 영달, 그리고 상업적 성공을 원하긴 했다.

하지만 세상에 그 정도 욕심도 없는 인간이 어디 있겠는가?

오히려 남을 짓밟아서라도 돈을 벌어야겠다는 인간이 넘쳐 나는 세상에서, 남을 즐겁게 하면서 돈을 벌고 싶다는 욕망 정도는 귀여울 따름이다.

게다가 실제로 그걸 현실화하는 데 성공했으니 충분히 찬사를 받을 만했다.

분명 자신과 비슷한 나이건만 먼지와 재로 뒤덮여 칙칙한 색으로 가득한 그와는 다르게, 아직도 눈을 반짝이며 꿈을 좇는 그 모습이 너무나도 눈부셔 보였다.

세파를 모르는 것도 아니면서 여기에 휩쓸린 것이 아닌, 불과 물이라는 상반된 것이 섞여 있는 듯한 기묘한 성품이었다.

'물론…… 그러니 더욱 친구가 되고 싶었던 거지만.'

그렇게 생각한 조지는 문득, 옆에서 그를 호종하고 있는 이름 없는 해군 장교를 보았다.

한때, 자신과 함께 해군 장교로 임관했었던 남자. 하지만 그 정체는 이름조차 제대로 없는 첩보부의, 국가의 이름 없는 번견이었다.

생각해 보면, 가장 크고 더러운 먼지는 아주 예전부터 그에게 달라붙어 있었던 셈이다.

조지는 고개를 털며 그 생각을 머리에서 지운 뒤, 천천히 해가 뜨는 방향으로 다가갔다.

장교는 당황해하며 그에게 달려갔다.

"마차를 타시지요, 각하."

"산책 좀 하다 가겠네."

날씨가 좋지 않은가.

왕세손은 싱그러운 미소를 지으며, 런던의 아침을 향해 걸어갔다.

그러며 생각했다.

자신이 새롭게 사귄 그 순진무구한 친구에게 과연 뭘 해 줄 수 있을지를.

* * *

낯선 천장이다.

나는 멍하니 천장을 보다가 생각했다. 아니, 정확히 말하면 낯선 기억이 내 망막에서 자동 재생되고 있었다.

"미쳤네, 진짜……."

피곤해서, 그리고 위스키에 날아갔던 정신줄이 다시금 제자리로 돌아오니 대체 내가 무슨 짓을 한 건지 머리가 멍하다. 숙취 때문인 것 같기도 하지만.

 왕세손이랑 친구라고? 그럼, 내가 차차기 국왕의 친구? 오우 예, 끝내주네.

 솔직히 어쩌다 이렇게 된 건지 아직도 어안이 벙벙하다.

 왜 아니겠는가? 피곤과 취기의 이중주로 만든 것 치고는 결과가 너무 극적이다.

 심지어 그는 제 작품의 미디어믹스가 진행되고 있는 사보이 극단의 스폰서이기도 하다.

 그 덕에 어제도 바로 오페라의 추가 지원을 약속받았었지.

 그래, 좋은 게 좋은 거다.

 "그리고…… 흠."

 나는 빈 안주 그릇을 휘적거렸다.

 그곳엔 평소에 메모용으로 갖고 다니던 수첩이 펼쳐진 채, 처음 보는 만년필과 함께 굴러다니고 있었다.

 ……아니, 처음 보는 건 아니다. 술김에 조지 왕세손에게 빌렸던 그거였다. 와, 펜촉이 예사롭지 않은 데 이거 설마, 도금이 아니라 찐 황금은 아니겠지?

 아무튼 그 수첩 위에는 어제 직접 휘갈긴 게 분명해 보이는 내 글씨가 보였다.

그 글씨를 매개로 과음으로 잃어버렸던 어제의 기억이 조금씩 새록새록 되살아났다.

세부적인 것까지는 아니지만 최소한 캐릭터를 짜면서 나왔던 내용만은.

그리고, 이걸 검토한 결과.

"……확실히 쓸 만은 하겠어."

원고로 만들려면 좀 더 다듬어야겠지만, 꽤 괜찮은 물건이 나올 것 같다.

뭐, 원고고 뭐고 지금 당장은 그거보다 청소가 우선이지만.

"끄으응. 골이야."

이것들부터 정리해야겠다.

나는 깨질듯한 머리를 부여잡으며, 나와 조지 5세가 비워 버린 브랜드 위스키 보틀과 안주 접시들을 보았다.

어우 씨, 대체 몇 병을 마신 거야?

아니, 나도 그리 많이 먹는 편은 아닌데 이상하게 술이 잘 들어갔다.

그만큼 조지 왕세손이 좋은 술친구였단 뜻이겠지만.

일단 병부터 모은 다음, 상점에 들러서 마셨던 위스키들을 보충해 두자. 밀러 씨가 보시면 노발대발하실 테니.

난 그렇게 완전 범죄를 꿈꾸며 손을 뻗어 바닥에 떨어진 병을 주웠다.

그 순간.

"핸슬, 있나? 어제 고생 많이 했다고 들었네만—."
"……어."
거실로 들어오는 밀러 씨와 눈이 마주쳤다.
탁자 위엔 밀러 씨가 아끼는 브랜드 위스키 보틀이 전부 따져 있었고. 안주로 만들어 놓은 밤참까지 전부 비어 있는 상태.
"……핸슬?"
"그, 어. 밀러 씨."
침착, 침착하자.
난 잘못한 게 없다. 내가 무슨 몬티도 아니고, 아버지가 숨겨 놓은 술을 멋대로 훔쳐먹은 것도 아니지 않은가.
게다가 그 상대는 왕세손이었다.
제아무리 그게 밀러 씨가 수십 년에 걸쳐 한 땀 한 땀 모아 왔던 컬렉션이라 해도!
칭찬을 받았으면 받았지. 절대, 내가 꿀릴 게 없는 상황이다!
"핸슬."
"밀러 씨. 설명할 수 있습니다."
"그래야 할 걸세."
밀러 씨가 웃음을 지었다.
하지만 그 눈빛이 죽어 있었다. 바싹 메마른 것이 당장이라도 불을 붙이면 화르륵 타오를 것만 같다.
"그렇지 않으면…… 내가 자네를 어떻게 대할지 몰라."

어…… 예, 당연하죠.

　　　　　　　※　※　※

"왕세손이라니."

탁자 위를 깨끗이 정리하면서 어제 있었던 일들에 대해 차분히 설명하자, 다행히 밀러 씨는 순식간에 그 태도를 바꾸셨다.

그리고 당연히도 크게 놀랐다.

아무리 밀러 씨라도 왕세손이라는 이름엔 황당할 수밖에 없겠지.

"자네 팬이란 이야기는 듣긴 했지만, 별장에 초대까지 하려 했단 말인가?"

"그렇다니까요."

"허, 참. 자네가 허튼소리를 할 사람도 아니고."

밀러 씨는 턱을 쓰다듬으며 말했다.

"고작 내 술을 훔쳐 먹은 것에 대한 면피로 꺼내는 것이라기에도, 너무 엄청난 이야기군."

"죄송합니드아……."

"농담일세. 어차피 언젠간 자네나 몬티랑 먹을 생각이었어. 나 빼고 다른 사람하고 먹은 게 좀 아쉬울 뿐이지."

"밀러 씨……!"

역시 참된 고용주님. 흑흑, 평생 따라가겠습니다.

"그건 그렇고 왕세손이라…… 흠, 역시 풍문대로 검박한 게 지나치군."

"밀러 씨도 아십니까?"

"왕가의 소문은 사교계 최고의 가십거리 아닌가. 세자 쪽이 더 사교적이고 온화해서 유명하지만, 사교적이지 못한 세손 역시 꽤 알려진 편이지."

허, 그랬나?

나는 고개를 끄덕였다. 확실히 사교 회장 같은 건 별로 안 좋아할 상이긴 했지.

아무튼 밀러 씨는 잠시 고민하더니 고개를 끄덕이며 내 어깨를 두드렸다.

"운이 좋군. 아무리 군림하되 통치하지 않는 왕실이라 하지만, 왕세손과 친해 두면 언젠가 자네에게 도움이 되는 날이 올 게야. 이상한 욕심을 부리면 위험할 수도 있지만, 자네가 그럴 리는 없으니."

"물론이죠, 주의하겠습니다."

저도 제 목은 소중한지라.

"좋아. 그러면 일단."

"넷."

밀러 씨가 문을 가리켰다. 뭐야, 설마 진짜로 내보내시려고?

"씻고 오게. 땀 냄새에 술 냄새까지 얹혀서 지독하군. 대체 얼마나, 어떻게 마신 겐가?"

"……네."

나는 슬픔을 삼키며 고개를 끄덕였다.

킁, 내가 맡아도 진짜 냄새 독하네. 그러고 보니, 어제 대중목욕탕(Bath House) 가려고 했었지. 근데 뜬금없이 왕세손이 튀어나와서 무산됐고.

"목욕 끝나면 여기로 오지 말고, 베이즈워터로 바로 오게. 일단 자네도 급한 일이 해결되었으니 합류해야 하지 않겠는가."

"네, 알겠습니다. 그렇게 하지요."

그렇게 나는 갈아입을 옷가지를 좀 챙겨서 대중목욕탕으로 향했다.

어휴, 런던은 이게 참 문제란 말이지.

웨스트엔드라는 고급 주택가임에도 하수도 시설이 없어서 씻으려면 대중목욕탕까지 가야 한다니.

이게…… 세계를 주름잡는 대영제국의 심장?

웃음밖에 안 나온다.

그렇게 나는 평소와는 다른 방향의 거리로 발걸음을 옮겼다.

목욕 자체는 꽤 쾌적했다. 시설 자체도 고급이라 돈 많이 내니 뭐라 그러는 사람도 없었고, 오랜만에 시원하게 씻은 탓에 몸도 멀끔해졌으니.

그리고, 그렇게 신선한 기분으로 평소완 다른 길로 걸어온 덕분에.

이 프로그램은 보고 계신 스폰서의 제공으로 보내드립니다 〈113〉

"……세상에."

난 그간 런던에서 살면서 한 번도 보지 못했던 광경을 목격했다.

저건 대체…….

그리고 아무도 없었다

 21세기에서 글을 썼을 적, 난 잠시 서울에서 살았었다.
 뭐, 보통 그렇지 않겠어? 우리나라는 인구수의 반 이상이 수도권에 사는 나라니까.
 이사벨라 버드 비숍의 기행문에서 '모든 한국인의 마음은 서울에 있다. 어느 계급일지라도 서울에 사는 사람들은 단 몇 주라도 서울을 떠나 살기를 원치 않는다.'라는 구절을 생각한다면 예전부터 한국이라는 나라는 그랬던 거 같다.
 개인적으로는 절대 좋아서 있던 건 아니었지만.
 그저 일 쏠림 현상과 가격 대비 효율적인 인프라를 생각하면 사람들은 기본적으로 대도시로 몰릴 수밖에 없다는 것이다.

그리고 도시는 그렇게 계속해서 새로운 사람을 흡수하고 성장하며, 약동하는 거겠지.

아무튼, 내가 지금 이 이야기를 왜 하냐면.

깡깡깡깡-!!

쿵-! 쿵-! 쿵-!

21세기의 서울에서나 느꼈던 그런 모습을 19세기 말 영국 런던에서 느끼고 있었기 때문이다.

콰과과과과광―!

다이너마이트 터지는 소리가 귀를 때림과 동시에 지반이 우르르 무너졌다.

사방으로 퍼지는 먼지구름. 무슨 발파 작업을 저렇게 막무가내로…… 아니, 중요한 것은 그게 아니지.

진짜 중요한 것은, 그리고 내가 21세기 서울을 느꼈던 이유는 바로.

"이런 대규모 공사라니……."

런던도 공사가 없는 건 아니다. 오히려 종종 매몰한 가스관이 파열돼서 거리를 막고 도로를 엎는 일도 꽤 있다.

하지만 지금은 그 규모가 심상치 않았다.

주위보다 고지대에 위치한 거리였기에 그 과정이 한눈에 들어와서 더욱 확실히 알 수 있었다.

화이트채플(Whitechapel)이라 불리던 한 구역 전체가, 완전히 밀리는 중이다.

벽돌 벽이 무너지고, 새로운 자재들이 옮겨진다. 그리

고 그 주변을 수많은 일용직 인부들이 셔츠에 먼지를 묻히며 돌아다니고 있었다.

저 정도면 거의 런던에 있는 모든 건설 조합이 다 나왔겠는데?

"아니, 이게 웬 재개발이야?"

그래, 수도권에서 느꼈던 재개발이 생각날 수밖에 없었다 이 말이다.

이 영국에서 수년을 살아오면서 한 번도 보지 못했던 생경한 모습에 난 어안이 벙벙할 수밖에 없었다.

뭐지? 내가 모르는 뭔가가 있나?

나름 정보는 잘 모으고 있었다고 생각했기에 더욱 충격이다.

어디 신문, 신문은 없나?

결국 나는 지나가는 신문팔이 소년 한 명을 붙잡아 〈타임즈〉 한 부를 구매했다.

그리고.

〈버킹엄 궁전, 대대적인 화이트채플 재개발 계획 발표!〉

〈기존 주민들에 대한 우선적인 주택 입주권 배부…….〉

"허어어어."

나로선 놀라운 일일 수밖에 없었다.

버킹엄이라고 하면 빅토리아 여왕을 돌려서 말하는 걸 텐데, 빅토리아 여왕이 이런 대대적인 빈민 구제책을 강행했다고?

 게다가 이렇게까지 빨랐다는 건 의회 허락을 얻지 않았다는 뜻이고, 의회 허락을 받지 않았다는 건 사비라는 뜻일 텐데. 그 보수주의로 유명한 빅토리아 여왕이 사비를 털어서 이런 일을 벌이다니. 정말 놀랄 노 자다.

 사람이 죽을 때가 되면 확 바뀐다던데 그래서 그런가? 그리고 보면 슬슬 빅토리아 시기가 끝날 때가 되긴 했지.

 '아니, 근데 원 역사에서도 이런 화끈한 개편이 있던가?'

 음…… 모르겠다.

 기억엔 없는데 내가 모든 역사를 알고 있는 건 아니니까. 혹시 여러 정책 중에 끼워서 진행했을지도 모르지.

 갑작스럽긴 하지만, 그래서 별로냐고 하면…… 당연히 아니다.

 "뭐, 그래. 필요하긴 했지."

 복잡한 구획과 아직 제대로 정립되지 않은 인프라는 그 '런던'이라는 이름값치고 조악하긴 했지.

 그나저나…… 내가 고민할 점은 다름이 아니라, 저 근처에 앨리스와 피터 재단이 운영하는 사업들이 있다는 점이었다.

 완전히 겹치는 것은 아니었지만, 경계에 걸쳐 있었기에 묘하게 맞아떨어진다.

 아무래도 재정적이나 여러 가지 요인을 생각해서 가외로

잡았던 건데. 저렇게 되면 사실상 중심가가 되는 거잖아?

"와…… 설마 알박기라고 뭐라 하진 않겠지?"

아니 뭐, 나는 저쪽과 직접적인 연관이 될 건 없으니까, 뭔가 꼬투리 잡힐 건 없겠지만…… 그래도 뭔가 준비는 해야 하려나?

돌아가면 라이오넬 쪽에 전화를 넣어 봐야겠다.

* * *

해가 지지 않는 나라, 대영 제국을 대표하는 해군 로열 네이비(Royal Navy)에는 보이지 않는 부대가 '공식적으론' 존재하지 않는다.

그 부대에는 몇십에서 백여 명 정도, 분명히 인력은 배치되어 있었지만, 이에 대해서는 해군의 그 누구도 아는 바가 없었다.

다만 수상쩍을 정도로 외무부의 누군가와 닮았거나, 수상쩍을 정도로 어느 공사관의 공무원들과 닮았거나, 수상쩍을 정도로 버킹엄 궁전에 자주 드나든다거나…….

그런 괴담이 돌고는 있다.

하지만 그럼에도 그런 부대는 존재하지 않는다. 아무튼 없다. 어쨌든 군적에 없으니 없는 거나 다름없다.

그리고 그런 대우를 받는 게 부당하다고 생각하진 않는지 물어본다면, 부대 소속 레이스 대위(Captain Wraith)

는 당당히 말할 수 있을 거다.

누군가는 해야 하는 일이고, 그에 맞춰 돈은 많이 받고 있으니 별 불만 없다고.

물론, 그렇다고 해서.

"여왕 폐하. 송구하오나 이것은 정보부의 할 일이 아닌 줄 아뢰옵니다."

"그것을 감히 네놈이 정하느냐?"

레이스 대위는 말로 설명하자면 수일에 걸칠 정도의 대장정을 거친 끝에 궁전 안으로 들인 책을 제 주인에게 바치며 생각했다.

이러려고 이 일을 한 것은 아닌 거 같은데…… 라고.

솔직히 밖에 나가서 몇 분이면 사 올 수 있는 책이다.

그런데 그런 것을 어마어마한 밀수와 첩보전, 그리고 희생(주로 수치심 관련으로)까지 감당하면서 입수해 온다는 것부터가 인력 낭비이며 세금의 낭비가 아닐까 하는 생각이 들긴 했으나, 그런 내용을 존경하는 자신의 주인에게 일일이 말할 수는 없었다.

애초에 이 세상 모든 것의 주인이 바로 그녀였으니까.

결국 레이스 대위가 할 수 있는 것은 조용히 고개를 숙이는 것뿐이었다.

그리고 단순하면서도 단순하지 않은 책 심부름을 시킨 여왕, 빅토리아는 뻔뻔하게 물어봤다.

마치 중요한 업무를 본다는 듯이.

"그 외에 짐이 알아야 할 정보는 없는고?"

"예, 폐하. 단지 자유당의 내분이 임계점에 이르렀사옵니다."

"호오."

빅토리아가 입술을 비틀었다.

본래 자유당은 대영 제국의 좌파를 대변하는 정당.

전설적인 서민 출신 총리, 글래드스턴(William Ewart Gladstone)이 그랬듯 번번이 '작은 영국'을 주장하며 빅토리아 자신의 행보에 사사건건 태클을 걸었던 곳이기도 했다.

그런데 그런 놈들이 알아서 찢어져 준다니.

빅토리아 자신에게는 호재다.

"프림로즈(Archibald Philip Primrose)가 그 내분을 봉합할 수 있겠나?"

"무리옵니다."

"그렇겠지. 그 샌님에겐 도저히 무리야."

절대권력을 자랑하는 여왕의 입술이 흉흉한 미소를 지었다.

그 글래드스턴조차 답이 없어서 사임했거늘, 하물며 그 애송이가 버틸 재간이 있을까.

"그러면 보자. 보수당에서는 누가 있었지? 솔즈베리 후작(Robert Gascoyne-Cecil)인가?"

"아무래도 그가 유력하옵니다."

"흐으음."

빅토리아는 눈살을 찌푸렸다.

솔즈베리 후작, 로버트 개스코인세실.

글래드스턴과 쌍벽을 이룬 보수당의 거물, 디즈레일리(Benjamin Disraeli)의 정치적 후계자로서, 스승 못지않은 명재상인 것은 분명했다.

이미 두어 번 총리를 지내보기도 했고, 능력도 입증했다. 비슷한 포지션인 프림로즈와는 비교도 할 수 없는 인재.

다만, 다소 소극적이고 수동적인 면이 있어 확장주의적인 빅토리아와 성향이 맞지 않았다.

'그 점에선 차라리 프림로즈 쪽이 적극적인 게 코드가 맞았거늘.'

어째 이리 인복이 없을꼬.

빅토리아는 한탄하며 고개를 끄덕였다. 별일이 없다면 아무래도 솔즈베리 후작을 총리로 임명해야겠지만…….

―……대중을 사랑하는가?

―나고 자란 땅을 사랑하는 건 사람으로서 당연한 일이라고 봅니다.

문득, 불쾌하지만 새겨들었던 말이 떠오른다. 빅토리아는 눈살을 찌푸리며 중얼거렸다.

"대중을 위하고, 대중이 생육하고 번창하게 하려는 건, 결국 스스로를 위하는 길이라."

"폐하, 하명하셨사옵니까?"

"솔즈베리는…… 안 되겠다."

레이스 대위는 잠시 눈을 깜빡였다.

대체 무슨 일로 망설이시는가. 하지만 그는 이내 눈을 감고 고개를 숙였다.

"그러시지요."

그는 유령(Wraith).

그가 충성을 바친 여왕, 빅토리아는 해가 지지 않는 제국에 군림하되, 통치하지 않는다는 원칙을 세웠다.

그리고 유령의 역할은, 여왕의 군림이 간접적인 통치에 이를 수 있도록, 보이지 않는 눈과 귀가 되어 줄 뿐.

그렇기에, 여왕 폐하의 생각을 가늠하는 것은 그의 역할이 아니다.

"글래드스턴과 약속을 잡아야겠다."

"알겠나이다."

레이스 대위는 고개를 숙이며 물러났다. 여왕의 의사가 정해진 지금, 그가 할 일은 더는 없었다.

그리고 그렇게 혼자 남은 방 안에서, 빅토리아는 슬며시 레이스가 구해 온 책을 내려다보았다.

〈피터 페리와 찬란한 빛〉.

벌써 7번째 책이다. 빅토리아 여왕은 쓰게 웃으며 그 책의 표지를 쓰다듬었다.

'흥, 계속해서 잘도 내는구먼.'

성실하긴 하단 말이지.

그렇게 나직이 읊조린 그녀는 그때 만났던 그 황인종 청년을 떠올렸다.

과연 그 건방진 이방인은, 그녀가 저를 위해 지금 무슨 일을 하고 있는지를 알기나 할까?

그가 말한 대로, 대중이 생육하고 번성한 제국의 미래를 확인해 보고 싶어 뻗고 있는 손에 대해서.

어찌 보면 이방인에 의해 그녀의 정책 방향이 달라졌다는 것이고, 이는 필히 유념해야 하는 일이었으나…….

그녀도 그사이 이것저것 알아보았다. 때문에 이젠 그자의 출신국이나 특징, 성향 등이 대충 짐작이 갔다.

거기엔 이사벨라 버드 비숍의, 몽골리안 민족들의 국가와 지리를 비교한 보고서가 큰 도움이 되기도 했고.

'칭키나 잽스에 비해서는 크고 잘 생겼다라…… 확실히, 그녀의 보고에 부합하긴 하군.'

게다가 대략적인 내용이지만, 조선이란 나라는 일본에 비하면 아직 낙후된 중세 국가에 가깝다고 하니, 본디 우려하던 세작의 가능성은 전무해진 것이나 다름없는 상태.

원래도 크게 의심하진 않았지만 원래 위정자라는 인간이란 그런 법.

출신도 확실해졌겠다, 이제 안심하고 즐기기만 하면 될 뿐이다.

"하여간, 말년에 언제까지 이런 고생을 해야 하는 건지."

의회고 아들내미고, 시키지 않아도 알아서 잘해 주면 어디가 덧난단 말인가.

가벼운 투정을 부리며, 빅토리아는 천천히 책을 펼쳤다.

그래도 전에 한번 알아듣게 이야기해서 그런지, 최근 내용은 안심하고 편안하게 즐길 수 있는 내용들이긴 했다.

그런 약간의 기대를 안은 채 활자를 읽기도 잠시.

성실히 주인공의 뒤를 받쳐 주던 요정 리스의 배신.

엑스칼리버의 파괴.

그리고 적이었던 알비스와의 공투.

치명적일 정도로 유해한 롤러코스터 전개로 확확 지나가는 책 속의 피터 페리를 보며, 빅토리아 여왕은 가슴을 부여잡았다.

이 망할 칭키를 여왕 암살 기도죄로 긴급 체포를 해야 하나를 진지하게 고민하며…….

* * *

사보이 극장.

"흠, 그러면 '피터 페리'역의 2차 오디션에 들어올 인원은 이 정도인가?"

"예, 이 정도도 최대한 알아본 거예요."

끄응…… 리처드 도일리 카르테는 하는 수 없이 고개를 끄덕였다. 대부분의 주·조역의 배치는 끝났지만, 제일 중요한 주인공 역이 문제다.

사실 그리고 10대 소년을 10대가 맡아야 한다는 걸 왜 모를까.

하지만 오페레타의 특성상, 10대 역은 필연적으로 체력이 많이 필요했다. 심지어 그 과정에서 득음(得音)하는 경우가 많으니, 높은 목소리의 테너는 더더욱 그렇게 된다.

그래서 필요하면 때때로 남장까지 시켜서 20대 여성을 내보내기도 하는 게 바로 10대 남아 배역이다. 그만큼 어렵다는 뜻이다.

그렇기에 카르테는 이번 오디션을 정말 중요하게 여겼다.

하지만 아직 괜찮은 인재가 보이질 않는다. 그렇다고 수확이 없던 것도 아니었지만.

예를 들면 지금 보고 있는 이, 시드니란 소년만큼은 오디션에서 떨어지더라도 계약을 제안할 생각이었다.

아직 부족함은 많지만, 잘 갈고닦으면 극단의 간판스타로 키울 수도 있으리라는 직감이 들었기 때문이다.

아무튼 그렇게 주역을 정하는 것도 문제였지만, 막상

더 큰 문제는 따로 있었다.

"하, 그래서 단장님. 리스 역은 어떻게 할까요?"

"흠…… 안 그래도 물어보려 했다. 그래, 결과는 어떻지?"

"망했어요."

"아, 젠장."

딱 잘라 말하는 아들의 말에, 리처드 도일리 카르테는 눈살을 찌푸렸다.

피터 페리 1권부터 등장해, 절대 뺄 수 없는 주요 조역 중 하나로 등장하는 도서관의 실프 리스.

등장 신은 적지만 임팩트는 확실하다. 잘만 연기하면 커리어에 큰 도움이 될 수 있는 배역이기에, 눈여겨본 아역을 동원할 생각이었으나…….

문제는 최근 전개에서 빌런임이 드러나면서, 아역들 사이에서 인기가 뚝 떨어졌다는 점이었다.

"작가님도 참…… 우리에게라도 이걸 미리 알려 주셨어야지."

"어쩌죠? 이대로라면 거의 짜고 치는 오디션이 될 것 같은데."

"어쩔 수 없지. 일단 온 애들만으로 뽑아 보는 수밖에."

"한 명뿐이잖아요."

"제기랄."

어쩔 수 없지.

정 안 되면 윙키 역 떨어진 애한테라도 맡기는 수밖에, 아니면 아예 각색하면서 리스를 자르고 윙키와 합치든가.

한슬로 진이 들었다면 브레스를 뿜을 망언이라는 것도 모르는 채, 리처드 도일리 카르테는 깊은 한숨을 쉬며 딱 하나 들어온 리스 역의 오디션 신청서를 들여다보았다.

"찰리, 엄마가 술집 가수 출신이라."

노래는 잘 부르겠네.

그는 그렇게 말하며, 큰 기대 없이 대충 서류 더미를 던져 놓았다.

* * *

─예, 작가님. 걱정하지 않으셔도 일단 대부분의 어린이집은 휴원했고, 재단 자체적으로 고용했던 선생들과 학생 가족들을 위한 임시 거처까지 마련해 뒀습니다.

"그래요? 잘해 주셨네요."

통화기를 통해서 전해져 오는 내용에 난 가볍게 안도했다.

크게 걱정하진 않았지만, 그래도 우려했던 일들은 벌어지지 않은 모양.

심지어 생각보다 더 깔끔하게 뒤처리가 되어 있었다.

음, 이래서 법과 돈에 관련된 일엔 전문가를 쓰는 거지.

―죄송합니다. 이런 건 원래 저희 쪽에서 먼저 연락을 드렸어야 했는데……

"아뇨, 괜찮습니다. 대처만 잘해 주셨다면 제가 굳이 터치할 이유는 없지요."

그도 그럴 게 워낙 급작스럽게 진행된 일이니까.

솔직히, 갑자기 저런 대대적인 공사가 벌어질 줄 예상한 사람이 얼마나 있겠는가.

말 그대로 '나라님의 변덕'인 것을.

게다가 내가 최근 워낙 여기저기 돌아다니는 일이 많지 않은가? 출장이 잦다 보니 제대로 된 연락을 하기가 어렵기도 했다.

핸드폰이 뭐야, 삐삐도 없던 사절이니까.

―아, 아뇨. 사실 그것도 그거지만, 그 이상으로 중요한 일이 있어서요.

"뭔데요?"

―재단 명의로 화이트채플 구역 내에 땅을 사 두지 않았습니까? 사람 모이고 때 되면 정식으로 학교나 도서관을 짓기 위해서요.

"아, 그랬지요. 어…… 설마?"

―예, 이번 재개발 정비구역 안에 포함되어 있더군요. 정부에서는 도로가 정비될 구역 일부를 공시지가로 구매하겠다는데 어떻게 처리할까요?

공시지가라. 그럼 가격이 대략…….

"예? 그렇게 많다고요?"

난 어안이 벙벙해서 수화기를 놓칠 뻔했다.

공시지가는 원래 실거래보다 싸다. 그런데도 지금 말하는 그 가격은 원래 구매했던 땅값의 수배를 호가했다.

게다가 지금 말하는 것을 들어 보면…….

"심지어 그게 일부라고요?"

그래, 어째서인지 땅 전체가 아니라 그 일부만을 사겠다는 거다.

보통 공무원이 나랏일을 그렇게 귀찮게 할 리가 없는데…… 이 시기 영국은 원래 그러는 건가? 막 뭐 엄청난 사명감 같은 걸로 철저히 나눠 가면서?

―네, 신기하게도 말이죠. 저도 이런 일은 처음이라…… 연락이 늦어진 이유도 그것을 확인하느라 시간이 좀 걸렸네요.

역시 평범한 일은 아닌 듯하다.

―일단 이유는 용지의 목적이 공공시설에 가까운 사회 산업이라서 선처했다는 듯하네요.

"음, 대체 언제 그렇게 신경을 쓰셨다고……."

뭔가 좀 변명 비슷한 느낌이 들긴 하지만 일단 넘어가기로 했다.

이쪽에서도 필요로 인해서 사 놓은 땅을 뺏겼다간, 벌리는 돈은 둘째 쳐도 시공 설계부터 이후 일정까지 처음부터 다시 해야 할 테니까.

뭐, 좋은 게 좋은 거 아니겠는가?

"아무튼, 저희에겐 큰 문제가 없다는 거죠? 혹시 바뀔 내용이라든지요."

―네, 굳이 하자면 앞으로 저희가 시설을 올리려 한 구획이 앞으로 만들어질 신생 화이트 채플의 중심가에 위치할 거 같다는 것 정도네요. 뭔가 새로운 내용이 나오면 추가 전달해 드리겠습니다.

오, 그건 무척 낭보긴 하네. 뭔가 얼어걸린 느낌이 많긴 하다만.

"아무튼 알겠습니다. 그러면 무슨 일 생기면 연락 주세요."

―물론이지요.

"아, 혹시 일정 없으시면 페르디난드 남작님이랑 이쪽에 방문해 주실 수 있겠습니까?"

―뭔가 중요한 일이 있으십니까?

"메리의 5번째 생일요."

밀러 가의 삼녀, 메리 클라리사 밀러.

이 아이가 벌써 5살이 된 것이다. 애가 벌써 걷고 읽고 쓰고 '한슬, 한슬'하면서 돌아다닌다고!

물론 영국에 5살 생일을 중하게 여기는 문화 같은 건 없다. 차라리 성인식이 중요하면 중요하지. 한국에서도 돌이나 중요하지, 그다음은 뭐 그냥 이냥 저냥 하는 거 아닌가.

하지만 밀러 씨네 처갓집은 이래 보여도 꽤 높으신 가문.

최근 이런저런 일이 있던 것과 겹쳐서 기왕 런던에 온 김에 생일 파티를 크게 만들기로 한 것이다.

일이 바쁘다고 집을 비운 벌충을 이렇게까지 하는 걸 보면 참, 애처가에 딸바보적인 면모를 숨길 수 없다니까.

뭐, 그것도 얼마 전에 내가 다트무어에서 구해 온 카츠시카 호쿠사이 목판화 시리즈를 크게 팔아치우는 데 성공하셔서, 간만에 큰 목돈이 들어온 덕이기도 했지만.

그리고 그 결과.

"하하, 밀러 씨. 축하드립니다."

"이런, 캐도건 백작님 아니십니까!! 어서 오십시오!"

"프레드!! 잘 지냈는가. 축하하네!!"

"바야드(Thomas Francis Bayard) 공사님! 환영합니다. 고향 사람을 만나니 반갑군요!"

"초대해 주셔서 감사합니다, 밀러 씨! 조지 허버트(George Herbert)입니다."

"오, 새 카나본 백작(Earl of Carnarvon) 아니시오. 조만간 결혼하신다면서요? 축하드립니다."

"하하, 감사합니다! 그때가 되면 저도 초대장을 보낼 테니 꼭 참석해 주시기 바랍니다."

그 외 지난번의 데스먼드 영감님, 카스테어스 씨, 그리고 셸든 가의 며느리 등등.

적당히 소식을 돌렸을 뿐인데도, 파티는 순식간에 규모

를 키우고 키우고 키워서 단순한 생일 파티 수준이 아닌 작은 사교 회장으로 변모했다.

아무래도 밀러 씨가 인망이 좋고 아는 사람도 많다 보니까 당연하다면 당연한 일.

그간 소박하게 살아왔던 분이지만, 살짝만 봉인을 풀고 힘을 드러낸 순간 이렇게 체급이 드러난 거다…… 그렇게 생각한 순간.

"실례하겠습니다. 프레데릭, 그간 격조했습니다."

"로즈베리 백작님(The Earl of Rosebery) 아니십니까! 하하, 아니지. 총리님이라고 불러야겠군요!"

"후후. 이젠 시한부 총리나 다름없지만요."

……누구요? 대영제국 총리? 저 사람이 여길 왜 와?

나는 어안이 벙벙한 눈으로 밀러 씨와 악수를 나누고 있는 동년배의 중년 남자를 바라보았다.

밀러 씨가 말하는 것을 듣다 보면 총리긴 한 거 같은데…… 내가 영국 역대 총리를 다 알 수는 없는 노릇이니까. 기껏해야 마거릿 대처나 미스터 갈리폴리 정도?

아니, 그건 그렇다 쳐도 총리라기엔 지나치게 젊지 않나? 밀러 씨도 아직 50대도 안 됐는데.

그렇게 생각한 순간 내 뒤쪽에 있는, 사교 회장에 모여 있던 정치권 양반들이 구석에서 나직이 수군거리는 소리가 들렸다.

"흥, 뻔뻔하게 잘도 나다니는군."

"됐소. 어차피 이제 곧 나자빠질 놈 아닌가."

"총리면서 하라는 정치는 안 하고, 말이나 돌보고 다니니 당연한 일이겠지. 스승에게 부끄럽지도 않나?"

아하…… 아무래도 들어보니 이미 한량으로 유명한 양반인 것 같다. 하긴 생각해 보면 밀러 씨도 한 한량 하시는 분이긴 했지.

혹시 폴로(polo)나 경마 같은 걸로 얽게 된 인연이려나? 그럼 왠지 납득이 될지도…….

아무튼.

나는 그걸 파악한 뒤에도 적당히 잔을 든 채 그쪽을 얼쩡거리며 그들의 대화를 엿들었다.

마침 정치권 높으신 분들이니, 이번 재개발에 대해서도 알지 않을까? 란 생각에서였다.

그들도 때마침 그 얘기를 하고 있었고.

"그건 그렇고 들었나? 화이트채플 지구 재개발 사업."

"아아, 들었소. 대체 무슨 일인지 모르겠소. 그런 비렁뱅이들에게 집을 새로 지어 주시다니."

"심지어 제반 시설까지 확충한다고 하니…… 들이는 돈이 심상치 않다는 것 같아."

"후, 지금 할 일이 산적한데 대체 무슨 변덕이신지……."

"허허, 여왕 폐하께서 늙으니 눈물이 많아지신 게 아니겠소?"

"설마, 그 찔러서 피 한 방울 나오지 않을 거 같은 드워프 여 족장 할망구가 말이오?"

어…… 아무리 없는 자리에선 임금님이라도 껌처럼 씹히는 게 국룰이라지만, 아무리 그래도 저런 센 워딩을 해도 되는 건가?

게다가 저 '드워프 여 족장'이라는 단어를 보면…… 내 독자인 거 같기도 한데 말이야. 내 작품의 인물이 여왕님을 수사하는 은어가 될 줄은 상상도 못 했네.

그사이에도 그들의 이야기는 계속 이어지고 있었다.

그리고 그 내용 역시, 결코 무시할 수 없는 내용이었다.

"항간엔 왕세손 부부의 입김이 아니냔 이야기도 있소."

왕세손? 어제 나와 대작하신 그분? 이건 또 무슨 소리야?

"왕세손이 그, 〈빈센트 빌리어스〉인가? 그 소설을 좋아하잖소."

"아아, 그 한슬로 진의 책. 나도 잘 알지. 재미는 있던데……."

"흥, 불경하기 짝이 없는 물건이 무슨…… 아무튼 예전에 거기서도 이스트엔드 재개발 내용이 있었단 말이오. 그땐 화이트채플은 아니고 템스강 북안 항구 지역이었긴 했지만."

"허! 그런 불경한 책을 읽고 국정을 농단하신단 말인가."

"국정이라긴 애매하긴 하지만…… 뭐, 일단 왕세손이 빨간 물이 드는 건 좀 그렇긴 하군."

"흥, 가정교사 얘기를 들으니 지식수준이 딱 철도 짐꾼 수준이라는데, 아는 게 그 모양이니 빨간 물이 들일 수밖……."

나는 그 뒤로 적당히 몸을 빼서 나왔다.

게다가 아직은 좀 거리감이 있긴 하지만, 나름 나한테 친구가 되어 달라고 하신 분인데 욕먹는 걸 참고 들어주긴 어렵지.

대신 다 기억해 뒀다. 이걸 전해 주면 저 양반들 모가지가 어떻게 되려나?

그건 그렇고…… 그렇군.

"왕세손 각하 덕이었구나!"

그래, 그렇다면 이해가 간다.

확실히 나도 〈빈센트 빌리어스〉에서 그런 내용을 쓴 기억도 있었고, 평상시 내 작품을 즐긴다던 그분이라면 관련된 내용을 모를 리가 없겠지.

나와 아무런 연고도 없던 여왕 폐하가 갑자기 빈민 구제책을 내서 사업을 시작했다는 것보다는 훨씬 더 납득이 되고, 그럴싸한 내용이었다.

이야, 확실히 사교성은 좀 떨어져도 마음 씀씀이가 매우 깊으시네.

어떻게 그런 용돈을 쥐여 주시면서 아무 말도 없었을까 몰라?

다음에 만나면 위스키 수준이 아니라 와인 병을 따야겠다.

밀러 씨에겐 죄송하지만, 왕세손 각하가 드실 거잖아요. 좀 참아 주세요.

'그럼, 혹시 어제 찾아왔던 것도 관련된 내용이었던 건가?'

음……, 근데 그런 낌새는 또 없었던 거 같기도 한데. 오히려 이제야 나를 알아보려 한다는 듯한 기색이 만연했지…… 아마?

그렇게 뭔가 살짝 톱니바퀴가 엇물려 있는 듯한 감각에 고민하고 있기도 잠시.

"모두! 잠시만 주목해 주십시오!"

밀러 씨의 외침과 함께. 안쪽에서 클라라 부인이 오늘의 주인공, 메리를 안고 밖으로 나왔다.

그 양옆으로는 귀여운 두 아이, 매지와 몬티가 각자 주스잔을 들고 있다.

밀러 씨는 한 손에 와인잔을 들고 있음에도 능숙하게 아이를 받은 뒤, 안아 올렸다.

그리고 그 모습을 손님들에게 보여 주면서 크게 말했다.

"오늘 모여 주신 여러 손님에게, 아이의 아버지로서 또 한 번 환영하겠습니다. 저로선 이 아이가 세 번째이긴 하지만, 모든 아이가 건강하게 자라 주었다는 것만으로도 하나님께 감사드리고 싶습니다."

몇몇 손님들이 고개를 끄덕였다. 살아 있다는 것만으로도 충분히 운이 좋은 거니까. 조지 왕세손의 형님만 해도 20대에 요절하지 않았던가.

그런 시대다. 페니실린도 감기약도 없는 그런 시대에서, 5살까지 무사히 살아남아 준 것만 해도, 메리는 이런 축하를 받을 자격이 있었다.

밀러 씨는 능숙하게, 와인잔을 내밀며 말했다.

"축사가 길어지면 곤란하지요? 자, 여러분! 제 딸, 애거사 메리 클라리사 밀러(Agatha Mary Clarissa Miller)가 앞으로도 건강하기를 축원하며 건배 한 번 하겠습니다! 자, 위하여!!"

"위하여!!"

그의 선창과 함께 하늘 높이 올라간 잔이 물방울을 튀겼고.

손님들이 잔을 비웠다.

하지만, 나는 그러지 못했다.

'지금…… 뭐라고?'

애거사.

메리 클라리사 밀러가 아니라, 애거사 메리 클라리사 밀러…….

'애거사 크리스티?'

＊　＊　＊

 애거서 크리스티(Dame Agatha Christie).
 추리의 여왕(Queen of Crime).
 그 별칭처럼 현대에서는 코난 도일과 함께 아직까지도 '추리 소설'이라는 장르, 그 자체를 상징하는 인물이다.
 그리고 아무도 없었다. 오리엔트 특급 살인, 애크로이드 살인사건, 쥐덫 등등. 50년이 넘도록 생전 80질 이상의 되는 추리 소설을 썼으며, 그 작품 하나하나가 수작 이상이다.
 게다가 산장과 같은 고립된 공간에서 사건이 일어나는 클로즈드 서클(Closed circle)이나, 추리가 끝나고 모든 사람을 모아서 진상을 밝히는 푸아로 피날레(Poirot Finale), 무엇보다 그녀의 손끝에서 그 누구보다 우아하게 탄생된 서술 트릭은 단순히 추리 소설에서 그치는 게 아닌, 현대 문학에까지 공헌했다 할 수 있을 거다.
 추리 소설과 거리가 있는 장르에서도 그녀에게서 영향을 받은 게 수도 없이 많으니 말 다 한 거지.
 당장 나부터가 조악하게나마 애거서 크리스티식 서술 트릭을 통해 이야기를 진행하고 있다.
 그럼에도 그녀가 얼마나 대단한지 모르겠다면 이 한마디면 되겠지.

'역사상 가장 많은 소설을 판 작가'.

그런데, 그런 애거서 크리스티가.

꺄르륵! 꺄륵!

메리였다고? 내가 기저귀 갈아 주던 그 메리?

애크로이드 살인사건을 처음 본 독자들이 이런 기분이었을까? 누가 마치 누군가가 뒤통수를 망치로 찍은 듯 머리가 띵하고 어지러웠다.

원래 영국 귀족이나 상류층에서는 미들 네임을 주로 쓰고 퍼스트 네임은 공적인 자리에서만 쓰는 풍습이 있다.

대표적으로 몬티도 그렇잖아? 풀네임은 '루이스' 몬태규 밀러지, 그냥 몬태규 밀러가 아니다.

즉, 애거사 크리스티. 애거사 메리 클라리사 밀러도, 그간 그저 메리라고만 불렀지, 클라리사라고 부르지 않았다는 점에서 메리가 미들 네임인 걸 눈치챘어야 했다……!

아니, 근데 또 매지는 마가렛 프래리 밀러(Margaret Frary Miller)인데, 프래리가 아니라 마가렛의 애칭인 매지로 부르잖아? 대체 밀러 가의 작명 방식은 왜 이렇게 엉망인 거지?! 규칙성이 없잖아 규칙성이!

어린 나이부터 책을 좋아하는 것부터 범상치 않은 거 아니냐고?

이 집안은 원래 다 그랬어!! 애들이 하나같이 책을 읽는 것에 아주 진심이라고! 알고 보니까 보이는 거지, 그걸로 어떻게 예상하나?

'후. 침착하자. 소수. 소수를 세는 거다.'

난 가볍게 라마즈 호흡법을 하며 마음을 가다듬었다.

그리고 마침 그때.

"아빠. 나 졸려어……."

신나게 놀던 메리가 마치 건전지가 떨어진 로봇처럼 눈을 비비더니 칭얼거리기 시작했다.

"아이쿠. 메리. 졸리니?"

"응……."

"음, 아빠는 조금 더 손님을 상대해야 할 거 같은데, 어쩌지?"

난 그런 부녀에게 다가갔다.

"그러면 밀러 씨, 제가 메리를 안으로 들여놓고 오겠습니다. 그사이 일을 보시죠."

"오. 그래 주겠나?"

"네. 자. 메리 아가씨."

"으응……."

밀러 씨는 자연스럽게 메리를 내게 넘겼다. 꾸벅꾸벅 고개를 흔들면서 자연스럽게 내 품에 안겨드는 메리.

이미 수십, 수백 번 넘게 안아서 그런지, 제 몸을 편하게 맡겨 온다. 난 그 모습을 보면서 내심 웃음을 삼켰다.

그리고 떨리는 가슴을 부여잡으며, 스쳐 지나가는 손님들과 인사를 나누면서 안으로 들어갔다.

잔치는 전원주택의 마당에서 열리고 있었기 때문에, 안쪽에는 요리를 돕기 위해 급히 모은 아줌마들밖에 없었다.

나는 그들을 지나쳐, 천천히 아이들 침실이 있는 2층으로 올라갔다.

가는 동안 아이는 무척이나 조용했다.

언제나처럼.

원래도 수줍음이 많고 조용한 아이였다.

왈가닥이었던 매기나, 최근 중2병이 발병하면서 날뛰게 된 몬티와는 정말 정반대였지. 그래서 처음엔 너무 조용한 나머지 괜찮나 걱정을 하기도 했다.

"……"

나는 천천히 문을 열었다.

다섯 살 어린아이가 눕기엔 약간 큰, 그래서 오히려 더욱 편하게 잠들 수 있던…… 밀러 씨와 함께 골랐던, 내가 산 침대가 눈에 들어왔다.

나는 천천히 메리를 그 침대에 눕혔다. 그리고 입을 오물거리는 메리를 내려다보았다.

언제나와 같은, 밀러 가의 셋째 메리였다.

'그래. 솔직히 놀라긴 했지만, 어차피 미래의 일이잖아? 아직은 메리야.'

그녀가 애거사 크리스티라는 점은 의심할 여지가 없다.

실제로 어렸을 적부터, 가르치지도 않았는데 홀로 글자를 뗐을 정도로 영리했으니까.

하지만 그럼에도 내게는 대작가 애거서 크리스티가 아닌 밀러 가의 귀여운 막내 메리에 불과하다.

문자 그대로 기저귀부터 갈았던 아이인데 인제 와서 다르게 본다고? 우습지도 않은 일이다.

게다가 정확한 연도는 모르지만, 원래라면 그녀는 어릴 적에 아버지, 즉 밀러 씨의 투자 실패로 가세가 기울게 된다.

그런데 지금은 어떻던가? 방금 있던 연회장을 생각해 보면 답이 나오지 않을까? 현재의 밀러 가는 그 어느 때보다 성세를 누리고 있다.

"으음……."

"예, 코~ 코~ 자요."

미래는 정해지지 않았다. 어떻게 하느냐에 따라서 충분히 바꿀 수 있다는 거지.

설정에 따라 다르겠지만 이미 수많은 작품에서 다뤄 왔고, 많은 결말을 만들어 낸 주제다.

고양이에겐 미안하지만 백 투 더 퓨처는 틀렸다. 난 마블 세대고, 미래는 바꿀 수 있다.

결국 내가 할 수 있는 것은 이 아이에게 문제가 생기지 않도록, 잘 키우는 것뿐이라는 거다.

난 그렇게, 메리를 재운 뒤 침실을 빠져나왔다.

자, 그럼 이제 어떡할까…….

난 어두운 발코니로 나가, 바로 아래를 내려다보았다.

아무튼 몇 가지 생각은 해 봐야겠다. 밀러 씨가 '그' 애 거서 크리스티의 아빠라면, 이제 곧 죽는다는 거 아닌가?

물론, 죽는 이유는 재정 상황이 안 좋아서 생긴 스트레스로 급성 폐렴에 걸린 거였으니 현재로서는 크게 걱정될 일이 없다.

돈? 원래도 많은 자금을 사업에 성공하면서 수 배로 뻥튀기한 덕에 지금 밀러 씨가 넘쳐 나는 게 돈인데?

그렇다면 뭐…… 잘 먹이고 잘 재우는 거 이상의 답이 없네.

역시 영국 요리가 문제다. 그런 걸 먹으니까 스트레스가 쌓여서 폐렴도 걸리는 거지.

아니면 마스크? 음, 역시 런던 공기가 안 좋긴 하지. 어쩌면 시골을 더 좋아하던 그의 성향은 생존을 위한 몸의 신호였을지도 모르겠다.

그러면 당분간 런던에서 볼 일은 최대한 줄이는 게 좋겠지.

그러면…….

그때였다.

"어머나, 한슬?"

"아, 옛."

나는 노인 특유의 목소리에 고개를 돌렸다.

그곳엔 클라라 부인이 아름답게 나이 들면 이렇게 되지 않을까 싶은 백발의 호호 할머니가 손에 뜨갯거리를 든 채 푸른 눈동자로 나를 바라보고 있었다.

놀랍게도 이 할머니, 눈으로 손을 제대로 보고 있지 않은데도 자연스럽게 움직임을 이어 가고 있다. 마치 불을 끈 채 떡을 써는 한석봉 어머니 같은 솜씨.

내가 아는 한, 저런 기예를 부릴 수 있는 분은 이분뿐이다.

"어쩐 일이십니까? 마담(madam)."

마담, 마가렛 밀러 부인.

밀러 씨의 계모 되시는 분이자, 클라라 부인의 이모 겸 의붓어머니 되시는 분이시다.

그녀는 포근한 미소를 지으며 이쪽을 응시했다.

"메리를 재워 준 건가요? 고마워요."

"아니요. 당연히 해야 할 일을 한걸요. 매기나 몬티라면 모를까, 아주 가벼웠습니다."

"호호, 그건 그 둘에겐 이야기 안 하는 게 좋겠군요. 그 둘이 들었다간 분명 시샘할 테니까요."

"하하⋯⋯ 네."

아이 다섯 길러 보신 분답게 잘 아신다. 원래는 날 썩 맘에 안 들어 했던 거 같은데 말이지.

처음 봤을 때는 마치 경계하는 듯한 느낌을 받았었는

데, 어느샌가 이렇게 내게도 마음을 여신 듯한 모습을 보였다.

뭐, 당연하다면 당연한 건가? 내가 얼마나 열심히 일했는데.

어찌 보면 위하는 척이 아닌, 진정으로 나를 가족으로 인정해 주셨다는 느낌도 들어 기분이 썩 나쁘지 않다.

왜 그, 원래 날 싫어하던 선생이 인정해 줬을 때 오는 만족감 같은 그런 거 말이다.

그렇게 생각하던 그때.

"고마워요, 한슬."

"예? 무슨 말씀이십니까?"

발그레한 뺨의 온화하고 친절해 보이는 얼굴로, 마가렛 밀러 부인은 갑자기 그런 말을 태연하게 시작하였다.

"솔직히 말하면, 난 사람을 믿지 않아요. 특히 프레드의 안목은 절대 믿지 않죠."

"에, 음."

그 안목 덕에 성공한 제가 듣긴 매우 뭐한데요.

하지만 그런 말을 하는 게 당사자의 어머니다 보니 반박하기가 어렵다.

뭘 이야기하는지 대충 짐작 가기도 하고.

"물론 사람 보는 눈이 없진 않지요. 하지만 사람이 너무 좋지요. 상식적으로 열일곱 살에 만난 새 어미라니, 얼마나 싫겠어요. 그런데 다짜고짜 웃으면서 당당하게 엄마! 하는 거 있죠. 내가 더 황당했더랬죠."

"하, 하하."

으음, 확실히 밀러 씨다운 인싸력이다. 처음 만난 사람들하고도 쉽게 친해지는 성격이시니까.

"그래서 난 솔직히 말해, 저 프레드가 어딘가 크게 투자했다가 재산을 말아먹을 거로 생각했지요."

"아, 하하. 밀러 씨가 그런 면이 조금 있긴 하지요."

반박할 수 없는 게 슬프구먼.

막말로 밀러 씨가 아낌없는 신뢰를 보내 준 게 나니까 망정이지, 잘못 걸리면 패가망신할 수도 있었을 테니까.

처음엔 몰랐지만, 인제 와서 보면 실제로 역사에서도 그랬을 것이고…….

아하, 그래서 처음에 날 싫어하신 거구나.

"그래서 나로선 정말이지 고맙다는 말밖에 할 수가 없군요. 굳이 우리 모자란 아들 밑이 아니더라도 얼마든지 성공할 수 있었던 한슬이, 이렇게 우리 아들 부부를 위해 헌신해 주고 있다는 게…… 나로선 정말 고마워요."

"아닙니다. 뭐, 밀러 씨는 제 생명의 은인인걸요. 이 정도는 해야죠."

"후후, 정말 그렇게 생각하나요?"

어, 음. 그런 꿰뚫어 보는 듯한 눈으로 보시면 좀 대답하기 어려운데요.

나는 머리를 긁적이며 그 시선을 피했다.

이 할머니 눈빛을 보다 보면 뭔가, 왠지 모르게 발가벗고 있는 느낌이 든다. 마치 모든 것을 꿰뚫어 보는 듯한, 선명하고 깊은 푸른…… 바다 같은 눈이라고 해야 하나.

그렇게 생각하던 순간이었다.

어느새 할머니는 뜨갯거리를 내려놓고, 그 주름투성이 손으로 내 손을 잡으면서 말했다.

"한슬."

"예. 부인."

"나는 우리 한슬이, 우리 아들과 딸. 그리고 손자 손녀들까지…… 믿고 맡아 줬으면 좋겠어요."

"뭐, 그거야 제 일이기도 하니 당연한 거죠."

"제가 말한 것이 그런 게 아닌 거, 잘 알고 있지 않나요?"

"하하. 그, 그런가요?"

음, 뭐랄까? 좀 말로 하기 어렵다고 해야 하나? 하지만 그 사파이어 같은 눈동자를 보며 난 나도 모르게 내뱉었다.

"뭐, 하루 이틀 지낸 것도 아니고, 솔직히 제가 굳이 독립하고 그럴 필요는 없죠? 애들도 아직 다 안 컸고 밀러 씨와 있는 것이 더 편하단 것도 있겠죠. 함께 있는 것만으로도 마음에 여유가 생긴다고 해야 하나? 에, 아무튼."

왠지 모르게 마음이 격앙된다. 평소에 이러진 않는데 신기하네. 이렇게까지 말이 막 나오는 건 또 오랜만이다.

하지만 어쩔 수 없다. 뭔가 막, 쏟아 버리고 싶은 느낌이럴까? 난 왠지 모르는 쑥스러움에 뒷머리를 긁으며 길고 긴 이야기의 결론을 내렸다.

"당연한 겁니다. 가족이잖아요."

단순히 그가 애서서 크리스티의 아버지라든지 그런 걸 따지기엔 우리가 알아 온 기간이 적지 않으니까. 이미 서로의 삶에 너무 깊게 파고들어 버렸다.

그냥, 난 내 절친한 친구이자 가족인 외국인 밀러 씨를 지키고 싶은 거다.

"후후. 그거면 됐어요."

마가렛 밀러 부인은 빙긋, 뜻 모를 사람 좋은 미소를 지으면서 그렇게 말했다.

그때 난 문득 들은 생각을 물어보았다.

"그런데, 갑자기 왜 그런 말을 하신 건가요?"

"아, 그거 말인가요?"

그간 잘만 대해 주시다가 갑자기 내가 어디 떠날 것처럼 말이지. 난 그럴 생각도 없는데. 그러자 그녀는 아무것도 아니라는 듯, 웃으며 말했다.

"그야, 한슬······"

그리고 떨어트렸다.

그, 핵폭탄 같은 말 한마디를.

"미래를 알고 있잖아요?"

6장
오스카 와일드

오스카 와일드

―니 혹시, 미래를 알고 있는 거 아이가?

순간 머릿속에 그런 대사가 떠올랐다. 그만큼 정신이 아득해졌다는 소리다.

눈앞에 앉아 있는 건 분명 온화한 표정의 그녀인데, 일순 맨손으로 거대 재벌 왕국을 건설한 폭군의 그것처럼 보인다.

이해하고 있다고 생각한 사람이 사실 이해하지 못했을 때 생기는, 마치 리미널 스페이스(Liminal Space)를 볼 때와 같은 공포(terror).

혹시, 설마…… 어쩌면―

"그게 아니라면, 어떻게 우리 철없는 아들 사업을 그렇게 끌어올렸겠어요?"

"아, 예. 어…… 그 얘기셨습니까."

마담의 얼굴을 덮었던 음영이 걷힘과 동시에 나는 다시 19세기 런던으로 돌아왔다.

하긴, 내가 오기 전에 밀러 씨의 사업 포트폴리오는 진짜 중구난방이었으니까.

"고흐, 세잔, 뭉크…… 솔직히 제가 예술을 잘 몰라서 그런지 몰라도, 그 작가들이 그렇게 성공할 거라고는 전혀 믿지 않았죠."

"원래 예술이라는 게 그렇지 않습니까."

성패(成敗)는 예술가의 능력만으로 결정되지 않고, 작품의 퀄리티만으로 결정되지 않으며, 오직 결과만이 진실.

따라서, 손대는 것마다 승승장구하다 보니 미래를 먼저 보고 온 사람의 그것처럼 느껴지는 것도 당연하긴 하다.

아니, 실제로도 그게 맞고.

"그리고 당신의 소설요. 참 혁신적이고도…… 이상할 정도로 강한 형식을 품은 글이었죠. 하나하나가 전부, 다른 형식이면서도."

마치, 그것들이 성공한 미래를 보고 오기라도 한 듯— 이란 말에, 나는 시선을 돌릴 수밖에 없었다.

마가렛 밀러 부인은 그런 날 보며 옅은 미소를 흘렸다.

"겸손해할 것 없어요, 한슬."

"음, 겸손해한다기보단…… 예, 뭐."

대충 그런 거라고 해 두자.

그러고 보니 아서 코난 도일 선생님이 셜록 홈스의 모티브를 대학 시절 은사에게서 얻었듯, 애거사 크리스티는 미스 마플의 모티브를 할머니에게서 얻었다고 했지.

"아무튼, 나는 조금 더 멀리 볼 줄 아는 사람에게…… 조금 더 큰 의무가 있다고 생각해요. 그래서 어렸을 때 클라라를 내가 맡겠다고 한 거고."

"그러셨군요."

"하지만 솔직히 말해 거기서 그쳤던 것은…… 제가 할 수 있는 범위가 거기까지였기 때문이기도 하지요."

그녀는 가볍게 웃으며 이쪽을 응시했다. 다시금 느끼는 기묘한 느낌.

"하지만, 당신은 다르잖아요? 그 벽이 안 보인다고 해야 할지, 무시한다고 해야 할지……. 참, 보다 보면 시원시원하면서도 위태로워 보일 때가 많았답니다."

"크흠, 신경 써 주셔서 감사합니다."

음, 나는 몰랐지만 아무래도 그런 게 있었나 보다.

하긴 이 시대, 여성과 소수민족의 권리라는 건 없는 거나 마찬가지니까. 하지만 난 그런 것 없이 당당히 다니긴 했지.

아니, 그래도 그런 미세한 차이를 느꼈다는 것 자체가 심상치 않으신데요?

"그러니까, 부탁해요."

오스카 와일드 〈157〉

밀러 부인이 내게 손을 내밀었다.

"그 아이들에게, 지금과 변치 않게 대해 줄 수 있나요?"

"물론이죠."

그런 거라면 간단하죠. 난 바로 답하였다.

"말씀하시지 않아도, 제 기쁨이었습니다. 마담."

"예, 그거면 충분하답니다."

그녀는 눈을 빛내며 나의 손을 꼬옥 잡았다.

* * *

"어서 오시오, 오랜만이군."

"기체후일향만강(Have you been healthy)하시옵니까. 여왕 폐하."

그 인사에 빅토리아는 코웃음을 쳤다.

언제부터 이 감자코 원숭이가 그렇게 공손했다고 건강을 묻는단 말인가? 건방지게.

그래서, 그녀는 가볍게 쏘아붙였다.

"제자를 썩 못 길렀더구려. 글래드스턴 경(Lord)."

가장 위대한 평민(The great Commoner), 윌리엄 이워트 글래드스턴.

그런 그녀의 말에 자유당이 낳은 가장 위대했던 총리는 씁쓸히 웃으면서 고개를 숙일 뿐이었다.

"소인은 평민이니 경이라 불릴 수 없습니다, 여왕 폐하. 다만 제자의 부덕은 소인의 가르침이 부족한 탓이니, 드릴 말씀이 없군요."

"결국 백작위를 거절할 요량이오?"

"이제 와 받는다고 몇 년이나 더 영광을 누리겠사옵니까? 다만, 바라건대 친구들과 같은 자리에서 여생을 보내고 싶사옵니다."

말은 참 잘한다.

빅토리아는 쯧, 하고 애증이 섞인 표정으로 그를 내려다보았다.

건방지고, 짜증 나는 인간이긴 하지만…… 디즈레일리가 죽은 지금, 그녀와 같은 영역을 바라볼 수 있는 존재는 눈앞의 이 건방진 평민 하나 뿐이기도 했다.

"되었소. 그러면, 누가 총리가 될지는 알고 있겠지요?"

"솔즈베리 후작으로 내정하고 계시지 않사옵니까."

글래드스턴은 당연하다는 듯 그리 말했다.

본래 영국 의회의 지엄한 법률에 따르면, 총리는 설사 사임하더라도 여당 출신이 맡는 게 맞다.

하지만 법률의 위에 존재하는 지엄하신 여왕 폐하께서 지명하신다면, 이야기가 달라진다.

그게 설사 다른 당의 인물이라도 총리가 될 수 있는 것이다.

애초에 그의 딸 여문 제자, 프림로즈가 총리가 될 수

오스카 와일드 〈159〉

있었던 이유도 여왕의 내정이 있었기 때문이 아닌가?

본래 이 당시 자유당에는 윌리엄 하코트(William Harcourt), 헨리 캠벨배너먼(Henry Campbell-Bannerman)와 같은 더 노련하고 경력도 많은 지도자들이 존재했다.

이들이 프림로즈의 '기수 파괴'에 가까운 총리 등극을 반대하였음에도 결국 그가 총리가 된 이유.

이는 결국 평민과 자유당을 끔찍이도 싫어하셨던 여왕께서 '그래도 귀족이니 좀 낫겠지'라는 심정 반, 자유당의 내분을 가속화시키려는 심정 반으로 강행한 결과였다.

그러니 이제는 완전히 보수당의 거두, 솔즈베리 백작을 임명하여 자유당의 숨통을 완전히 끊으려는 수순을 밟으실 터……

글래드스턴은 그렇게 판단하고 있었다.

하지만.

"쯧. 벌써부터 마음이 꺾인 겐가? 자유당엔 그렇게 사람이 없소?"

"……예?"

글래드스턴이 눈을 크게 떴다.

그러니까, 지금.

그녀께선 자유당에서 다음 총리가 될 인물을 천거하라는 뜻인가? 그 빅토리아 여왕이?

자유당을 벌레 보듯 보며, 틈만 나면 잡으려 하시던 지존께서?

의아하다는 눈빛을 받은 빅토리아는, 아무렇지도 않게 그 눈빛을 창밖으로 돌리며 말했다.

"내후년이었던가? 짐의 60주년(Diamond Jubilee) 말이오."

"그, 그러하옵니다. 여왕 폐하."

"바꿔 말하면, 짐의 나이도 벌써 일흔여섯이란 뜻이지."

그녀가 왕위에 오른 게 18살이었으니 당연하다면 당연한 소리다. 하지만 반대로 말하자면…… 정말 오래되었다는 소리기도 했다.

게다가, 글래드스턴은 76세라는 나이를 가벼이 여길 수 없었다.

5살 위의 선배이자 앙숙, 평생의 라이벌이었던 남자이자…… 여왕의 오른팔, 비컨즈필드 백작(The Earl of Beaconsfield) 디즈레일리가 죽은 나이가 딱 그 나이였으니까.

"그 이후는 에드워드의 치세겠지. 나로선 그 녀석이 도저히 내 뒤를 이을 것이란 생각이 들지 않소."

"걱정하지 마소서. 좋은 왕이 되실 것이옵니다. 왕세자 저하는."

"흥, '좋은' 왕이지. '훌륭한' 왕이 아니잖소."

빅토리아는 그렇게 푸념했다. 물론 글래드스턴 역시 동

오스카 와일드

의할 수밖에 없었다.

 프림로즈 못잖게 경마와 사교, 라기보단 불륜에 미쳐 있는 에드워드 왕세자는 공공연하게 자신이 왕위를 이으면 어머니와 같은 엄격, 근엄, 진지한 통치를 하지 않을 것이라 공언하고 다녔다.

 자유분방하고 사람 사귀기 좋아하는 성격답게, 외교에만 집중하고 내치는 의회에 맡길 것이라고.

 덕분에 여야를 막론하고, 이에 찬동하는 의원들의 숫자도 꽤 됐다.

 어쨌든, 빅토리아식 군림보다야 자유롭게 풀어 주는 게 그들 입장에서도 좋으니 말이다.

 솔직히, 그들로선 그간 그녀의 치세 아래에서 밟혀 죽지 않으려고 발버둥 치는 게 최선이었다.

 빅토리아는 깊은 한숨을 쉬며 말했다.

 "결국 그놈은 의회에 권력을 넘기겠지. 우표와 사냥만 좋아하는 손주 놈도 결국 그 뒤를 이을 거고."

 "실로 그러하옵니다."

 "하지만 이후, 또 짐과 같은 자가 나온다면 어찌하겠는가."

 그때의 의회가, 과연 순순히 권력을 왕실에 돌려주려 하겠는가.

 여왕은 그렇게 물었고 글래드스턴은 답할 수 없었다.

 "그것은……."

"그래, 아마 피비린내 나는 권력 다툼을 할 거요."

노년이 되자 생겨난, 그녀의 새로운 걱정거리였다.

마침 그녀의 아들과 손자는 아니라 할지라도…… 그녀는 자신의 피를 잘 알고 있다. 분명 혈기를 주체 못 하는 녀석이 나올 거라고.

사실 거기까지는 괜찮다. 그게 그녀처럼 제국 위에 올바르게 군림한다면, 얼마든지 응원할 수 있다.

하지만, 욕심을 가졌되 무능한 인사라면?

그래, 마치 〈빈센트 빌리어스〉의 그레고리 빌리어스 같은 이라면 어떠할 것인가. 그녀가 만든 이 위세를 업고 휘두르기만을 바라는 놈이라면…….

"이제 내가 원하는 게 무엇인지 알겠소?"

그 꼴만은 볼 수 없다.

그리 생각하며 빅토리아는 눈을 빛냈다.

그녀는 자신이 이룩한 제국을 사랑했다. 죽은 남편만큼이나. 아니, 어쩌면 그 이상으로.

그렇기에 후손이 쓸데없이 권력을 다투다가 제국이 속으로 곪아 갈 것이라면…… 차라리 의회에 조금씩, 권력을 넘기는 게 나으리라.

'……흥. 건방진 녀석.'

대중 문학가가 대중이 생육하고 번성하게 하는 게 의무, 라…….

그렇다면 제국의 군주는 제국이 생육하고 번성하게 하

는 것이 의무일 테니.

대영 제국의 어머니로서, 그녀는 그렇게 생각할 수밖에 없었다.

"하지만 명심하시오. 짐이 다음 총리를 자유당에서 임명한다 하여, 곧 있을 총선에서도 그대들이 여당이라는 보장은 없소."

"명심하고 있사옵니다."

글래드스턴은 고개를 끄덕이며 말했다.

어차피 프림로즈 이전에 자유당의 내홍은 이미 파국 상태다. 이것을 봉합하고 얼마 안 남은 총선에서 승기를 잡으려면, 그 이상의 노력이 필요하다.

그리고 다행히, 글래드스턴은 그것이 가능한 인재가 자유당에 있음을 알고 있었다.

"하면, 현임 전쟁 장관(Secretary of State for War)을 천거 드리옵니다."

"직접 할 생각은 없는가?"

"폐하. 소신의 나이가 벌써 여든다섯이옵니다."

"이런."

빅토리아 여왕은 자신도 모르게 피식 웃었다. 이게 그, 번데기 앞에서 주름잡았다는 것일까.

"그래, 그렇다면 캠벨배너먼 경인가."

그래도 기사 위엔 서임된 놈을 추천하는 걸 다행으로 여겨야 하나?

제아무리 내려놓았다 해도 오랜 기간 생각해 왔던 그 근본만큼은 바꾸지 못했는지, 그녀는 순간 그리 여겼다.

＊　＊　＊

"여보, 정말 이런 곳으로도 괜찮겠어?"

"어쩔 수 없지. 이런 곳이라도 런던 최고의 악기장(樂器匠)이라니까 말이야."

'이런 곳?'

런던 제일의 악기를 취급하는 것으로 알려진 토트넘 코트 로드의 악기 전문가들은 울컥한 마음을 숨기지 못했다.

아무리 음악의 종주국 독일에서 왔다곤 하지만, 그래도 뜬금없는 악기 개조를 요구하며 무리한 요청을 한 것은 저 부부가 아니던가.

―호른의 개조를 맡기고 싶은데, 괜찮겠소? 아, 단순한 내추럴 호른(Natural Horn)이 아니오. 밸브 호른이지.

―뭐요? F조? 어디서 감히 그런 불경한……! 크흠, 큼. 내가 원하는 건 B♭호른이오! 그러면서도 훨씬 연주자들이 연주하기 쉽게, 밸브를 좀 더 달아서 음역대를 더 현란하지만 간단하게 변환할 수 있으면 좋겠군.

―허어어? 못해? 하여간 이래서 섬 원숭…… 크학!! 아, 알았소. 그러면 어쩔 수 없지. 호른은 빼고 피아노와

바이올린, 그리고 다른 관현악기들부터 부탁드리오.

세상에, 도대체 세상천지 어디에 B♭관과 F관을 동시에 쓸 수 있는 호른이 있단 말인가.

마치 왼쪽을 보며 오른쪽을 보는 안경을 달란 말을 들은 기분이다.

그리고 그 재수 없는 독일인 부부, 리하르트 슈트라우스와 파울리네 슈트라우스 역시 호텔로 돌아가며 푸념했다.

"역시 안 되겠어. 악기장들의 실력이 너무 떨어져. 다른 건 몰라도 호른만큼은 독일의 명장들에게 직접 의뢰해야 할 것 같아."

"근데 자기, 그런 게 정말 가능해?"

"생각해 보니 오기 전에 얼핏 들었는데, 굼베르트(Edmund Gumpert) 씨가 비슷한 걸 개발하려 했다는 얘기를 들은 것 같아. 그 사람한테 편지를 보내 보려고."

없더라도 반드시 해법을 만들어야 했다, 그는 이 작품에 인생을 걸었다 해도 과언이 아니었으니까.

약속한 날짜까지 얼마 남지 않는바…… 이젠 특단의 조치가 필요했다.

그 극단주도 말하지 않던가? 그런 실력을 가진 자들을 구하긴 어렵다고.

물론, 이후 한슬로 작가님의 요청에 따라 어떻게든 찾아보겠다고는 했지만, 그는 그 말을 믿지 않았다.

그가 알고 있던 사업가란 인간들이 원래 그러했기 때문이다.

분명 아무것도 안 하고는 순진한 작가님께 '아이고, 발에 땀 나도록 찾아봤습니다만 역시 무리였습니다요.'라면서 넘어가려 하겠지.

그도 독일에서 많이 겪어 봤기 때문에 너무나 잘 알았다.

자본가라는 것들은 돈을 더 써야 한다고 하는 것에는 광적으로 반응하곤 했으니까.

'후, 어쩔 수 없지.'

정 안 되면 잠깐 독일에 갔다 오는 수밖에 없다. 그렇게 생각하며 두 사람이 발을 내딛던 그때였다.

"잠깐잠깐잠깐!! 당신들, 말을 들어 보니 독일인, 그것도 잘나가는 음악가들로 보이구려! 맞소?!"

"예, 예?"

"뭐, 뭐야 이 사람!"

웬 거지였다. 아니, 근데 얼굴은 좀 생겼네? 어디선가 본 것 같기도 하고.

물론 그래 봐야 꽃 거지에 불과했지만, 어쨌든 아주 잠깐, 파울리네가 발을 멈출 정도는 되었다.

그리고 그 잠깐만에, 꽃 거지는 빠르게 말했다.

"보시오! 설마 나를 모르는가!? 이런, 사악한 영국의 사법부가 이 가여운 천재 시인을 핍박하고 있소! 마땅히

오스카 와일드 〈167〉

온 유럽에 이 예술에 대한 참혹한 핍박을 널리 알려주길 바라오!!"

"댁이 누군데요!!"

"오스카 와일드(Oscar Wilde)!!"

……뭐?

슈트라우스 부부는 잠시 얼빠진 눈으로 자칭 오스카 와일드라 하는 거지를 바라보았다.

그리고 그 경탄과 의구심 섞인 시선을 즐긴 남자는, 몸짓만은 아주 품위 있게 움직이며 말했다.

"나야말로 더블린이 낳은, 신께서도 찬탄하실 사상 최대의 천재 시인, 오스카 와일드라 하오. 만나서 반갑소!"

* * *

이런 말을 하는 게 새삼스럽긴 하지만, 올해는 1895년이다.

이 말은 내가 밀러 씨의 보호 아래 어영부영 반년을 보냈어도, 시계는 돌고 큰 범주에서의 근대사는 원래 연표대로 진행되고 있었다는 이야기다.

일단 내가 신문에서만 본 얘기만 대충 추려 봐도 익숙한 이야기가 많다.

아시아에서는 청나라가 일본에게 패배하고 대만을 빼앗겼으며, 시모노세키 조약이 체결된다.

프랑스에서는 드레퓌스 사건이 터졌으며, 뤼미에르 형제가 최초의 영화인, 〈열차의 도착〉을 개봉하겠다며 광고를 뿌렸다.

 미국에서는 타임스퀘어 최초의 극장인 올림피아 극장이 문을 열었고, 중동에서는 오스만이 아르메니아인들에 대한 학살극을 벌였다.

 익숙하지 않은 이야기 중에서는 좀 신박한 이야기도 하나 있었는데…… 아일랜드에서 한 남자가 자기 아내를 죽이고 시체를 태워 증거 인멸한 죄로 수감 됐다.

 문제는 그 새끼가 제 죄를 덮으려고 한 건지, 아니면 진짜 정신이 나간 건지 '아내는 피터 페리를 따라 요정 숲에 갔다'고 증언했다는 거지만. 나 참 어이가 없어서.

 이게 21세기였다면 폭력적인 소설을 읽고 모방 범죄! 같은 식으로 시끌시끌했을지도 모르겠지만, 지금은 19세기 말.

 ─걱정하지 마십쇼, 작가님. 이미 로스차일드 직속 변호사들이 쫙 풀어서 모욕과 업무 방해, 그 외 죄 등등으로 기소할 준비 끝냈습니다. 언론에도 정신병 있는 놈이 헛소리한 거라고 뿌려 놨고요.

 디즈니 뺨치는 행동력으로 힘으로 찍어 눌러 버렸다.

 스스로 언급한 것에 책임은 져야지?

 나 참, 핑계가 없어서 어딜…… 피터 페리가 실제 폭력적인 소설이면 내가 말이라도 않지.

오스카 와일드 〈169〉

"저런 쓸데없는 소리가 다신 나오지 않게 만들어 주세요."

―로스차일드를 믿어 주십시오, 작가님.

암, 믿지. 극한의 자본주의 시대에서 수틀리면 나라까지 세워 버리는 인류사 최강의 금융집단을 안 믿으면 누굴 믿겠냐.

아무튼 그 탓에 외출을 한 뒤, 정의를 집행하고 돌아오고 있었는데…… 다른 쪽으로 미친놈을 만나 버렸다.

"흐음, 달달하구만. 달달해서 이가 썩어 버릴 것 같은 집이야!"

"……그래서."

나는 팔짱을 끼고 리하르트 슈트라우스를 보았다.

이 작자가 대체 무슨 재액 덩어리를 들고 오는 거야?

"일이 어쩌다 이렇게 된 거죠?"

"아, 죄, 죄송합니다. 작가님. 저도 어찌어찌 얽히게 된 거라 정확히는……."

"하아……."

난 내심 한숨을 내쉬었다.

괜히 법정에 왔다가 이상한 사람과 얽혀 버렸네.

적당히 어떻게 처리가 나는지 확인하러 법정에 왔다 마주친 것은, 바로 내 연극의 음악을 맡을 예정(진)인 슈트라우스와 거지꼴임에도 태도만은 당당한 자칭 아일랜드의 천재였다. 아니, 옷은 꾀죄죄한데 지팡이는 왜 저리

반짝이는 거야?

못 알아봤으면 모를까 서로를 알아봤기에, 이렇게 근처 룸을 빌려서 이야기하게 되었다.

덕분에 마시고 있는 애프터눈 티가 입으로 들어가는지 코로 들어가는지 모를 거 같다.

아무튼, 나는 내 눈앞에 있는 이들을 잠시 번갈아 보았다.

새삼 기묘한 조합이다.

그리고…….

"하하! 내게 눈이 가는 건 어쩔 수 없겠지. 하지만 반하면 곤란하네. 자네는 내 타입이 아니라서 말이네."

"……죄송하지만 전 그런 취미는 없는지라."

난 이상한 소리를 하는 웨이브 단발 남을 향해 단호하게 쏘아붙였다.

대체 이 양반은 어디서 이런 폭탄을 들고 온 거야.

오스카 와일드.

빅토리아 시대에서 가장 성공한 극작가.

내가 아는 한 근대 문학사(文學史)에서 이 양반에 비견되는 천재는 진짜 드물다.

대충 한국에서 이상 김해경(金海卿), 네덜란드의 안데르센, 미국의 오 헨리, 프랑스의 모파상, 러시아의 안톤 체호프 정도?

그래…… 천재는 맞다, 천재는.

문제는 오스카 와일드는 그중에서도, 진짜 대가리가 돌아 버린 부류의 천재라는 점이지.

"슈트라우스 씨."

"예, 작가님."

"혹시 이…… 인간 말종이 지금 휘말려 있는 사건이 대체 어떤 사건인지는 알고 있으신 겁니까?"

"아뇨, 전 그저 이분이 그 〈도리언 그레이의 초상〉을 쓴 오스카 와일드라고 들어서……."

"인간 말종이라니! 이봐, 자네! 나야말로 신께서 예술을 찬미하라 재능을 내려 주셨으니, 그저 이 재능이 무도한 사법부의 폭압에 짓눌리지 않도록……!"

"남자애들이랑 매춘하고 불륜으로 기소된 말종 새끼가 지금 무슨 개소리를 지껄이고 있어, 이 페도필리아 게이 새끼야!!"

아, 빡쳐.

나는 나도 모르게 화가 치밀어서 일갈했다.

오스카 와일드도 지가 찔리는 걸 아는지, 찔끔하며 고개를 숙였다.

슈트라우스는 그런 나와 오스카 와일드를 잠시 번갈아 보다가, 슬그머니 오스카 와일드에게서 멀어져 내 쪽으로 다가왔다.

"그래서, 이 인간은 어떻게 만난 겁니까? 슬슬 교도소 들어가 있을 거라 생각했는데?"

"길 가다가 만났습니다. 아직 판결이 나오지 않은 상황이라고 합니다."

"내, 내가 왜 유죄인가! 이 나라의 사법은 아직 동성애를 유죄라고 판단하지 않아!!"

뭐, 그건 그렇지.

하지만 불륜에, 매춘에, 그게 심지어 동성애면 더더욱 가중처벌이다.

나는 매우 차가운 눈으로 오스카 와일드를 보았고, 이 작자는 또다시 단박에 찌그러졌다.

"후우……."

뭐, 정상참작의 여지가 전혀 없는 건 아니다.

불륜과는 별개로 어떻게 보면 저 사람, 악질적인 사람에게 걸려서 기둥서방 당한 거니까.

남자가 기둥서방 당했다니까 뭔가 좀 이상하긴 한데…… 아무튼 잘못된 포주에 걸려서 돈도 주고 사랑도 주고 지갑 노릇하다가 다 잃어버렸다는 거지.

아무튼 그래도 솔직히 엮이기 싫은 인간인 건 사실이지만, 그럼에도 내가 이 자리를 바로 떠나지 않는 이유는 단 하나였다.

'재능 하나만은 진짜, 너무 아깝단 말이지…….'

저자가 가지고 있는, 말 그대로 악마의 재능이라 할만한 재능.

그것이었다.

사실 이 시대는 천재가 참 많다.

특히 특이점에 있는 작가들이 많지. 분명, 오스카 와일드보다 글을 잘 쓰는 사람도 많을 거다.

하지만 그게 자신의 영역을 벗어나면 바보가 되는 경우도 허다하다.

대표적인 게 바로 코난 도일 선생님이다. 역사 소설이며 연극이며, 사실 추리나 SF, 논평을 제외한 모든 것에서는 쪽박을 찼다.

당연한 거다.

원래 천재 배우도 더빙을 개판 칠 수 있고, 천재 개그맨이 정극을 잘 만들란 법은 없다.

각자의 전문이 따로 있다는 거지.

근데 이 인간은, 그냥…… 전부 잘한다.

시, 동화, 단편, 장편, 희곡. 전부 한 번씩 걸쳤다가, 전부 대성공했다.

심지어 훤칠한 외모에 말빨도 좋아서 이번 일이 터지기 전에는 사교계 최고의 블루칩이었다. 지금도 예전만큼은 아니지만, 어느 정도 먹혀 줄걸?

아무튼, 이 인간의 능력 하나만큼은 쓸 데가 참 많다는 거다.

특히, 지금 이런저런 일로 연극이 삐걱거리고 있는 나에겐!

나는 잠시 슈트라우스를 흘낏 보았다.

그는 자기가 실수를 했다고 생각했는지 손가락을 까닥거리며 안절부절못하고 있었다.

난 그 모습을 보며 곰곰이 고민했다.

만약, 만약에 말이다.

아직 미정인 사보이 극장판 〈피터 페리〉의 각본에, 오스카 와일드를 올린다면······.

그러면 지금의 언밸런스한 부분들을 조율할 수 있지 않을까?

뭔가 머릿속에서 이런저런 조건들이 짜 맞혀지기 시작한다.

난 적당히 식은 아쌈을 입안에 털어 넣고는 정리된 말을 꺼냈다.

"일단, 와일드 씨."

"크흠, 좀 더 존경을 담아서, 오스카 와일드 선생님이라고······!"

"씨(mister), 라고 부르는 것도 충분히 존중해 준 것이니 적당히 들어 주시죠."

난 찻잔을 탁 내려놓으며 단호하게 말했다.

"와일드 씨, 당신 이제 곧 있으면 감옥에 들어간다는 사실, 잘 알고 있겠죠?"

"가, 감옥이라니! 난 무죄일세! 동성애는 본래 고대 그리스에서도 기록된······!"

"닥치시고요."

난 차가운 눈빛을 유지하며 그를 응시했다.

"이미 다 알고 있습니다. 법원에서 말실수했다는 걸요."

아까 말했듯, 이 시대는 돈과 힘이 있으면 뭐든지 할 수 있는 시대긴 하다.

하지만 그 둘이 다 없다면? 방탄조끼도 없이 전쟁터를 돌아다니는 거다. 역으로 21세기보다 더 무섭지.

그리고 사교계 최고의 블루칩의 몰락만큼 재미있는 뉴스는 없다.

그가 말하는 말 하나하나는, 하이에나 같은 기자들의 손에 의해 과장되어 런던 전역에 전파된 지 오래.

그래…… 그는 제 재능에 취해, 현대 재판에서는 제한되어 있는 유도 신문에 걸려 '그 소년은 너무나 못생겼기에 키스할 생각이 안 들었다.'라는 말 한마디로 나락으로 가 버렸다.

괜히 미란다의 원칙 중, 묵비권이 중요한 게 아닌데 말이다.

난 그의 차림새를 다시금 살펴보았다.

옷은 때가 너무 타서 꼬질꼬질하고, 물기가 배어 나오는 눈은 퀭했다.

피부는 푸석푸석하고, 네로 스타일이라고 사교계의 인기를 몰고 다녔던 머리는 그냥…… 썩은 내가 났다.

"당신, 이대로면 불륜에 매춘까지 뒤집어쓰고 실형이

확정일 겁니다. 뭐, 그런 남편을 용납할 아내는 없으니 접근 금지, 잘하면 이혼까지 하시겠죠?"

"그럴 리 없어! 콘스탄스가 이혼이라니! 그, 그럴 리는—!"

자기가 잘못한 건 아는지, 와일드도 완전히 부정하지 못하고 있다.

나는 오스카 와일드가 어떻게 몰락했는지 떠올렸다.

교도소 들어간 것까진 그랬다 치자.

그런데 오스카 와일드. 이 인간은 마음뿐만이 아니라 몸까지 유리인 천재였다. 감옥 안에서 노동 중에 귀를 다친 이후, 치료할 수 있는 병도 치료받지 못하면서 영영 천재성까지 잃어버렸지.

그도 바보기 아니니 잘 알고 있을 거다. 자기가 어떻게 될지를.

그저 그 자뻑 기질과 탐미주의적인 성격 탓에 부정하고 싶었을 뿐.

그리고 지금, 그의 도금도 서서히 벗겨지고 있다.

난 그 틈을 파고들었다.

난 미소를 띠며 그를 바라보았다.

"그래서."

나는 일어나 잠시 주변을 둘러보았다. 그래, 역시 법원 근처라 그런가, 메모지를 놓아둔 곳이 있었다.

"제가 한 가지 제안을 드리죠."

"제, 제안?"

"예에."

나는 그 메모지를 가져와, 이전 조지 왕세손이 집에 두고 갔던 만년필을 꺼내 빠르게 계약서를 작성했다.

"자. 여기 서명만 하시면 됩니다."

"이, 이게 뭔가?"

"당신의 유일한 구명줄이요."

거절할 수 없는 제안을.

* * *

다시 한번 말해서, 이 시대는 돈과 권력만 있으면 대부분의 일은 자연스럽게 해결할 수 있는 시대다.

"피고, 오스카 핑걸 오플래허티 윌스 와일드(Oscar Fingal O'Flahertie Wills Wilde)를 징역 3년에 처한다. 다만, 양형 조건을 참작하여, 이 판결 확정일부터 1년간 위 형의 집행을 유예한다."

땅—! 땅—! 땅—!

"제기랄, 이 나라의 사법은 죽었단 말이냐!"

나는 방청객 중, 분통을 터트리는 어느 귀족을 보며 가슴을 쓸어내렸다.

아마 저 사람이 오스카 와일드를 호구 잡았다는 기둥서방의 아버지, 퀸즈베리 후작이겠지.

물론 저 사람으로서는 오스카 와일드 자체가 자기 자신

과 아들내미의 명예를 모독하는 역병 덩어리겠지만.

사실 오스카 와일드 말마따나 이 나라의 법률은 동성 매춘을 법으로 금지하지 않는다.

다만, 불륜을 포함한 '과도한 음란행위'를 금지한다.

굉장히 모호한 금지 조항이다 보니, 훌륭한 변호사가 잘 비비니 어떻게든 감형할 수 있었다.

그러니 왜 전문도 아닌 일에 지가 혼자서 나서서 일을 복잡하게 만들어 놔.

아, 명예훼손 재판 취소하면서 알거지 된 상태였던가.

이 모든 것이 전부 로스차일드 쪽 변호사의 힘 덕분이지.

물론, 이건 퀸즈베리 후작과 관계된 재판만이다.

따라서 그의 간통죄는 그쪽에 관련된 민사는 그대로 진행되겠지만 말이다.

그건 실제로 잘못한 거잖아? 알아서 잘 갚아야지.

그래도 아내와 자식들을 사랑했던 만큼, 그들은 이혼은 하지 않고 형이 끝날 때까지 기다려주기로 한 모양이었다.

당분간 접근 금지 처분이 되었지만. 어차피 양쪽 모두에게 시간이 필요하긴 하겠지.

그리고 그 시간은…….

"자, 그러면 계약대로. 글을 써 주셔야죠?"

"자, 잠깐만!!"

오스카 와일드 〈179〉

"잠깐은 무슨. 한 달에 나보다 적게 쓰면 그땐 진짜 밥도 없을 줄 알아!!"

파산했으니, 채워 넣어야죠?

일해라, 노예야.

모던 타임즈

 노예 히나를 장만했지만, 솔직히 말해 내가 언제까지 이 언제 터질지 모르는 간헐적 폭탄을 끼고 다니며 관리할 수는 없다.
 하지만 다행히, 나에게는 이 일의 스페셜리스트를 알고 있지.
 "자, 빨리 사인하시죠."
 "마, 말도 안 돼! 내가, 내가 잡지 연재라니! 그런 아름답지 못하고 통속적인 글을……!"
 "닥치고 해!"
 그리고 조지 눈스가 희희낙락하면서 내려다보는 가운데, 오스카 와일드는 엉엉 울면서 억지로 연재 계약서에 사인할 수밖에 없었다.

"자, 그러면 이제부터 마음껏 굴려 주시기 바랍니다."
"흐흐흐흐! 물론일세."
"자, 와일드 씨. 도망칠 생각은 안 하시는 게 좋을 겁니다. 잘못했다가는 여기, 이 두 사람이 당신을 지옥까지 쫓아갈 테니까요."
"이, 이건…… 인권 모독이얏!"

알빠임?

가끔 보면 어떤 직업에는 함께 세트로 따라붙은 것들이 존재한다.

연예인에게 기자가 붙듯, 왕에게 사관이 붙듯 마치 한 덩어리처럼 묶일 수밖에 없는 그런 기묘한 관계성이 말이다.

왠지 모르게 끝까지 따라올 거 같으며 섬뜩함을 느낄 수밖에 없는 그런 상성의…….

그리고 애석하게도 오스카 와일드라는 이 불쌍한 양은, 거기에 이중 특공이 걸려 버렸다.

"흐흐흐……."

작가에 붙은 담당 편집자.

어디로 도망치든 어디서 놀고 있든 추노(推奴). 아니, 추적해서 연재를 하게 만드는 존재.

그리고 지금 눈앞에서 눈에 빛을 내고 있는 이 남자는, '그'아서 코난 도일조차 달달 볶아 대서 셜록을 죽이고 나서야 해방할 수 있게 만든 악마의 언론사 사장이다.

코난 도일보다 몸도 마음도 유리인 오스카 와일드 따위가 도망칠 가능성은 없다는 거지.

그리고, 여기에 하나 더.

"앞으로 매달 지정한 금액이 입금되지 않을 시엔, 바로 저희 로스차일드가에서 운용하는 채권추심원들이 당신을 찾아갈 겁니다."

"으으……."

이쪽이 진짜 무섭다.

채무자와 채권추심원은 일반적인 관계보다 더 강력하니까.

사냥감과 사냥개라고 할까?

채무자가 된 순간, 그들은 더 이상 고객이 아니기에 예의는 지키되 수단과 방법을 가리진 않는다.

그저 돈을 받아 낼 뿐.

난 라이오넬 로스차일드를 통해 소개받은 한쪽 뺨에 길게 칼자국이 나 있는 날카로운 분위기의 남자를 보며 싸한 오한을 느꼈다.

아무 죄도 없는 나도 이럴진대 당사자인 오스카 와일드는 어찌하랴. 그의 눈이 이리저리 빙글빙글 돌아가고 있다.

그러기에 그 빚을 만들 일을 안 만들었으면 된 거 아닌가?

아무튼.

"자, 그럼 작가님은 앞으로 이곳, 사보이 극장의 소도구 준비실에서 지내게 될 겁니다. 어차피 집에도 못 돌아가시니 잘됐죠?"

"으…… 아, 으……."

"네네, 극단주에게 말해서 삼시 세끼는 모두 챙겨 드리겠습니다. 아, 저희 영국인이 티타임을 빠질 순 없겠죠. 제가 미리 이야기해 둬서 밤에는 꼭 커피를 넣도록 이야기해 두겠습니다."

"아읇읇읇!! 읇읇!!"

후, 집 없고 돈도 없는 사람을 위해서 일도 구해 줘, 밥도 줘, 숙소까지 마련해. 이렇게까지 하는 사람이 과연 세상에 얼마나 있을까?

심지어 야근하는 직원의 삶의 질을 위한 복지까지 챙겨 주다니…… 이러다가 저 스트리트쪽 인사들에게 빨갱이 소리 듣는 거 아닐지 모르겠다.

난 그렇게 싱글벙글하며 소도구 준비실 문에 손수 자물쇠를 달고 있는 조지 눈스를 뒤로 하며, 감격에 겨워 아무 말도 못 하고 있던 오스카 와일드를 데리고 자리를 이동했다.

"작가님, 오셨습니까?"

"죄, 죄송합니다. 작가님! 전 정말 좋은 뜻에서……!"

"압니다, 알아요."

왜 그렇게 떨어?

나는 카르테 씨와 함께 있던 리하르트 슈트라우스의 어깨에 손을 얹으며 토닥여 줬다.

물론 암 덩어리를 데려온 것은 죽을죄지만, 어떻게 보면 덕분에 성실한 직원 하나를 저점 매수했으니 고마울 따름이지.

그렇게 오스카 와일드까지 함께 들어온 단장실에는 마침내 이번 연극의 주역이 모두 모이게 되었다.

원작자인 나와 각본가인 오스카 와일드, 작곡가인 리하르트 슈트라우스와 단장인 리처드 도일리 카르테까지, 이렇게 넷이다.

"이, 이게 대체 무슨 자리인가? 응? 또 나한테 무슨 일을 시키려고!!"

"거, 너무 우는소리 하지 말죠."

난 원래 일을 시킬 때 그 사람이 못하는 걸 시키지 않는다. 할 수 있는데 어렵게 할 수 있는 걸 시키지.

어차피 천재잖아? 그냥 머릿속에 있는 걸 쪽쪽 뽑아내면 되는, 아주 간단한 일이다.

"와일드 씨. 당신이 해 줘야 할 마지막 일은, 이걸 희곡으로 편곡해서 은막 위에 올리는 겁니다."

"이것은…… 아, 〈피터 페리와 요정의 숲〉 말이군. 한슬로 진, 자네 글인데 직접 안 하고?"

"아쉽게도 제가 오페라에 대해서는 아는 게 많지 않아서요. 원래 이런 건 프로에게 맡겨야죠."

나는 어깨를 으쓱이며 말했다. 아서 코난 도일 선생님도 실패했던 게 희곡이다.

하물며 오페라도 작업용 일부 곡만 아는 내가? 굳이?

이번 오스카 와일드가 망했던 것도 제 말빨만 믿고 나댔기 때문 아닌가. 난 그런 우책을 범하진 않는다.

"하지만 와일드 씨, 당신이라면 충분히 가능하겠죠."

"하, 물론이지."

방금까지만 해도 죽은 눈을 하고 있더니, 잠깐 띄워 줬다고 그 거만한 콧날을 다시 세운 오스카 와일드.

그는 이내 내 책을 한번 빠르게 훑더니, 고개를 끄덕이며 말했다.

"역시 해괴해. 문장은 쓰레기인데 대사는 간단하면서 심금을 울려. 정말이지, 기묘한 작법이야."

"제 필력은 둘째 치고요. 그래서, 가능합니까?"

"오히려 다른 소설들보다 쉽겠지. 어차피 이게 일종의 대본과 다름없을 테니. 어차피 장면과 대사가 중심이니까…… 흠, 쓸데없는 장면들을 압축하고 중요한 부분의 연출을 극대화하면 되겠군."

본업에 들어가자 순식간에 진지해진 그는, 책 위에 만년필로 쓱쓱 이것저것을 지우고 써 가며 레이어를 더하기 시작했다.

그렇게 한참을 끄적이던 그는 '문제는 이 친구인데'라며 슈트라우스를 올려다보았다.

그러자 가만히 있던 슈트라우스는 뭔가 울컥한 표정으로 그 시선을 마주했다.

"제가 뭘 말씀이십니까?"

"자네, 슈트라우스라고 했지? '그' 프란츠 슈트라우스의 아들인 리하르트 슈트라우스?"

"그렇습니다. 역시 제 이름을 와일드 씨도……!"

"대차게 망했단 얘기는 익히 들었지."

뎅, 하는 소리가 울린 듯하다.

아니, 진짜 울렸나? 슈트라우스가 탁자를 내려친 소리가 그거였을 테니까.

하나 오스카 와일드는 그런 리하르트를 그저 서늘한 눈으로 바라보며 심드렁하게 말했다.

"나도 〈살로메〉 공연할 겸 유럽의 각종 연극, 오페라를 다 구경해 봤지. 자네 같은 독일인들이 무슨 생각하는지 알아. 바그너스러운 잘 짜인, 완벽하고도 흠 없는 교향곡만이 진짜 악곡이라고 생각하겠지. 아닌가?"

"아닙니까?"

"아니지, 아니지! 이래서 게르만인들이란! 세상에, 그렇게 치밀하게 잘 짜 봤자 대체 누가 알아준다고?"

나는 헛웃음을 지었다.

마치 배우처럼 과장되게 몸을 펼치는 오스카 와일드의 모습은 다소 재수 없을지는 모르지만, 틀림없이 이 빅토리아 시대 최고의 극작가임이 분명했다.

"물론 그게 가능한 인종들도 있겠지! 하지만 그게 많을 것 같나? 특히나 이 음악의 불모지 런던에서?"

"크흠! 와일드 군. 아무리 그래도 자기가 나고 자란 땅을 폄하하는 건 좀."

"내가 틀린 말 했나? 카르테 씨, 나도 길버트와 설리번 정도는 알아! 그 친구들, 정극을 하고 싶다고 징징댔지? 깜냥도 안되면서 말야!"

나는 그 말에 리처드 도일리 카르테가 할 말이 없어 고개를 돌리는 것을 보았다.

음, 아무래도 정곡이었던 모양이네.

"사보이 극장만의 색을 지키고 싶었던 것도 있네. 다른 극장과 차별화하려면 우리만의 색채를 가질 필요가 있었고, 나는 그걸 대중주의의 쉽고 이해하기 편한 오페레타로 잡은 거니까."

"자! 젊은 친구. 이게 카르테 씨의 입장이야."

오스카 와일드가 그렇게 말하는 대상은 당연히 슈트라우스였다.

독일이 낳은 천재 작곡가의 표정은 잔뜩 찌푸린 상태였지만, 이내 고개를 끄덕이며 말했다.

"요컨대 연주하기도 쉽고 듣기도 쉬운, 하지만 동시에 이 스토리에 어울릴 법한 음악이 필요한 거군요."

"바로 그거야! 그리고 그러려면 최대한 이, 감정! 더욱 감정적으로! 상대를 장악할 수 있는, 아니지! 아예 상대를 압도하고, 지배하고, 군림할 수 있는 임팩트 강한 음색이 필요하겠지!"

"무슨 말씀인지 알겠습니다. 그렇다면, 이런 식으로 더 감미롭고 신비함을 강조하는 음색을 넣어서—."

"바로 그거야! 호오, 역시 받아먹은 게 어디 가진 않는구먼!? 자, 그리고 보게. 기왕 어린애들과 여자들이 많이 등장하는 거, 소프라노들의 대사를 좀 더 늘리면—."

"아시는군요! 역시 강렬한 감정을 표현하려면 소프라노죠!"

그렇게, 처음에는 좀 싸우는 듯싶었으나, 정신 차려 보니 어느새 대화는 오스카 와일드와 슈트라우스, 두 사람을 중심으로 진행되었다.

둘의 눈에서는 마치 별들이 공명하듯, 그 황금색의 찬란한 빛을 천천히 키우고 있었다.

역시 전부터 느낀 건데 이 둘, 뭔가 다른 듯하면서도 묘하게 코드가 맞단 말이지.

나는 카르테 씨와 잠시 눈을 맞추고, 공명 중인 두 천재가 알아서 대화 나누도록 일어나 밖으로 나왔다.

"어떻습니까, 카르테 씨?"

"굉장하군요. 저 둘이 이렇게 좋은 시너지를 낸다면 아마 훌륭한 명작이 나올 것 같습니다."

"그렇죠?"

역시 괴이는 괴이를 부른다고, 천재끼리는 어떤 이끌림

같은 게 있는 걸까.

"그러면 이제 연기자들만 준비하면 되겠네요."

"피터 역은 공개 오디션을 준비 중입니다. 솔직히 너무 많아서 서류만으로도 꽤 많이 걸러야 할 지경이죠."

잘됐네.

나는 웃으며 고개를 끄덕였다.

한국에서 〈너는 가수다〉니, 〈더 K스타〉니 하는 오디션 프로그램이 흥한 이유가 무엇이겠나.

당연히 그 자체로 훌륭한 홍보 수단이기 때문이기도 하지만, 그 이상으로 고정 인재를 확보하는 것도 있다.

내가 이 시대 배우들은 잘 모르지만, 영국이 원래 명품 배우들의 고향으로 유명한 곳 아닌가.

흰색 옷 입겠다고 장대하게 싸우는 크리스토퍼 리와 이안 맥컬렌, 어린 시절 OCN만 켜면 나왔던 다니엘 래드클리프와 엠마 왓슨과…… 톰 홀랜드가 누구였더라? 영국 거미맨은 앤드류 가필드뿐이잖아?

아무튼, 거기에 좀 오래된 영화긴 하지만 도덕 선생님이 틀어 주셨던 흑백 영화의…….

털썩.

그때였다.

나는 무릎 뒤로 누군가가 부딪히는 것을 느꼈다.

뒤를 돌아보자 요정의 복장을 한 웬 어린아이가 뒤로 넘어진 채, 울먹거리는 눈으로 나를 올려다보고 있었다.

저건…….

"죄, 죄송합니다!"

"이런, 찰리! 뭐 하는 거냐! 당장 작가님께 사과드려!"

"하하하, 괜찮습니다."

나는 쓴웃음을 지으며 아이를 일으켜 세워 주었다.

"괜찮니? 꼬마야."

"예, 예! 감사합니다!"

흐음, 리스 역을 맡았나 보네.

쉬운 역할은 아닌데 이렇게 어린 애가 맡다니…… 어지간히 실력이 대단한 건가?

나는 흥미를 갖고 아이의 이름을 물었다.

"이름이 뭐니?"

"차, 찰리요. 찰리—."

그 순간, 나는 아까 끊긴 상념을 다시 시작하는 듯했다.

"채플린."

* * *

고등학교 시절, 도덕 선생님이 찰리 채플린의 〈모던 타임즈〉를 보여 준 적이 있다.

그때가 아마 2010년 초반이었으니, 〈어벤져스〉 1편이 막 개봉한 시기였을 거다. 아니, 그거보다 조금 앞이었나? 아무튼 〈아바타〉 1편을 본 뒤인 건 확실하다.

그 때문에 고삐리임에도 영화 보는 눈이 나름 높아졌을 시기였음에도, 흑백 영화에서 감동을 느꼈다. 그만큼 명작이었다는 뜻이다.

전체적으로 디즈니 〈루니 툰〉이나 〈톰과 제리〉의 모션이 어디서 따온 건지 알 수 있을 만큼 확실한 슬랩스틱 코미디.

산업혁명 시기의 참혹한 노동인권을 적나라하게 드러내는, 그러면서도 불쾌하지 않은 고품격 풍자.

말이 유성영화지, 사실상 무성영화임에도 불구하고 연기로 모든 말을 다 알아들을 수 있는 훌륭한 연기력.

그리고 암울한 시대 속에서도 미래에 대한 희망은 잃지 않은, 인간 찬가의 열린 결말까지.

그런 명작을 감독, 제작, 각본, 음악, 편집, 주연까지 다 맡은 찰리 채플린이 얼마나 위대한 영화인지 알 수 있었다.

그런데 그 찰리 채플린이…… 내 작품 단역이라고? 심지어.

"하, 한슬로 진 작가님이요!?"

"그으…… 렇단다."

"갱장해……!"

날 보며 이렇게 눈을 반짝반짝 거리고 있다니. 세상에.

그리고 당연하지만 콧수염은 없네. 하긴 6살이니까.

"죄, 죄송합니다. 작가님. 제 동생이 작가님을……!"

"아, 괜찮아요. 시드니 채플린 군."

그리고 이, 이번에 피터 페리 역에 도전해서 서류 합격한 다음 막일꾼으로 일하면서 2차 시험을 준비하고 있는 소년.

10대 중반의 시드니 채플린이 바로 찰리 채플린의 형이자, 실질적인 보호자였다.

왜 멀쩡히 부모도 있는 형제가 고아 신세냐면, 법적으로 양육권이 있는 아버지 찰리 채플린 시니어는 알코올 중독에 아내와 이혼 후에 돈 한 푼 주지 않고 있고.

어머니 한나 힐은 정신 병원에 있기 때문이다…… 진짜 이 빌어먹을 동네.

"원래는 그, 작가님께서 세워 주신 어린이집에서 지내고 있었는데요."

"아, 그 〈앨리스와 피터 재단〉 말이군요."

크으. 내가 세운 재단에서 찰리 채플린이? 그래, 이 맛에 복지하는 거지!

그런데 시드니 채플린은 이내 어두운 표정을 짓더니 말했다.

"예. 그런데 갑자기 구역 전체가 공사가 들어가는 바람에……."

"혹시, 그 재개발!?"

"아, 네. 그거요."

라이오넬 이 양반아아아아아아!! 뭐 하고 있었던 거야!? 뒷처리 잘했다며!?

하지만 더 들어 보니, 재단에서는 뒷처리를 잘한 게 맞았다.

다만 새로 구한 임시 숙소가 어머니 정신 병원이나 사보이 극장에서 너무 먼 곳에 있다 보니, 교통비를 낼 엄두가 안 된 형제는 결국 사보이 극장에서 막일을 하면서 어찌어찌 버티고 있었다고.

그러면…… 어쩔 수 없지.

이 둘만을 위해서 재단이 임시 숙소를 구해 줄 수도 없고, 그렇다고 공사판인 화이트채플에 애들을 머물게 할 수도 없는 일이었으니까.

다만, 그거랑 별개로.

"굳이 극장에서 일을 하면서 버틸 이유가 있었습니까? 이런 말하긴 뭐 하지만, 굳이 극장이 아니더라도 일하면서 숙식을 해결할 수 있는 곳은 많았을 것 같은데요."

"물론 그렇습니다. 하지만……."

시드니 채플린은 흘낏, 동생 찰리를 보았다. 찰리는 눈을 번뜩이며 내게 말했다.

"제가 여기서 일하고 싶다고 했어요."

"흐음, 왜지?"

"혹시 제가 자리를 비웠다가, 간신히 얻은 자리를 잃고 싶지 않았거든요."

"……흐음."

나는 그렇게 말하는 찰리 채플린의 눈에서, 깊게 반짝이는 어떤 의지를 읽을 수 있었다.

그것은 일견 슈트라우스나 와일드의 그것과도 비슷했다.

하지만 그 이상으로, 이 어린아이가 품었다기엔 의아할 정도로 칙칙하고, 끈적거리는…… 말하자면, 집착에 가까운 의지였다.

성공에 대한 집착.

나는 그것을 그렇게 읽을 수 있었다.

하긴, 찰리 채플린은 지나친 완벽주의자로 유명한 사람이었지.

완벽에 대한 집착으로 동료 배우들하고도 싸운 적도 있는 사람이다.

이게 바로 떡잎 푸른 나무라는 걸까? 그것을 엿본 이상, 나는 도저히 가만히 있을 수가 없었다.

"그렇다면…… 한번 연기를 볼 수 있을까?"

"연기를요?"

"그래."

이건 솔직히 사심이다.

아니, 찰리 채플린의 어린 시절 연기를 볼 수 있다는데 누가 점잔을 빼겠냐.

모른다면 모를까 아는 사람인 나로서는 도저히 참을 수

가 없었다.

"그럼, 잠깐만 리스 연기를 보여 드릴게요."

"그래, 부탁한다."

말이 다 끝나지도 않은 그때였다. 찰리가 근처에 있던 팸플릿을 하나 집어 들더니, 그것으로 자기 얼굴을 가렸다.

그리고 다시 얼굴을 드러냈을 때.

그 아이는 이미, 6살의 찰리 채플린이 아니었다.

"〈……누구세요?〉"

끔벅이는 눈망울, 궁금함과 두려움이 뒤섞인 표정.

흘깃흘깃, 눈동자만을 끔벅거리면서 이쪽을 훔쳐보는 꼬마 아이.

목소리는 떨리고 있었지만 발음은 확실하다.

높은 음색 속에서도 끝을 확실하게 올려, 어린아이다운 순수한 호기심을 품고 있음을 내보인다.

요정의 날개가 없더라도, 뾰족귀 분장을 하지 않았더라도.

그 순간, 찰리 채플린은 실프 리스의 페르소나를 완벽히 뒤집어쓰고 있었다.

"〈인…… 간?! 정말로 인간인가요?!〉"

음절 하나하나까지, 내가 썼던 〈피터 페리와 요정의 숲〉에 나오는 대사를 완벽하게 재현하고 있는 저 6살짜리.

틀림없다.

저 아이, 틀림없이 찰리 채플린이 맞다.

"허어······."

저게 아직 기술도 없는 6살 시점에서 된다는 게 진짜 무섭다.

무섭기는 한데······.

"음. 찰리. 이제 됐어. 잠깐 와 볼래?"

"······마음에 안 드셨나요?"

"응?"

나는 고개를 들었다.

리스의 페르소나를 벗은 찰리 채플린이, 두려워하는 눈으로 나를 보고 있었다.

"그, 왠지, 만족하지 못하신 것 같아서······."

"아, 아냐 아냐! 무척 잘 봤어. 연기 잘하네. 다만, 그."

어······ 뭐라고 해야 하지.

나는 머리를 긁적이다가, 그냥 다이렉트로 물었다.

"혹시, 7권 봤니? 〈피터 페리와 찬란한 빛〉."

"7권이 나왔어요?"

"······엄, 음."

역시······ 모르는구나.

재개발이 시작되고, 찰리 형제가 퇴거당한 때가 딱 7권을 막 다 쓴 시점이었다.

그게 출판되려면 어느 정도 텀이 있어야 했으니, 찰리가 7권을 못 본 것도 당연한 일이다.

모던 타임즈 〈199〉

그래서 지금의 그는 리스의 내면에 있는 비밀, 사악한 요마왕을 모른다.

그렇기 때문에 리스를 그저 1권부터 6권까지 나온 대로, 순수한 친구로서만 묘사한 것일 테고.

으음…… 이걸 어떻게 해야 하나…….

내가 여기서 알려 줄 수는 없는 노릇이다. 그런 사악한 짓거리는 아무리 원작자라도 하늘이 용서 못하고 나도 용서 못 한다.

그리고 무엇보다, 지금의 이 완벽한 연기는 리스의 비밀을 모르고 있으니 가능한 연기니까.

그러니 일단은 입을 다물어 두고.

"그으, 찰리."

"네. 선생님."

선생님이라니.

선생님이라니! 내가 찰리 채플린에게 선생님 소리를 듣다니!

아서 코난 도일이나 마크 트웨인에게 인정받을 때와는 또 다른 쾌감이구만, 이거……!

"크흠. 그래. 내가 보기엔, 아주 훌륭했어. 정말 완벽했다."

"정말…… 요?"

"응. 다만."

나는 천천히, 찰리 채플린과 눈을 맞추고 물었다.

"넌, 네 연기에 만족하지 못한 것 같은데…… 맞니?"

"예? 작가님, 그게 무슨……."
"어떻게…… 아셨어요?"
 형인 시드니 채플린도 눈치채지 못하고 있었나.
 물론 나도 연기만 봤다면 몰랐을 것이다. 그야 그럴 수밖에 없지. 내가 연기를 알면 얼마나 알겠나.
 하지만 나는, 최근 몇 명이나 되는 천재를 만나면서, 그들이 어떤 사람들인지 대충 짐작할 수 있게 되었다.
 그들은 자신들의 행보가 틀렸다는 생각을 하지 않는다.
 범인(凡人)이 설득력 없는 자신감을 갖는 것은 오만이지만, 천재들은…… 그저 자신들이 행했다, 그것만으로도 자신감을 갖는다.
 그런데, 그렇다면.
 어째서 찰리 채플린, 이 천재는 자신감이 없는가?
"작가님, 그럼 제게 부족한 점이 뭔지 알려 주실 수 있나요?"
"그건 무리지."
 나는 단박에 잘랐다.
 아니, 내가 그걸 알면 연기자지, 작가하고 있겠냐.
 내가 오스카 와일드처럼 장르를 초월해 대는 부류의 천재도 아니니까.
"미안하지만 찰리, 난 네 연기를 지적할 수가 없구나. 내 눈엔 그저 네 연기가 완벽하게만 보였다."
"그런가요……."

"하지만, 그걸 지적해 줄 수 있는 사람을 알려 줄 수는 있지."

그래, 나는 눈을 빛내며 생각했다.

내가 천재가 아니라면, 그 천재와 이어 주면 해결되는 문제 아닌가?

찰리 채플린이 단순히 대배우라서 영화사(映畫史)의 한 장(章)을 통째로 집어삼킨 천재인가?

아니다. 그는 배우이며, 감독이고, 각본가이고, 기획자였다.

그리고 그 오스카 와일드도 탐미주의적인 성격이었으니, 찰리 채플린을 제자 겸 전속 배우로 써먹어 보라고 던져 준다면?

어차피 극장에서 의식주를 해결하고 있기도 하고, 같은 천재니까 슈트라우스처럼 공명할 수도 있겠지.

이상한 짓도 안 하게, 형인 시드니 채플린과 극단주인 카르테 씨에게 관리 감독을 맡긴다면?

이건 된다.

안 될 수가 없다.

나는 미래를 기대하며 히죽, 웃음을 지었다.

* * *

벤틀리 출판사.

"으음, 작가님이 만족하셨다면 괜찮겠지만…… 정말 괜찮을까요?"

"괜찮대두요. 이거 분명히 뜹니다."

일단 벤틀리 씨도 이 연극 관계자다 보니 만나서 사정을 설명하러 왔다.

워낙 예술업계 일이 복불복일 때가 많아 걱정하시는 것도 이해는 된다. 하지만 난 자신이 있다.

각색가 오스카 와일드, 작곡가 리하르트 슈트라우스, 연기자 찰리 채플린이라니…….

솔직히 이걸로 망하려면, 대체 뭐가 상대로 와야 하는 거냐? 〈다크나이트 라이즈〉? 〈기생충〉?

아참, 그러고 보니.

"정 걱정되시면 벤틀리 씨도 적당히 극장에 같이 가죠. 오스카 와일드랑 계약해야죠."

"오오……! 저도 계약해도 되는 겁니까?!"

"물론이죠."

나는 싱긋 웃으며 말했다.

아니, 솔직히 내가 작품 3개를 동시 연재하고 있는데 오스카 와일드가 나보다 많이 쓰려면 〈스트랜드 매거진〉 하나만으로는 안 되잖아? 〈위클리 템플〉에서도, 〈템플 바〉에서도 연재해야지.

"정말 감사합니다. 아니, 사실 저희도 청하고는 싶은데 염치없는 게 아닌가 해서 말씀을 못 드리고 있었거든요."

"에이, 염치는요 무슨."

이제까지 날 위해 열심히 해 준 곳이 벤틀리 출판사 아닌가. 벤틀리 씨는 충분히 뜯어먹을 지분이 있다.

와일드가 고생하는 거? 그건 내 알 바 아니고.

"참, 그리고 미국 쪽에서 마크 트웨인 작가님이 집필이 끝나, 판매를 시작했다고 전보를 보내셨습니다."

"오, 그래요? 어떻게, 잘 팔리고 있대요?"

뭐, 작가가 작가다 보니 걱정은 안 한다.

그렇게 묻는 내게, 벤틀리는 난처하다는 듯 머리를 긁으며 말했다.

"그게……."

"왜요, 잘 안됐대요?"

"100만 부가 팔려 나갔다고 합니다."

"……예?"

뭔가…… 0 하나 정도가 오류 난 거 같은데.

꼬마 케빈의 집 지키기

"이 꼬맹이! 잡히면 죽여 버리고 말겠어!!"

"아이고, 무서워!"

케빈은 그렇게 외치며 2층 창가로 도망쳤어요. 발 빠른 쥐 같은 케빈의 몸놀림에 도둑 형제는 따라갈 엄두도 못 냈지요. 하지만 도둑 형제의 형은 씨익 웃었습니다.

'이놈, 도망칠 곳도 없겠지? 이제 독 안에 든 쥐다!'

형은 그렇게 생각하며 계단으로 발을 내디뎠어요. 하지만 그 순간, 형은 미끌하고 넘어지고 말았습니다. 계단에 기름을 발라 둔 것이었지요!

(2층 계단에서 넘어지는 도둑 형제 삽화)

"형, 이쪽이야!! 녀석이 벽을 타고 3층으로 올라가고 있어!"

"넌 거기로 올라가! 여긴 내가 맡겠다!"

형은 주방에서 밀가루를 가져와 기름 위에 뿌리며 천천히 올라갔어요. 기름을 전부 빨아들인 밀가루 위로, 형은 계단을 조심조심 올라가는 데 성공했답니다.

"흐흐, 이 녀석!! 양쪽으로 잡으면 네가 감히……!"

그때였습니다.

마지막 층에 올라 발을 디딘 형은, 케빈의 얼굴이 그려진 커다란 망치가 눈앞을 가득 채우는 것을 보았습니다.

(2층에 설치해 둔 망치 도면)

"웁스."

땡땡땡땡!!

커다란 망치에 얻어맞은 도둑 형제의 형은, 결국 다시 1층부터 다시, 기름으로 뒤덮인 계단을 처음부터 올라와야 했답니다…….

* * *

약 7천만 명.

1895년 당시, 미합중국의 인구다.

이게 줄어들고 있는 인구도 아니다.

1880년 인구 조사로 5천만을 찍고, 1890년에 6천 3백만이 집계됐다.

이 추세라면 1억을 돌파하기까지 고작 한 세대면 충분

하다는 것이 사회학자들의 가장 보수적인 의견이었다.

1860년대를 불태운 남북전쟁 이후 더 넓게 영토를 넓히고, 다른 유럽 국가 등으로부터 더 많은 이민자를 받아들이다 보니 국가 자체의 체급이 너무도 쉽게 커지고 있었다.

가만히만 있어도 나날이 늘어나는 노동자와 나날이 불어 가는 세금에, 1%인 위정자와 기업인들은 저절로 배가 부르고 있었지만.

나머지 99%.

절대다수를 차지하는 중산층, 시민, 노동자, 그 외 기타 등등으로 묶일 수 있는 '서민'들은 이 인구증감과 늘어난 영토에 몹시 불안해할 수밖에 없었다.

―새로 서쪽에서 와서 자영농이 되긴 했는데…… 사람이 없어도 너무 없는 거 아냐? 집 비웠다가 동물이 애 물어가면 어떻게 해?

―아이리쉬에, 크라우트에, 토니(Tony : 이탈리아인들에 대한 미국식 멸칭)에…… 하나같이 범죄자 족속들, 교황 끄나풀들 아냐? 이래 가지고 어떻게 애들을 기르냐?!

―하루 종일 벌어도 집세도 못 내서 맞벌이 해야 겨우 입에 풀칠하고 사는데, 이 회색 정글에서 어떻게 애들을 두고 가지?

하다못해 치안이라도 믿을 만하면 모르겠으나, 미국에서 경찰이란 아직 프랜차이즈가 없기에 도넛성애의 뚱보로 진화하지 않았을 뿐, 예로부터 노동자를 때려 부수고 기업의 사유재산'만'을 수호하는 국영 핑커톤에 지나지 않는다.

그런 놈들을 믿느니 차라리 두 손안에 있는 삶, 우주, 그리고 모든 것에 대한 궁극적인 질문에 대한 해답— 즉, 더블 배럴 샷건과 납탄을 믿고 만다.

이런 인식은 이미 미국 시민에게 자연 선택이었다.

그러지 않은 자들은 이미 사나운 그리즐리 베어와 그보다 더 사나운 자본가들에게 물려 죽은 지 오래였으니까.

그렇게 하루하루 아이를 기를 엄두조차 못 내던 시민들에게, 미국 문학의 아버지 마크 트웨인은 홀연히 한 권의 책을 내려 주었다.

〈꼬마 케빈의 집보기(Kid Kevin's housekeeping)〉.

한슬로 진의 강력한 주장으로 지어진 이름의 주인공이 나오는 이 동화는, 처음엔 그저 〈톰 소여〉나 〈허클베리 핀〉과 별반 다를 바 없는 반응을 받았다.

"뭐야, 이거?"

"동화인가? 자기 집에 비밀기지를 만드는 아이라…… 뭐, 평범하잖아?"

"어…… 그런데 여기에 도둑이 들어가?"

"오호라, 그럴 줄 알고 케빈이 함정을…… 호오오오!"

그리고.

반응이란 것이 폭발했다.

"석궁(Crossbow)이 이렇게 만들기 쉬웠다니!!"

"오호라, 그렇군! 밀폐된 공간에 가루를 뿌려 두고 불을 붙이면 폭발한다는 거지?!"

"물이 묻으면 전기가 더 잘 통한다……! 그렇군! 한번 시험해 봐야지!!"

동부 지역 대학의 과학자 교수인 아버지와 서부 산지기 출신인 어머니 사이에서 태어난 아들 케빈.

서로 다른 기질을 가진 부모는 집에 오래 붙어 있지 않았고, 혼자 있는 경우가 많았던 케빈은 집을 자신의 비밀 기지로 개조한다.

그 재료는 아버지의 과학 도구와 어머니가 집에 둔 사냥용 물품들.

이것들을 조립하며 부비트랩을 만들고, 각종 실험을 하던 케빈의 집에 어느 날, 돈을 노린 도둑 형제가 나타난다.

그들의 가택 침입 계획을 우연히 알게 된 케빈은 기지를 발휘해 만들어 뒀던 부비트랩을 전부 설치하고, 부모님이 집을 비운 한밤중에 쳐들어온 도둑 형제를 자력으로 격퇴한다.

그렇게 다음 날 날이 밝았을 때, 도둑 형제는 경찰들에게 잡혀가고, 케빈의 부모는 자신들이 케빈을 방치했다는 것을 깨닫는다.

결국 두 사람은 화해하고, 케빈과 함께 집을 청소하며

가정의 평화를 되찾는다는 내용.

뻔하디뻔한 동화지만, 이 동화를 쓴 작가는 마크 트웨인이다.

이미 〈톰 소여의 모험〉과 〈허클베리 핀의 모험〉을 통해 미국 문학을 재정립했다는 평가를 받는 국민 작가.

아이를 혼자 둘 수밖에 없게 만든 미국 사회와 무너진 가정에 대한 비판, 치밀한 중부 지방에 대한 묘사, 주인공 케빈의 캐릭터성까지 확실하게 잡으며 작품 자체로 문학적 가치를 인정받고 있었다.

그뿐인가? 책 속에서는 니콜라 테슬라가 진심으로 고증하고, 출판사가 붙여 준 삽화가와 함께(주로 삽화가의 머리가 터져 나가는 방식으로) 그려 낸 함정의 원리가 알기 쉬운 삽화로 그려져 있었다.

심지어 글씨를 몰라도, 거기 그려진 과학 원리만큼은 대강 읽고 알 수 있을 정도.

이러니 인기가 폭발하지 않을 재간이 없었다.

"여기, 〈꼬마 케빈〉 하나 주시오!"

"난 두 부 주시오! 로키 산맥 사는 사촌한테 보내 주기로 했단 말이야!!"

"그러니까, 이 함정들이 정말 군대에서도 쓸 수 있을 정도란 말이오?"

"그렇습니다, 장군! 특히 야생에서 불 피우는 법, 부비트랩 제조 방법, 전화선 연결 방법은 조난 시 장병들의 목숨을 살려 줄 귀중한 지식이 될 것이라고 확신합니다!"

"한번 가져와 보시오. 안 그래도 우리 애 보여 주려고 하나 사 둘 생각이긴 했지."

물론, 반발도 적지 않았다.

내용이 지나치게 폭력적이며, 따라 하다가 감전, 폭발, 화상 사고가 빈번해졌다는 비판도 있었다.

하지만 이 나라는 자유와 사적재산을 사랑하는 아메리카.

관습형법인 '성의 원칙(Castle Doctrine)'에 의거, 사적 공간에 침입하는 호로자식은 대가리를 날려도 무죄.

그것이 일반적인 미국인들의 인식이었다.

오히려 케빈은 마크 트웨인이 창조한 아메리칸 프런티어(American frontier)의 상징으로서 떠받들어졌고, 미국 의회에서는 반농담 삼아 정당방위에 대한 개정안이 '꼬마 케빈 법(Kid Kevin's law)'이라는 이름으로 발의해야 하는 거 아니냐는 얘기가 나올 정도였다.

그리고…… 이는 결코, 저자인 마크 트웨인과 니콜라 테슬라가 바라던 바가 아니었다.

"대체 왜 일이 이렇게 된 건가?"

"내가 알겠나, 끙."

미국이 자랑하는 저명한 소설가와 과학자, 두 사람이 동시에 머리를 부여잡았다.

아니, 물론 그들도 미국 대중의 성향을 아예 모르진 않는다.

어느 정도 프론티어 정신을 유념해서 케빈의 설정을 그 렇게 짠 것이 맞으니, 대중의 반응이 아주 잘못된 건 또 아니다.

 하지만 그들의 주목적은 '이러이러한 일을 하면 위험하 구나.' 혹은 '이런 함정 속에는 이런 과학적 원리가 숨어 있었구나!' 정도였지, 이걸 그대로 따라 하란 얘기가 아 니었다.

 애초에 왜 케빈의 부모를 동부 출신 과학자 남편과 서 부 출신 산지기 아내로 정했겠는가.

 전자는 니콜라 테슬라의 과학에 대한 계몽주의를, 후자 는 마크 트웨인의 여성 인권에 대한 계몽주의가 담긴 설 정이었다.

 그런데 어째서 독자들은 이러한 설정에는 감명받지 않 고, 그저 케빈과 과학성의 '간편한' 폭력성에만 눈을 돌리 는가? 어째서. 왜!

"이걸 보게."

 니콜라 테슬라는 열불이 터진단 목소리로 어떤 상자 하 나를 꺼냈다.

 그것을 보며 마크 트웨인은 한숨을 쉬었다.

'우리 아이도 쉽고 간편하게 만드는 부비트랩 세트 (Booby Trap Set, makes it easy for our child)'라니······.

 대관절 이 해괴한 물건은 무어란 말인가.

 하지만 니콜라 테슬라의 말은 아직 끝난 게 아니었다.

"이것 하나뿐이라고 생각하나? 화학실험 세트, 전기장치 실험 세트까지 나오고 있어!! 빌어먹을, 우리가 너무 가볍게 생각했네!"

"대체 어디서 이딴 걸 만드는 건가? 우린 이런 거 허락한 적 없잖아!"

"누구겠나, 제기랄!!"

니콜라 테슬라가 분통을 터트리는 사이, 마크 트웨인은 실험 세트 상자를 뒤집어 제작 및 판매 유통을 담당하는 회사의 로고를 확인했다.

그리고 그곳에 당당히 찍혀 있는, (주)에디슨 제네럴 일렉트릭 컴퍼니(Edison General Electric Company)의 로고.

다름 아닌 그 토마스 알바 에디슨(Thomas Alba Edison)의 회사였다.

마크 트웨인은 떨떠름한 눈으로 그 상자를 바라보았다.

"허 참, 그 양반. 우리에게 로열티도 안 주다니."

"지금 그게 할 말인가! 그게 중요해!?"

"진정 좀 하게."

마크 트웨인은 잠시 니콜라 테슬라를 보았다.

혹시 에디슨이라서 더 화가 난 건가 했으나, 사실 테슬라와 에디슨의 경쟁 관계는 상당히 과장된 면이 있었다는 것쯤은 알고 있었다.

꼬마 케빈의 집 지키기 〈215〉

정확히 말하면, 교류와 직류의 천재 발명가들 사이의 경쟁이라는 소문 자체가 이득이 될 것이라고 판단한 웨스팅하우스 일렉트릭(Westinghouse Electric)과 제너럴 일렉트릭이 의도적으로 띄운 시대를 앞선 이미지 마케팅이라는 것을.

그렇기에 지금 테슬라가 분통을 터트리고 있는 이유는 다른 게 아니었다.

"당장 그 망할 동화들을 회수해야 해! 시민들을 계몽시키려고 쓴 책이 오히려 시민들을 죽이고 있잖나!!"

자신이 지식을 제공한 책을 따라 하다가 중상을 입은 이들이 이렇게 많다니.

니콜라 테슬라의 섬세한 성격은 도저히 이런 혼돈의 카오스를 견딜 수 없었다.

하지만, 마크 트웨인은 그런 친구의 말을 떨떠름하게 받아들일 수밖에 없었다.

"음, 엄…… 닉. 내가 이런 말 하는 건 좀 거시기하네만."

"그럼 하지 말게!"

"아니, 해야겠네. 그건 불가능해."

"왜!!"

"그치만."

마크 트웨인은 웃어야 할지, 울어야 할지 모르겠다는 표정으로 말했다.

"벌써 100만 부 가까이 팔린 책을 무슨 수로 회수하나?"

"……."

니콜라 테슬라는 입을 다물었다.

100만 부.

어차피 계몽을 위한 거다 보니 가격을 더 낮게 잡아, 50센트 정도로 잡았다고는 하지만…… 그래도 100만 부.

금액으로 따지면 순수하게 잡아도 50만 달러.

저 악명 높은 맨해튼의 금융왕, J.P. 모건도 아닌 일개 과학자 니콜라 테슬라 개인이 물어 주기엔…… 너무 크고 아름다운 금액이었다.

＊　＊　＊

애초에 100만 부란 수치가 어떻게 가능했던 걸까.

가능성의 여부를 따진다면 영 불가능한 수치는 아니다.

어쨌든 7천만이나 되는 인구, 70명 중 1명만 사도 충분히 가능하다.

하지만 지금은 유통망도 인쇄 기술도 열악한 터라, 일개 출판사의 수준에서 100만 부의 책을 만드는 건 감당하긴 힘든 시대.

그럼에도 100만 부가 팔린 것에는 일단 마크 트웨인과 니콜라 테슬라의 이름값이 있었으며, 둘째로 그만큼 미국인들의 니즈를 정확하게 찍었다는 뜻이었다.

이것까진 좋다. 좋은데…… 바꿔 말하면, 그만큼 회수하기 어려워진다는 소리였다.

미친 듯이 돌아간 윤전기의 금액은 공짜가 아니었으니까.

만약 회수하려 친다면 번 것에 지지 않을 정도로 천문학적인 돈이 깨져 나간다는 거다!

테슬라는 물론, 마크 트웨인에게 그 회수 비용을 감당하는 것은 불가능했다.

특히, 지금의 마크에게는 더욱.

'수지가 완치됐어요.'

숙모, 수잔 크레인의 집이 있는 엘미라에서 온 편지.

병약했던 큰딸, 수지 클레멘스가 이번에 번 막대한 금액으로 회복에 성공했다는 이야기에, 마크 트웨인은 뛸 듯이 기뻐할 수밖에 없었다.

안 그래도 투자 실패로 빚까지 있었는데, 이번 일로 그 모든 게 완벽하게 해결했으니 그는 지금 뭐가 되어도 좋았다.

게다가 솔직히 그로서는 니콜라 테슬라의 걱정이 이해가 안 되기도 했다.

"나로서는, 자네 걱정이 이해되면서도…… 그렇게 심각한 문제는 아니라고 생각하네."

"아니, 그게 무슨 소린가!! 지금 시민들이 다치고 있잖아!!"

"그걸로 우리에게 책임이 있다고 소송이 걸리면 문제지. 하지만 그런 것도 없잖나."

마크 트웨인은 당당하게 말했다.

그들은 분명히 책의 첫 페이지에 적어 두었다.

'이 책의 과학 원리를 제외한 모든 것은 픽션입니다. 실존하는 지명 단체 인물 사건과는 아무 관계가 없습니다. 또한 일부 내용은 위험할 수 있으니 따라 하는 것을 지양할 것을 권고드리며, 이 책을 보고 따라 하는 모든 일은 저자 및 관계자에게 아무런 책임이 없으며, 온전히 독자 여러분의 책임입니다.'

책의 주제를 정했을 때, 한슬로 진이 이런 명문을 반드시 적어 두라며 주장했던 이유를 이제야 알겠다.

마크 트웨인과 담당 출판사, 그리고 출판사 전속 변호사는 각기 가슴을 쓸어내렸지만, 니콜라 테슬라는 더더욱 그런 반응이 이해가 가질 않았다.

"아니, 우리가 지금 시민들을 위험에 빠트렸는데 소송이 문젠가!?"

"솔직히 그 정도 위험은 빠져도 돼. 애들은 원래 다들 그렇게 크는 거잖나."

마크 트웨인은 당당하게 말했다.

니콜라 테슬라는 그런 마크 트웨인을 기괴하다는 듯 보

다가, 문득 깨달아 버렸다.

본래 오스트리아-헝가리 제국의 세르비아 지방에서 태어나 미국으로 건너온 테슬라와 달리.

마크 트웨인, 새뮤얼 랭혼 클레멘스는 내츄럴 본 아메리칸. 그것도 남북 전쟁 당시 남측의 편을 들었던 미주리 주 남부 출신이다.

물론 그 동네의 성향과는 정반대로 열렬한 인종 평등주의자이며, 양성평등 운동권의 첨병이긴 하지만 다른 것은 오직 방향성뿐.

자신이 옳다고 생각한 방향으로 올곧게, 그리고 폭발적으로 전진하려는 성향만큼은 남부인 출신의 그것이 맞았다.

한마디로 속은 깡 마초라는 소리다.

오죽하면 지금의 부인과 결혼할 때, 당시 시댁에서 반대하자 일부러 마차에서 스스로 굴러떨어져서 억지로 그 집에 며칠을 머물며 설득해서 승낙을 받을 생각을 했겠는가.

"게다가 거, 알잖나? 나도 어렸을 때부터 이런 거 많이 했다네. 내가 해니벌(Hannibal, 미시시피 강변의 소도시)에서 미시시피 강변을 쏘다니면서 브라질까지 갔다는 얘기는 했던가?"

"그 얘기는 한 번만 더 들으면 진짜 귀에 딱지 앉을 것 같으니까 조용히 하게."

하아······.

니콜라 테슬라는 결국 깊은 한숨을 쉬고, 결국 주저앉아야 했다.

마크 트웨인은 이 섬세하기 그지없는 유로피안의 색을 다 버리지 못한 친구를 씁쓸한 눈으로 보며 말했다.

"물론 자네 말도 이해가 안 되진 않아. 나도 사람들을 온건하게 계몽시키고 싶었지. 이런 식으로 자폭하게 만드는 건 원하지 않았다네. 하지만 이게 우리만 판권을 가진 책도 아니지 않는가."

"끄으으응."

니콜라 테슬라는 고개를 끄덕였다.

아무리 괴팍한 성격으로 유명한 그라고 해도, 마크 트웨인의 말처럼 영국 벤틀리 출판사와의 계약도 얽혀 있는 이상, 마냥 어깃장을 놓을 수만은 없었다.

무엇보다 이미 과학 학습 도서가 잘 팔린다는 것을 알고, 〈아서 왕과 수학의 기사〉 또한 3권까지 출판하여 팔고 있지 않은가? 그것도 같은 레이블 시스템으로.

이런 상황에서 무작정 니콜라 자신만의 어깃장으로 책을 회수한다? 그가 물어 줘야 할 위약금이 어디까지 불어날지 알 수 없었다.

"후우, 처음부터 자네 말에 놀아나는 게 아니었는데."

"허허, 어디서 그렇게 빼는가? 자네도 은근히 만들면서 즐겼잖나."

"재밌긴 했지만…… 나로선 이런 건 정말 원하지 않았단 말일세."

"이해하네, 이해해."

마크 트웨인은 니콜라 테슬라의 어깨를 두드리며 말했다.

일단 큰불은 껐다. 하지만 마크 트웨인은 이대로 마냥 니콜라를 꽁해 있게 둘 순 없었다.

어쨌든, 이렇게 잘 팔리지 않았는가? 그는 직감적으로 다음 작품이든 후속작이든, 내놓아야 한다는 사실을 느끼고 있었다.

경찰에 끌려갔던 도둑 형제의 복수, 더 안전한 곳을 찾아 이사한 케빈 가족, 새로 등장하는 케빈의 사촌 형제자매들이라든가?

이야기꾼으로서, 마크 트웨인은 이 꼬마 케빈의 이야기를 계속 이어 가고 싶었다.

물론 그런 식으로 〈꼬마 케빈〉 시리즈를 이어 나가려면, 닉을 어떻게든 설득해야 했다.

절대 둘째 딸, 클라라 클레멘스의 피아노 과외비까지 벌자고 이러는 게 아니다.

이게 다 미합중국 시민들의 계몽을 위해서지. 암.

무엇보다.

"걱정 말게. 나도 아주 생각이 없는 건 아니야."

"정말인가?"

"당연하네. 애초에 우리가 받아 온 이 레이블이 어떤 레이블이던가?"

그건 또 무슨 말인가?

의아하다는 눈으로 자신을 보는 테슬라에게, 마크 트웨인은 당당하게 말했다.

"결국 이 모든 일은 우리가 '따라 하지 마세요'라고 했음에도 따라 할 정도로 안전의식을 함양하지 못한 미국인들의 교육 수준이 문제가 아닌가."

"으음…… 일단은 그렇지."

"그렇다면 지금 이건 오히려 우리가 계몽시켜야 할 대상이라네! 그러니 느리지만 확실하게, 점진적으로 우리 미국인들의 지식을 향상시킬 수 있는 방법을 찾아야 하겠지."

"그런 방법이 있겠는가?"

"우린 언제나 답을 찾을 것이네."

마크 트웨인은 싱긋 웃었다.

"당장 생각해 둔 것도 몇 가지 있고."

"뭐? 벌써 말인가?"

"혼자 정할 수 있는 건 아니라서 문제지. 조금만 기다리게."

그렇게 마크 트웨인은 놀라는 친구의 시선을 무시하며 태연하게, 영국 런던으로 보내는 전보를 부쳤다.

* * *

"……그래서 저한테 찾아온 거라구요?"

"예. 작가님."

허참, 미주 천지가 복잡기괴하다.

하라는 공부는 안 하고 부비트랩만 배우다가 일 치르는 양반들이 진짜로 나올 줄이야.

아니, 사실 예상을 아예 안 한 건 아니다. 괜히 책임 면피 문구 써 줬겠냐.

〈나 홀로 집에〉라던가, 틱톡, 너튜브를 보고 따라 하는 사람들이 너무 많아서 문제가 어마어마하게 많이 터졌는걸.

사실 그보다는 닉이 진짜로 니콜라 테슬라인 건 놀랐다.

아니 대체 이 둘이 왜 친구야? 천재들끼리 끌리는 뭐 그런 거라도 있는 건가?

다만, 마크 트웨인도 그렇고, 니콜라 테슬라도 그렇고…… 너무 순진했던 게 아닐까 싶다.

천재들이라 그런가? 사람들이 전부 자기들처럼 합리적으로 생각하는 줄 알아.

유감스럽게도, 사람은 그렇게 이성적인 생물이 아니다. 오히려 감정이 더욱 강하게 그 행태에 영향을 주지.

행태 경제학이 괜히 21세기의 메인스트림으로 떠오른 게 아니다.

특히 미국인들은 우리 생각보다 훨씬 무식하다.

심지어 이건 공교육이라는 게 있는데도 그랬었다.

그럼 그런 게 없던 19세기의 미국인들? 훨씬 더 무식하겠지.

돈에 눈먼 강도 귀족들이나 주장하는 야경 국가론이 정설로 받아들여진 미개한 시대니까.

그렇다면, 이걸 해결할 수 있는 방법이 있나?

그런 거 없다…… 고 간단하게 말하면 좋겠지만, 어차피 니콜라 테슬라가 원하는 건 당장 해결하는 게 아니잖아?

마크 트웨인도 그것을 알고 있겠지. 그래서 이런 전보를 부친 걸 거다.

"역시 미국 문학의 아버지시네요. 포인트를 잘 잡았어요."

"예?"

나는 씨익 웃으면서 그 전보를 다시 한번 확인했다.

"주제를 바꿔 볼 생각이라고 합니다."

"예…… 저도 그렇게 보긴 했습니다만, 솔직히 단숨에 그게 가능할까요? 게다가 그게 과연 통하겠습니까?"

우려스러운 눈빛.

뭐, 당연하다 미친 듯이 돈을 번 '성공한' 케이스가 있는

꼬마 케빈의 집 지키기 〈225〉

데 굳이 그걸 바꿔서 다른 것을 낼 필요가 있냐 싶겠지.

하지만 우리가 떠올린 것은 다르면서도 비슷한 거다.

그러니.

"안 통할 수가 없죠."

나는 확신을 갖고 말했다.

과학 지식을 활용하는 대상이 '사람'이기 때문에 문제가 된다면— 그 대상을 '자연'으로 한정한다면 문제가 적어지는 거 아닌가?

"자연재해를 두려워하는 마음은 누구나 있으니까요."

플로리다의 허리케인이나, 캘리포니아의 지진은 현대에서도 유명했지.

그리고 난 이것과 엮어서 나름의 정답을 알고 있다.

그건 바로.

"〈위기 생존 넘버 원〉입니다."

정확히는 '살아남기' 시리즈에 가까울까?

각종 사건 사고들 사이에서 살아남는 주인공을 그리는 거니까.

"……하지만 소재가 쉽게 떨어지지 않겠습니까? 자연재해의 종류가 그리 많은 것도 아니고."

"뭐, 걱정하지 마세요. 우선은 허리케인이나 지진, 해일 등으로 시작하겠지만 나중엔 점차 넓어질 겁니다. 무인도, 화산, 문지방 등등…… 세계에는 위험한 게 너무나 많으니까요!"

처음에야 '집 지키기' 포맷이니까 집에서 당할 만한 것으로 진행되지만, 케빈이 성장하면— 얼마든지 이쪽에서 찾아갈 수도 있다.

즉, '야생에서 살아남기' 포맷이다.

록키 산맥의 산림.

미시시피 강의 정글.

캘리포니아의 모하비 사막

오대호라는 이름이 붙을 정도로 거대한 호수.

정 뭐 하면, 대서양과 태평양까지.

널찍한 북아메리카 대륙을 통째로 차지한 미합중국은, 그 안에서 돌아다니기만 해도 소재가 무궁무진하다.

게다가 '살아남기'라니…… 20년 넘게 포맷이 이어지고, 애니화까지 된 전설적인 과학상식 시리즈 아닌가?

"으음, 그 부분은 그리고 또, 문제는 역시 실험 장치 세트랑 이…… 부비트랩 세트가 있습니다."

"허, 참 여러모로 기가 차긴 하네요."

처음 듣고 감탄했다. 아무리 저작권 개념이 처참하던 시대라지만, 이 시대에 이런 발 빠른 표절과 상품화를 이뤄 내다니.

역시 트루-캐피탈리즘의 신성 아메리카 자본 왕국이라고 해야 하나.

하지만 뭐, 그래 봐야 19세기지.

"일단, 저희의 이점은 당연히 원작자라는 거죠. 테슬라

씨가 직접 실험 장치 세트를 만들어 보라고 해 보죠. 훨씬 전문적으로, 그리고 당장 나오는 실험을 직접 할 수 있는 것들로요. 게다가…… 안전 물품도 함께 들어 있으면 좋겠죠. 그러면 우리가 피해를 컨트롤 할 수 있을 겁니다."

일종의 응급 키트 같은 것이다.

물론…… 이름은 그대로 가야겠지. 상마초들이라서 그런가, 이름에 구급 키트 같은 게 들어가면 가오가 안 산다고 기피 하는 놈들이 너무 많단 말이야.

어떻게 아냐고? …… 알고 싶지 않았다, 썩을.

아무튼.

"하지만, 작가님 선점된 시장이 있는데…… 먹힐까요?"

"먹힐걸요? 2권부터 동봉품으로 끼워 주면, 안 먹힐 리가 없겠죠?"

"예!?"

"아, 당연히 가격은 살짝 더 높게 측정돼야겠지만요."

아, 그래서 안 살 거야? 100만 부가 팔린 밀리언 셀러의 후속작을 안 살 거냐고?

심지어 이거, 일단 '공짜'라는 거다.

가격이 올랐다는 것에는 불만이 있을지 모르지만, 오히려 풍족한 내용물에는 만족하고도 남을 테지.

여기에 정품 딱지 붙이고, 음…… 게다가.

"동봉 세트 구성은 랜덤하게 나누자고 하죠. 하나는 테슬라 씨 특제 실험 장치 세트, 하나는 전기장치 세트, 하나는 부비트랩 장치 세트…… 뭐 이런 식으로요. 당연히 구매 전에는 어떤 세트가 들어 있는지 확인할 수 없도록 잘 포장해야 하고."

"……작가님, 그럼 그거."

나는 슬며시 경악하는 벤틀리 씨의 시선을 피했다.

그래, 랜덤가챠상자…… 아니, 포토카드다.

19세기의 신성 아메리카 자본 왕국이여. 이것이 21세기의 트루-캐피탈리즘이다.

사인 추첨권이 없는 것을 다행으로 알아야 할걸?

* * *

서부 텍사스 군사 중학교(the West Texas Military Academy).

"더그, 이리 와 보렴."

소년은 책에서 고개를 들어, 15세 소년이라고는 믿어지지 않는 절도 있는 태도로 벌떡 일어났다.

품위 있게 옷차림을 정갈히 한 소년은 어머니의 앞으로 다가간다.

"어머니, 부르셨습니까?"

차라리 중대장을 부르는 병사의 말투가 더욱 애틋하지 않을까 싶을 정도로 각 잡힌 말투였지만.

꼬마 케빈의 집 지키기 〈229〉

그의 어머니, 핑키는 신경 쓰지 않았다. 각 잡힌 걸로 치면 그녀가 더했으므로.

"테오발트 오트옌(Teobald Otjen) 하원의원님과 접촉하는 데 성공했다."

그 순간 소년이 눈을 반짝였다. 하원의원 그 자체는 별로 중요하지 않다.

중요한 건.

"진학 기회를 주신다는구나. 하지만 시험을 통해 최종 추천자를 결정하시겠다고 한다."

"반드시 합격하겠습니다."

"그래, 그러잖아도 그 때문에 밀워키 고등학교의 교장 선생님을 모셔 오기로 했다. 쉽게 모실 수 없는 분인 만큼, 결코 가르침을 허투루 해선 안 된다."

"명심하겠습니다."

"그리고……."

어머니, 핑키가 탁자 위의 무언가를 가리켰다.

더그는 빠르게, 하지만 경망스럽지 않게 고개를 돌렸다. 하지만 그의 눈은 이내 흔들릴 수밖에 없었다.

그곳에는 〈꼬마 케빈의 집 지키기〉가 있었다. 그것도 무려 최근 나온 2권까지!

이런 걸 대체 왜?

읽거나 쓰기도 전에, 심지어 걷거나 말하는 게 가능해진 때와 거의 동시에 말을 타고 총을 쏘는 법을 배웠던 소년은, 이런 아동용 도서가 자신의 집에 있다는 것 자체에 게슈탈트 붕괴가 일어날 것만 같았다.

"읽거라."

"하지만 어머니. 죄송하지만 이건…… 제가 읽어도 되는 책이 맞는지 모르겠습니다."

물론 그도 저 책의 명성을 들었다. 지금 미국 전역을 강타하고 있는 최고의 베스트 셀러가 아닌가?

쓴 사람도 마크 트웨인, 미국 문학의 아버지로 칭송받고 있는 대문호다.

소년도 교양의 일환으로 그의 책을 읽어 본 적이 있었다. 물론 〈톰 소여〉나 〈허클베리 핀〉이 아닌, 〈도금 시대〉 같은 걸로.

전자도 읽어 보려 하긴 했지만, 동화는…… 아무리 생각해도 그가 읽기엔 지나치게 말랑말랑했다. 그래서 이번 〈꼬마 케빈〉도 읽지 않았다.

물론, 읽고 싶냐 아니냐를 따지면 읽어 보고 싶긴 했지만.

친구들이 책을 읽고, 실험하거나 함정을 만드는 걸 보고 내심 부럽다고 생각하긴 했지만……!

아무튼, 군인의 품위에 어긋날 것 같아서 참아 왔던 것이다!

"최근, 육군에서 화제가 되고 있는 책이다."

"그럼 읽어야죠."

소년은 자신이 생각해도 당황스러울 정도로 빠르게 말했다.

 다행히 어머니는 잠깐 의아해했을 뿐, 소년의 내면에 깊숙이 숨겨져 있던 욕망이 드러났다는 생각은 하지 못했다.

 "지금 당장은 몇몇 부대에서만 시범적으로 행하고 있지만, 효능이 입증되면 곧 모든 부대에서 교리로서 도입할 가능성이 높게 점쳐지고 있다."

 "만약, 아니더라도……."

 "대부분의 병사가 이 책으로 기초 생존 상식을 깨우치고 올 테니, 그들에게 공감하려면 읽어 두는 것이 좋겠지."

 물론, 그녀 자신은 이런 작품이 유행하는 현실 자체가 썩 탐탁지 않긴 했다.

 이미 그녀가 모인 모임에서도 비슷한 어머니들이 몇몇 모여서 중복되는 키트를 교환하는 '교환 계모임'이 열리기도 했으며, 알음알음 중고 거래를 하는 행태를 보면 속이 쓰릴 정도.

 하지만 이 모든 것이 아들을 '장군의 아이'로서 부끄럽지 않도록 키우기 위한 치맛바람이다.

 '장군의 아내'는 그것을 위해서라면 무엇이든 할 각오가 되어 있었다. 아들 또한 그런 어머니에게 말했다.

 "알겠습니다. 최선을 다해 배우고 익혀, 기필코 웨스트

포인트에 진학하겠습니다. 어머님."

"믿겠다."

더글라스.

어머니는 그렇게 아들의 이름을 부르며 고개를 끄덕였다.

※ ※ ※

본디, 텍사스 주는 미국의 최남부다.

멕시코와 국경을 맞대고 있으며, 가축과 축산물 생산량과 수익은 미국 전체에서 1위를 달리는 비옥한 농경지대이고, '텍사스 카우보이'라는 말이 21세기까지 회자될 정도로 딕시(Dixie), 백인 우월주의 보수주의의 중심이 된 주 중 하나다.

이게 무슨 말인고, 하면.

마크 트웨인을 링컨만큼이나 싫어한다는 뜻이다.

"껌둥이 노예들, 여편네들을 옹호하는 배신자 새끼!!"

"남부군에 입대했었으면서 총 한번 안 쏘고 탈영이나 한 놈이 문학의 아버지는 무슨!!"

"그래도 글은 좋은데……."

"너, 북부 양키 새끼냐!? 매달아!!"

남북전쟁이 끝난 지 고작 30년.

여전히 흑인과 여자가 자신들과 같은 1표를 줘야 한다

는 말에 반박할 시간이 있으면 차라리 납탄을 박고 만다며 이를 가는 옛 목화밭 주인들은 수도 없이 많았다.

도시민들이라고 크게 다르진 않았다.

그 많던 노예들이 해방되고, 지랄 같던 목화밭에서 나온 그들이 어디로 흘러가겠는가?

휴스턴, 댈러스, 포트워스와 같은 도시권에서 저임금 육체 노동자 중 흑인이 많은 건 당연한 일이었고, 그들을 바퀴벌레, 쥐새끼에 비유하며 박멸하자는 이야기는 도시 백인들 사이에서 공공연하게 나왔다.

그런데 그런 그들에게 원수, 마크 트웨인의 신작— 〈꼬마 케빈의 집 지키기〉가 강타했다.

"뭐야, 이거? 마크 트웨인 이 배신자가 또 글 썼냐?!"

"볼 것도 없어! 책을 들여 놓는 서점을 보이콧해!! 아니, 불태워!!"

처음에는 여느 때처럼, 격렬히 저항했다.

하지만 모든 텍사스인들이 백인은 아닌 법.

처음에는 흑인 서점에서 자신들의 편을 들어 주는 고마운 대문호의 책을 보답하는 마음에서 구매했고, 그다음엔 흑인에게 호의적인 일부 백인들이 구매했다.

그리고, 고래로부터 둑은 그런 구멍들을 시작으로 터져 나갔다.

"거…… 재미는 있는데?"

"어쩐지, 흑인 놈들이 요즘 맘 놓고 일 나가더니만 이

거 덕분이었구먼?"

"유용하긴 해. 이것만 있으면 나도 우리 애 놓고 농장 보러 가도 되겠어."

"야, 읽지 마!! 재밌어하지 말라고!!"

텍사스 백인들이 극렬 보수 인종 차별주의자들이긴 하지만, 동시에 미국 초기의 프론티어 정신을 제일 많이 간직한 미국인들이기도 하다.

상식적으로 서부 개척에 대한 로망을 간직한 이들이 아니라면, 멕시코 마적 떼가 심심하면 창궐하는 이 땅에 어떻게 왔겠는가.

그런 이들에게 '프론티어 정신'을 구현화하고, 복잡하다며 극혐하던 과학 지식이 생각 외로 유용한 생활상식이 될 수 있다는 것을 알려 준 〈꼬마 케빈〉이 어떻게 받아들여졌는지는 굳이 말할 필요도 없었다.

텍사스인들은 자연스럽게, 서서히 케빈에게 자신의 마음속 귀퉁이 한구석을 허락할 수밖에 없었다.

"허 참, 이 케빈의 어머니 말이지. 샷건 한 방에 늑대 대가리 깨는 걸 보니까 꽤 괜찮아 보이는데?"

"그렇긴…… 하지? 케빈의 이모부라는 작자도 깜둥이지만 믿음직하긴 해."

"미쳤어, 미쳤어!! 제정신이야?!"

"마크 트웨인의 사상오염이 텍사스를 지배하고 있어! 당장 이 망할 책을 불태워야 해!!"

"아, 그럼 니들이 부비트랩 만드는 법을 가르쳐 주든가!!"

술 마시고 토해 내는 혐오가 시원하긴 하나, 그들도 술 깨면 애 두고 일 나가야 하는 불안한 부모임은 변함이 없었다.

하물며 이곳은 텍사스다. 서부 개척의 성지, 심심하면 멕시코 마적 떼와 토네이도가 집이고 농장이고 전부 쓸어가 버리려는 동네.

이런 동네에서, 개인이 스스로 몸을 지킬 수 있게 해 주는 〈꼬마 케빈〉이 각광받지 않는 것이 이상하다.

심지어 그것은 〈꼬마 케빈〉 2권이 나오고, 여기에 동봉된 랜덤 실험 세트라는 것까지 더해지자 권당 가격이 거의 2배 가까이 올랐음에도 불구하고 판매량은 거의 3~4배 가까이 늘어났다.

"뭐가 필요하다 뭐가 필요하다 찾기도 귀찮았는데, 다 들어 있으니 이것 참 편하군."

"교환? 그런 계집 같은 짓을 할 필요가 있나? 까짓거 두 개 만들고 시간 나면 더 사면 되지!"

…… 물론 특유의 마초 문화 탓에 급증한 것도 있는 것 같긴 하지만.

아무튼 이는 곧 마크 트웨인에 대한 긍정적인 이미지 상승으로 이어졌다.

물론 그래 봤자 '씹어 먹을 배신자 새끼'에서 '그래도 쓸 만하긴 한 배신자' 정도였지만, 어쨌든 상승은 상승이다.

"허 참, 이 동네 분위기는 도대체 종잡을 수가 없군요."

그리고, 그런 휴스턴에 갓 이주해 온 은행원, 윌리엄은 헛웃음을 지으면서 고개를 저었다.

어제까지만 해도 마크 트웨인을 성토하던 기억이 생생한데, 오늘이 되니 또 이렇게 호불호 갈리는 수준까지 여론이 올라오다니…….

그런 그의 친구이자 부동산 중개업자인 리처드는 어깨를 으쓱이며 말했다.

"뭐, 상관없지 않나? 덕분에 간덩이 부은 양반들이 늘었어. 안 팔리던 미개척지에도 '〈꼬마 케빈〉과 함께하는 미답지 개척!'이라고 해 두면 어찌어찌 팔려 나간단 말이지."

"그거, 사기 아닙니까?"

"뭐 어때. 실제로 난 책도 증정하고 있다네. 이 정도면 양심적이지!"

그래 봐야 75센트 더 들이는 거잖아. 윌리엄은 헛헛한 웃음을 지으며 고개를 저었다.

어쨌든, 그가 할 말은 없었다.

그것은 그가 노스캐럴라이나에서 이주해 온 다른 지방 사람이라는 것도 있었지만, 더 근본적인 이유로는—.

"그래서, 이번에 요즘 자네는 어떤가?"

"예?"

"시치미 떼기는, 재미 좀 보고 있다면서?"

꽂아 준 보람이 있군.

리처드는 껄껄 웃으면서 윌리엄의 어깨를 두드렸다. 윌리엄은 식은땀을 삐질삐질 흘리면서도 적당히 말을 맞추었다.

"아, 뭐. 새 금융상품을 개발한 덕에 승진하긴 했죠."

"나도 봤네. 괜찮아 보이던데? 수익도 높고 초기 투자자들에게도 신용도가 높고 말일세. 벌써 수익이 나고 있다면서?"

"그, 그야……."

그럴 수밖에 없는 구조이긴 하니까.

하지만 윌리엄은 그저 고개를 끄덕이며 말할 뿐이었다.

"그, 예. 일단 그, 4차 투자자들을 모집 중입니다."

"치사하게, 이런 게 있으면 나한테도 말을 해야 할 거 아닌가? 혹시 내가 주지사 떨어졌다고 괄시하는 건 아니지?"

"쿨럭, 큼. 그럴 리가 있겠습니까."

어떻게 말을 둘러대야 하나. 잠시 눈을 데굴데굴 굴리던 윌리엄은 어떻게든 말을 꾸며 내어, 필사적으로 변명했다.

"그, 아무리 수익성이 높다고 하더라도 이것도 결국 투자니까요. 은인을 위험에 빠트릴 수는 없었습니다."

"하하하하. 알겠네, 알겠어. 농담이었네."

"하, 하하."

"날 위해 마음 써 줘서 고맙네. 윌리엄."

그렇게 일할 시간이 되었다면서 리처드는 자기 부동산 중개업소로 돌아갔다.

진땀을 빼며 손님을 배웅한 윌리엄은 깊은 한숨을 쉬며 비칠거리는 걸음으로 자신의 방으로 들어갔다.

그의 눈에 방을 가득 채운, 작년 영국발 '베어링스 스캔들' 관련 보도를 스크랩한 기사들이 들어왔다.

그는 그사이를 걸어가, 영국 금융 당국에서 준비 중이라는 법안에 대한 상세한 보고서와 마치 신줏단지처럼 모셔진 〈빈센트 빌리어스〉가 있는 책상에 걸터앉았다.

―자, 들어 보게 포터. 이게 내가 런던 증권거래소에 있을 때, 이 책의 저자가 제출한 보고서에 있던 내용인데, 이거 한탕이면 우리가 이 한 주의 부를 전부 거머쥘 수 있어! 우리도 이제 떵떵거리면서 살 수 있단 말이야!

"그래, 이 한탕. 이 한탕만 제대로 크게 하고 빠지면 나도……!"

두 눈에 넘실거리는 검은빛.

오스틴 제1 국립은행의 은행원, 윌리엄 시드니 포터(William Sidney Porter)는 이 일확천금의 유혹에서 벗어날 수가 없었다.

9장
불태우는 화염의 우리

불태우는 화염의 우리

　미국에서 과학 상식 학습 도서가 의문의 히트를 치고, '남부의 역적' 마크 트웨인이 프론티어의 화신으로 탈바꿈되는 동안.

　영국에서는 1895년의 총선이 진행되었다.

　"정권 심판!! 언제까지 저놈의 자유당이 이 나라를 망치는 걸 지켜봐야 합니까! 글래드스턴, 프림로즈, 캠벨배너먼에게 심판을! 보수당이 '던브링어'가 되어 제국에 새로운 여명을 약속하겠습니다!"

　"미워도 다시 한번!! 아일랜드에게 자유를! 모두에게 평등한 한 표를!! 저 '그레고리 빌리어스' 같은! 무능하고 욕심 많은 귀족들은 더 이상 단 한 차례도 정권을 잡아선 안 됩니다!!"

원 역사에서, 영국 자유당은 총리 자리를 솔즈베리 후작에게 뺏긴 뒤, 내홍을 수습하지 못한다.

결국 자유당 내의 보수파 일부가 '자유연합당(Liberal Unionist Party).'으로, 그리고 아일랜드 독립주의자들이 '아일랜드 국민당(Irish National Federation).'으로 갈라져 대패했다가, 10년 뒤에야 이 내홍을 수습하고 여당 자리를 되찾게 된다.

그러나 지금은 다르다. 역사의 오랜 질병인 현대인의 개입으로 인해 간접적인 변동이 일어난 탓에 자유당에는 두 가지 이점이 생겨 버렸으니까.

첫째로.

"여러분, 진정하시오!! 지금 우리가 이렇게 갈라져 싸워서 보수당에 정권이 넘어가면, 아일랜드 자치권이고 선거권 확대고 뭐고 다 물 건너간단 말이오!!"

헨리 캠벨배너먼이 빠르게 자유당의 키를 잡는 데 성공했다.

그는 원 역사에서, 당의 내홍을 수습하고 여당 자리를 되찾는 데 성공했던 탕평 정치가.

손잡을 수 있는 자들은 잡고, 버릴 자들은 버린다.

총리로 재임한 것은 1개월뿐이었지만, 캠벨배너먼은 글래드스턴과 함께 할 수 있는 한 최선을 다해 내홍을 수습했다.

그 결과, 노동당 및 아일랜드 국민당과의 연정에 성공

했다.

그리고 둘째.

"1890년 베어링스 은행을 살린 영국은행의 판단은 정말 옳았던 게 맞습니까!?"

"결국 영국 증권거래소는 리더데일 총재도, 깁스 전 총재도 징벌하지 못했습니다! 그럼 진짜 원죄는 누구에게 있는 것입니까?!"

"대답해 보십시오, 솔즈베리 후작! 그때 총리는 다름 아닌 당신이었잖소!!"

작년, 영국 금융계를 강타했던, 어느 소설가가 쏘아 올린— 아니 굴린 작은 스노우볼, 베어링스 스캔들.

그때 법리적인 분쟁은 전부 해결되어 유야무야 끝났지만, 엄밀히 말해 그것은 끓는 냄비를 적당히 치워 둔 것이었지 불을 꺼 둔 것이 아니다.

당시 영국은행 총재였던 리더데일은 은퇴해 야인으로 돌아갔지만(은행 정문에 침을 뱉었다는 후문이 있었으나, 확인되지 않았다), 당시 총리였던 인물은 아직까지 정치권에 남아 있었으니…… 바로 현 보수당 당수, 솔즈베리 후작 로버트 개스코인세실이다.

순식간에 '경알못 솔즈베리', '경기 침체의 원흉 보수당'이라는 프레임이 짜였고, 자유당은 이에 일 점사 총공세에 들어갔다.

물론 이 두 가지 이점이 온건히 자유당의 승리를 보장

해 주긴 애매했다.

 어쨌든 정권심판론은 언제나 먹히는 정치공세였으니까.

 그리하여 그 결과.

 "이겼다, 이겼어!!"

 "제기랄, 또 이렇게!!"

 보수당, 326석.

 자유당, 256석.

 아일랜드 국민당, 72석.

 그 외, 15석.

 단순히 보수당과 자유당만 따지면 보수당이 승리하여 총리 자리를 가져가야겠지만, 자유당과 아일랜드 국민당은 연정.

 그렇기에 두 당을 합쳐 328석을 가져온 캠벨배너먼이 간신히 49대 총리로 연임할 수 있게 된 것이다.

 "하지만 우리가 지금 뭘 하기엔 상황이 좋지 않아요. 일단은 내부 규합부터 해야 합니다."

 축배를 들기 전. 캠벨배너먼은 글래드스턴을 만나 그렇게 말했고, 글래드스턴 역시 동의하며 차분히 제안했다.

 "솔즈베리 후작에게 외무장관을 부탁하시오. 어쨌든 그 양반이 잔뼈는 굵지 않습니까."

 "좋은 생각이십니다. 그러면 그 대가로 경제정책, 선거권 쪽에서 양보를 받아오면 되겠군요."

그렇게 역사는 조금씩, 천천히 스노우볼의 황금의 회전 위에 올라타기 시작했다.

※ ※ ※

그리고 그 즈음.

"후우."

나는 만족스럽게 원고를 내려다보았다.

드디어, 드디어 이 지옥 같은 원고를 끝내는구먼.

〈피터 페리〉 시리즈 제8권, 〈피터 페리와 영원의 끝(the End of Eternity)〉.

지난 5년간 나와 함께 달려 준 피터와 작별을 고하는 책이다.

"지금 와서 생각해 봐도 참…… 해괴한 데뷔였지."

이 시대에서 통할 거란 생각도 안 했던 책이 뜬금없이 런던에서 제일 잘 팔린다고 했을 때 얼마나 황당했던지.

나는 피식피식 웃으면서 그때의 벤틀리 씨를 떠올렸다. 그땐 진짜 황당했는데.

어쨌든 덕분에 지금은 아서 코난 도일이나 루이스 캐럴, 마크 트웨인과도 인연을 맺고, 연극화도 되고, 왕세손이랑도 친구가 되고…… 여러모로, 고마운 책이 아닐 수 없었다.

맘 같아선 나도 계속 이어 나가고 싶긴 하지. 하지만.

"그건 안 되지."

셜록 홈스 같은 옴니버스물이라면 모를까, 나는 애초부터 피터 페리를 모험 학원물로 설정하고 썼잖아? 그것도 단편용으로.

이런 상황에서 내 욕심으로 〈피터 페리〉를 5년이 아니라 10년, 20년씩 쓴다고 해 보자.

폼이 안 무너질까? 단언한다. 분명히 무너진다.

현대에서도 그렇게 쓰던 양반들이 없진 않았다. 출판소설이든, 웹소설이든, 라이트노벨이든, 만화든.

하지만 나는 그런 양반들이 한 스토리로 50권을 넘기면서 폼을 유지하는 걸 거의 보지 못했다.

그나마 해적 만화 그리는 만신 정도? 아, 그 사람도 한 번 미끄러졌다가 올라오긴 했지?

그러니까 이건 제목 그대로 영원의 끝. 영원을 위한 끝이다.

떠나야 할 때를 알고 떠나가는 소설은, 독자들의 마음에 영원히 남을 테니까.

"그러니까 그만 좀 우세요."

"크흡, 그치만, 작가님……!"

"아, 원고에 콧물 떨어지게."

"크흑…… 작가님은 진짜, 최고의 개새끼이십니다……!"

이 양반 이젠 대놓고 욕하네. 나는 웃으면서 고개를 저었다.

하긴 따지고 보면 밀러 씨 가족을 빼면 벤틀리 씨가 처음으로 〈피터 페리〉의 팬이 된 셈이었지.

그래, 좋아하는 소설이 완결되는 슬픔은 나도 이해한다. 그래도 피터는 여기서 완결 쳐야 가장 아름답게 내보낼 수 있다니까.

"크흡, 큼. 그런데 작가님, 이러면 연극에 악영향이 있지 않겠습니까?"

"뭐, 대충 그쯤에 한번 양장본 내면 되죠. 외전 편 한두 개 더 껴서."

"허 참…… 악랄하시군요."

악랄하긴, 21세기에선 일상처럼 하는 일인데. 나는 씨익 웃으면서 자신만만하게 말했다.

"그보단 슬슬, 다음 걸 생각해야죠?"

"아, 그렇지요. 작가님, 혹시 뭔가 생각하고 계신 게 있습니까?"

"흐음, 글쎄요."

내가 일부러 빙글빙글 웃으면서 뜸을 들이자, 오히려 벤틀리 씨의 눈에서 초조한 빛이 비치기 시작했다.

아무래도 여전히 내가 스트랜드 매거진에 집중하지 않을까, 하는 눈치가 보인다.

혹시나 해서 하는 말이지만 벤틀리 씨가 무능한 편은 아니다. 오히려 유능한 편이지. 사업가로서 유지하는 면은 오히려 나보다 낫다.

처음에는 사람들이 불안해했던 〈위클리 템플〉도 결국 궤도에 올렸고 말이지.

지금은 허버트 조지 웰스와 브램 스토커를 비롯해서 여러 명망 높은 작가들이 연재하고 있는 인기 잡지 중 하나다. 얼마 전에 내가 오스카 와일드도 계약시켰고.

그런데 내가 이 회사를 떠날 이유가 대체 어디 있단 말인가?

스트랜드 매거진도 〈던브링어〉 때문에 잘해 주지만, 그래도 다 망해 가는 회사를 살렸던 이곳만큼은 아니거든.

그런 것을 알 리 없는 벤틀리 씨가 사실상 담당 편집자 겸 비서로 일해 주는 것이 편해서 그런 말은 아니다. 절대로!

뭐, 스트랜드 매거진 쪽 편집자인 허버트 그린호프 스미스(Herbert Greenhough Smith), 그 양반 덕분에 〈던브링어〉 내가 약한 추리 쪽으로 도움을 많이 얻고 있다지만 그 백터가 다르단 거지.

결국은 일장일단이란 얘기다.

아무튼.

"차기작은…… 그러네요. 이번에도 기본은 소년 주인공으로 가려고요."

"소년 주인공이라. 확실히 〈피터 페리〉의 후속작이고, 〈위클리 템플〉의 주 고객층을 생각하면 그쪽이 좋을 것 같습니다."

"네. 그리고 이번엔 아무래도 학원물을 타파해서, 모험에 중점을 둬보려고 합니다."

"모험물이요?"

"예."

솔직히 말하면, 학원물의 가장 큰 문제점은 배경이 한정된다는 거였거든.

이 부분은 연극에서는 장점이다.

하지만 장편소설을 쓸 땐 좀 쓰다 보니 답답하다.

오베론 아카데미아에 관해선 쓸 거 다 썼는데도 벗어날 당위성이 애매해서 했던 묘사를 또 해야 하고…… 그래서 여기저기 놀러 간단 핑계로 어떻게든 문제를 만들었지.

그리고.

"레이블도, 이젠 슬슬 제대로 시동을 걸어 봐야죠."

"으으음, 확실히 말씀대로입니다. 수학과 과학이 성공했으니, 그 레이블로 다음 소설을 출간한다면 더더욱 좋은 평가를 올릴 수 있을 겁니다."

"하하, 그것을 노리기도 했지만. 사실 조금 별개의 이야기긴 하거든요."

오스카 와일드의 통조림과 북미에서 거둔 성적을 보면서 생각난 아이디어였다.

"그래서 제가 생각한 과목은…… 바로 문화인류학입니다."

더 정확히 말하면, 살아남기 시리즈와 쌍벽을 이뤘던 문과계 학습소설 시리즈.

바로 〈보물찾기〉다.

　　　　　　　* * *

런던 어딘가의 바.

"오랜만이군, 제임스."

"초대해 줘서 고맙네, 패트릭. 이렇게 또 보게 될 날이 오게 될 줄은 꿈에도 상상을 못 했지만 말일세."

한때, 영국 최고의 셜로키언 클럽 중 하나였던 베이커 스트리트 이레귤러즈.

그곳은 역시 최고의 한슬리언 클럽이었던 '산트렐라의 노래'와 갈등을 빚곤 했으나, 말이 갈등이지 〈망명자들〉이 나왔을 때 같은 소설 팬클럽이라는 동질감에 불매 운동을 함께하기도 했다.

물론, 어디까지나 전우로서.

그리고 그들 뿐만이 아니었다.

이곳엔 셜로키언 6개 클럽과 한슬리언 11개 클럽, 총원 500여 명에 이르는 거대한 소설 클럽의 열일곱의 수장들이 한 자리에 모여 있었다.

"여기 우리가 이렇게 모인 이유는 알고 있겠지?"

"물론."

〈피터 페리〉의 완결.

이것은 결코 좌시할 수 없는 폭거다.

런던에 떨어진 재해다.

여왕이 죽는 한이 있어도, 〈피터 페리〉는 완결 나선 안 된다!

그들은 그렇게 결의하며 이 자리에 모인 이들.

"들으라! 이 카페에 모인 우리는 〈피터 페리〉로, 〈셜록 홈스〉로, 또 누군가는 〈던브링어〉로, 〈빈센트 빌리어스〉로 입문한 이들일 것이다!"

"누군가는 이루릴을 지지할 수도 있고, 마브를 지지할 수도 있다. 소수 취향으로 다른 히로인을 지지하는 자들도 있을 것이다!"

"하나! 지금은 그 갈등을 잠시 접어 두라. 본래 서로 공존할 수 없는 적, 본래 출신이 다른 자들이라도 지금은 서로에게 등을 맡기자! 어느 누군가가 원하는 결말을 보기 위해서가 아니라! 우리의 빛, 〈피터 페리〉의 완결을 막기 위해서!!"

"우오오오!!"

그렇게 총선도 끝나 한산해져야 할 런던 곳곳의 카페에서.

소설의 완결을 막기 위한 쓸데없이 대대적인 합종연횡(合從連橫)이 시작되었다.

"……다들 돌았군."

그리고 그들 사이.
'여기서 정상인은 정녕 나뿐인 건가?'
변복하고 흘러 들어간 어느 해군 장교 하나가, 관자놀이를 매만지며 나머지 손으로는 만년필을 계속해서 놀리고 있었다.

* * *

이런 말을 하면 내가 뭔가 '라떼이스 홀스'가 된 것 같아 매우 거시기하지만, 한때 장르문학은 게임판타지에 지배당한 적이 있다.
〈방주〉, 〈로얄 로드〉, 〈대장장이 시아〉…… 그 트랜드의 파도를 타고, 수많은 소설들이 나왔었다.
그건 말 그대로 파도, 쓰나미였다. 많게는 한 달에만 해도 수십 종의 작품들이 쏟아져 나왔으니까.
그렇게 대여점에 나오고 스러지고를 반복하며 게임판타지는…….
멸망했다.
시장 자체가 없어진 장르.
그 이유야 여러 가지가 있을 테지만 아무튼 몇몇 작품을 제외하고는 말 그대로 존재 자체가 사라져 버렸다.
옛사람들은 이를 화무십일홍(花無十日紅)이라 했던가?
이처럼 장르의 흥행은 파도와 같다. 좋게 말하면 트렌

드. 나쁘게 말하면 시류(時流).

상업예술과 순수예술을 가르는 경계이기도 하다.

상업물은 트렌드에 충실하지만, 순수예술은 시류를 배척한다.

상업물은 시류에 영합하지만, 순수예술은 트렌드를 선도한다.

어느 쪽이 우월하단 이야기는 절대 아니다. 양자 모두 가치가 있다. 장르 안에는 우월이 있지만, 장르 사이에는 우월이 없는 법이니까.

아무튼, 나는 짧지만 인생의 절반을 장르문학 작가로 살아왔다.

송충이는 솔잎을 먹어야 하고, 누에는 뽕잎을 먹어야 하는 법. 그렇기 때문에 이 트렌드에 민감하고, 최대한 연구하는 수밖에 없었다.

〈피터 패리〉도 직접 연구한 것은 아니었지만, 어떻게 보면 이런 트렌드의 특혜를 철저히 받은 작품이 아니었나.

그런 만큼 차기 작품도 이런 부분을 생각하지 않을 수 없었다는 거다.

그래서, '최근의 유행, 혹은 시류는 뭐라고 생각하시나요?'라는 질문은 언제나 내 마음속에 있었다.

그렇다면 지금 이 순간, 그 답은 무엇인가? 단언할 순 없지만, 나는 어렴풋하게 느끼고 있었다.

다름 아닌, 모험(adventure)이라고.

프론티어 정신은 비단 미국에만 있는 것이 아니다. 벨 에포크 말기, 서서히 근대화 끝난 도시에도 적응한 시민들은 느지막이나마 자연에 위안하기보다 정복하는 식으로 '국뽕'을 느끼게 된다.

그 대표적인 예시 중 하나가 바로 10년 전, 헨리 라이더 해거드(Henry Rider Haggard)가 출간했던 〈솔로몬 왕의 보물(King Solomon's Mines)〉의 인기였다.

그야말로 어드벤처 장르의 조상님다운 작품이다.

물론 요 몇 년간 이러한 모험에 대한 작품은 셜록 홈스와 고딕 소설에 밀려서 애매해졌지만.

그 탓인지 해거드 작가도 〈위키드 템플〉의 경쟁지인 〈팃-비츠(Tit-Bits)〉에서 주간 연재 작가로 활동 중이다. 그것도 이상한 로맨스 소설이나 쓰면서 말이다.

하지만 나는 알고 있다.

이 시점. 1890년대 후반에, 다시금 모험소설의 시대가 찾아온다는 것을.

이후 〈인디아나 존스〉, 〈언차티드〉, 〈툼 레이더〉 등으로 발전할 빅 웨이브를.

그 근거는 바로.

—대영 제국 잭슨-햄스워스 원정대, 북극에서 노르웨이 탐험가 구조!

크게 실린 기사는 아니다. 원정대장이라는 프레데릭

잭슨도 누군지 모른다.

하지만 난 이 기사에서 말하는 '노르웨이 탐험가'의 이름을 알고 있었다.

프리드쇼프 난센(Fridtjof Nansen).

북극 탐험가 중 가장 유명한 사람이자, 노벨 평화상 수상자다.

아직 노벨상은 제정되지도 않았지만.

아무튼 이 말은 곧, 조만간 아문센과 섀클턴, 로버트 스콧의 두근두근 남극 정복 시즌이 온다는 뜻이다.

넘쳐 나는 모험기와 탐험록, 하나하나가 엄청난 인기였다.

그 유명한 광고.

'남자 선원 구함 – 위험한 여정, 적은 임금, 혹한, 몇 달간 지속되는 길고 완전한 어둠, 끊임없는 위험, 안전한 귀환을 보장할 수 없음, 성공 시 영광과 명예를 얻을 수 있음'.

이 상남자스럽기 그지없는 패기 그 자체의 문구에, 197대 1의 경쟁률이 붙었다는 걸 생각해 보라.

지금, 유럽은 바야흐로 대모험시대!

그렇다면 이들을 후원한 유럽 제국(諸國)들은, 절대 돈 안 나오는 그 남극 탐사를 앞다퉈서 했던 이유가 무엇인가?

당연히 지도의 빈 구석을 채워 넣겠다는 인류의 욕망을

실현하고, 그 달성감으로 국뽕을 채우기 위해서다.

그리고 그 뽕의 승리자는 다름 아닌 노르웨이, 미국, 영국. 이 3개 국가고.

그런데 어머나? 난 지금 영국에 있네?

시류가 온다는 걸 알면서도 안 먹으면 그게 병신이지.

그렇게, 나와 벤틀리 씨는 모험소설 붐에 올라타기 위해 신작, 〈딕터 박사의 기묘한 모험(Dr. Dictor's Bizarre Adventures)〉를 런칭하려고 준비 중이었다. 중이었는데…….

"자, 작가님."

"헐, 씨발."

나는 그렇게 얼빠진 목소리로, 채링크로스 거리에 나타난 시위대를.

정확히는, 그들이 에워싸며 끌고 오는…… '거대 피터 페리 위커맨(wickerman : 버드나뭇가지를 엮어 만든 축제용 허수아비).'를 보며 어이를 잃을 수밖에 없었다.

대체 저건 뭐야…… 몰라 무서워. 까딱하면 오다이바 거대로봇이랑 비슷할 것 같은데.

―'벤틀리와 아들' 출판사 사장, 리처드 벤틀리는 들어라!!

"들어라! 들어라!!"

그리고 그 위커맨을 끌고 온 시위대의 선두가 소리치는 소리가 귓전을 때렸다.

—우리는 〈피터 페리〉의 완결을 막기 위해 결성된, '피터 페리 완결 반대 시위 연대'다!!
　—우리는 우리의 형제, 〈피터 페리〉의 모험을 끝내려는 출판사의 음모를 결코 좌시할 수 없다!!
　—우리는 단호히 요구한다! 〈피터 페리 시리즈〉 2부를 출간하겠다고 맹세하라!! 우리의 목적은 오로지 그것뿐이다!!
　—이상의 요구사항을 들어 주지 않겠다면, 우리는 우리의 결의를 이렇게 표방할 수밖에 없다.

　그 외침과 함께, 피터 페리 위커맨의 발목에서부터 불길이 치솟기 시작했다. 열은 위로 올라간다는 것을 증명하듯, 위커맨은 순식간에 파이어맨이 되었다.
　화끈한 열기가 이쪽까지 훅, 하고 퍼졌다. 재 냄새에 내 얼굴까지 화상을 입을 것 같았지만…… 그 순간의 나에겐 그 어느 때보다 추운 시베리아 칼바람처럼 느껴질 수밖에 없었다.
　내가 잘못 생각했다…….
　제가 오만했어요. 저는 병신입니다. 저는 트렌드를 읽지 못합니다.
　아니, 저걸 대체 어떻게 읽어. 제기랄.
　"자, 작가님? 괜찮으십니까?"
　"저야 괜찮죠."
　그래. 내가 만든 캐릭터가 저런 거대 사이즈의 위커맨

불태우는 화염의 우리 〈259〉

이 돼서 이릉의 숲보다 더 잘 타고 있긴 하지만…… 여기까진 아직은 괜찮다.

문제는, 저 되지도 않는 요구를 하고 있는 독자님들이지.

"쓰으으읍."

"어쩌죠, 작가님……."

벤틀리 씨가 울상을 지으며 그렇게 말했다.

그래, 확실히 나도 울고 싶긴 해.

"일단 커피 한 잔 주시겠습니까."

"아, 예. 알겠습니다. 마리아!!"

"여기요."

나는 고개를 끄덕이며 마리아라고 불린 편집자님이 가져다준 커피를 덜덜 떨리는 손으로 쭉 들이켰다.

음, 역시 아-아로군. 올 때마다 열심히 주장한 보람이 있다.

그렇게 현실 부정을 하기도 잠시…… 난 머릿속을 빠르게 굴리기 시작했다.

아무튼 저거 어쩐담?

세상에, 셜록 홈스마냥 배드 엔딩을 낸 것도 아니고, 소드마스터 개떡락 엔딩을 낸 것도 아닌데? '그렇게 모두가 행복하게 살았습니다' 해피엔딩인데? 그런데도 2부 내놓으라고 요구한다고?

내가 아는 한, 그 어떤 웹소설도 이 정도의 요구를 받은 적은 없…… 다고 생각하려다가 고쳤다.

생각해 보니 나도 감나무에 이런 짓을 하려 했었구나.

게다가 웹소설 시장은 결국 끝까지 잘 끝내면 작가님들이 알아서 복귀하시고, 워낙 좋은 작품들이 우수수 쏟아져 나온다.

즉, 독자들이 굳이 특정한 단일 작품에 목맬 필요가 없는 시대인 것이다.

하지만…… 이 시대는 좀 다르지.

나오는 작품 자체가 많지 않다. 판타지는 더더욱 적고.

거기에 여러 가지 뽕맛을 첨가한 내 작품은 유니크하기 그지없다는 사실이지.

그래서 극히 일부, 이번엔 그게 내 쪽에 매달리게 됐다는 얘긴데.

"역시 이번에 완결되는 건 1부고, 다음은 2부라고 해 볼까요? 만약 시간이 필요하시다면, 잠시 휴재를 하고 반드시 돌아오겠다고 약속을 하시는 게……."

"안 돼요."

나는 고개를 저으며 말했다.

물론 나도 저 바람에 타고 싶다. 존나게 타고 싶다. 아니, 대놓고 불 지피고 올라타라고 손짓하는 저 독자님들이 건네는 달달한 돈이 겁나게 벌고 싶다고.

근데, 저 바람은 녹 업 스트림(Knock Up Stream)이다.

천국으로 가는 계단이라고.

만약 내가 거기에 올라탔다가, 잘 타서, 하늘섬에 도착하면 괜찮다. 하지만 내 돛…… 그러니까, 내 소설이 감당을 못하면? 그러면 배 자체가 떨어진다.

깨장창난다고, 깨장창.

한때 지구를 정복했던 사신/닌자/해적 중 사신과 닌자 작가들이 완결 낸 다음 뭐 그랬나? 그런 거 없다.

후속작 바람에 열심히 올라탔다가 필력이 안 돼서 돛 다 찢어지고 결국 추억 속에 그대로 있어 달라고, 커뮤니티에 악평이 자자했지.

원래 기대감이라는 그런 거다. 채우지 못하면 빠가 곧 까가 된다. 제일 무서운 가정이다.

아마 그때는…… 불타는 게 저 워커맨이 아니라 이 출판사가 되겠지.

"안 그래도 피터 페리는 단편용 소재를 억지로 8권까지로 늘린 거였잖아요. 더 이상은 안 됩니다."

"하지만, 저대로라면 후속작 매출에도 영향이 있을 겁니다."

"그건 걱정 마세요. 아마 영향은 없을 겁니다."

나는 한숨을 푹 쉬고 말했다.

어쨌든 저 사람들은 내 독자님들이다. 지금은 여운이 남아서 난리를 피우고 있지만, 결국 나만 잘하면 알아서 돌아올 사람들이라고.

그리고 난 〈피터 페리2〉를 잘 쓸 자신은 없지만, 후속작에는 자신이 있다.

 웹소설 작가들은 주제 정하고 비축 쌓는 시간이 문제지, 진행하는 것은 문제가 없거든. 지난 삶이 그래 왔으니까. 완결 치고 바로 다음 글 써야 밥을 빌어먹는다고요.

 그러면 이젠 어떻게 해야 하는가…….

 커피잔을 완전히 비운 나는 벤틀리 씨가 불안하게 내려다보는 것을 느끼며, 책상을 손끝으로 두드렸다.

 사실, 원래대로 이 불길을 잦아들게 하는 방법은 하나다.

 시간.

 내가 그냥 조용히 쌩 무시하고, 신작을 열심히 잘만 쓰면 저 사람들은 알아서 신작으로 넘어온다.

 이건 내 자만이 아니라 상수다.

 어쨌든 내 이름값이란 건 디폴트로 자리 잡은 모양이니까.

 물론 어느 정도의 손해는 있을 수 있지만, 내가 아예 전혀 다른 장르, 예를 들면 여성향 로맨스를 쓰는 건 아니잖은가.

 〈빈센트 빌리어스〉도, 〈던브링어〉도 어느 정도의 독자층을 확보한 상황이니 별문제는 없다.

 하지만…… 그렇다고 저걸 그대로 방치하는 것도 좀 거

시기하지.

 당장 내 독자들 아닌가? 한 사람이라도 더 살려서 다음 작으로 안착시켜야 한다. 만약 극단적 선택이라도 했다간…… 절대 용서 못 한다.

 결국 이런저런 경우의 수들을 모두 상정해 본 결과…….

 "그렇다면…… 쓰읍, 이 수단만큼은 쓰고 싶지 않았는데."

 "작가님?"

 "벤틀리 씨."

 나는 천천히 리처드 벤틀리 주니어를 돌아보았다.

 이미 수차례, 벤틀리 출판사의 사장이자 얼굴마담으로서 뉴스에 오르락내리락했던 내 대변인이자 내 담당 편집자.

 "고대 중국에서 전해지는 이야기 중, 인성은 개호로자식인데 전술은 기가 막힌 명장들의 이야기가 좀 있습니다."

 "그, 그게 무슨 말씀이십니까?"

 "그중에 이…… 회피기동을 하기 위해 희생용 번제물을 바치는 게 좀 있거든요?"

 "서, 설마."

 "죄송합니다. 벤틀리 씨."

 나는 착잡하게 말했다.

 이렇게까지 하고 싶지는 않았어.

 "인터뷰 한 번만 해 주시죠. 그러면, 모든 게 깔끔히 정리될 겁니다."

그리고 그다음 날.

〈데일리 텔레그래프〉를 시작으로, 다음과 같은 호외가 런던을 시작으로 전 영국을 강타했다.

〈충격! 한슬로 진 위중?!〉

〈경이적인 작업량의 반동인가!? 런던은 위대한 이웃을 잃을 것인가?!〉

〈극비! 익명의 편집자 M 씨의 제보! '한슬로 진은 잠도 자지 않고 원고를……'〉

이른바, 병가 작전.

'피터 페리 완결 반대 시위 연대'가 무너지는 순간이었다.

* * *

"뭐?! 한슬로 진 작가님이 아파?!"

"병으로 사경을 헤매고 있다는 데?"

"사경을 헤매고 있는 게 아니라, 아예 죽었다는 소문도 있어!"

"말도 안 돼!! 젠장, 어떻게 이런 일이!!"

한슬로 진이 아프다.

이 사실이 퍼지자, 런던은 공황 상태에 빠질 수밖에 없었다.

셜록 홈스가 죽었을 때와 비슷하나 조금 달랐다.

그야, 그때는 요구할 '대상'이 있던 반면에 지금은 그렇지 못하니까.

무엇보다 소설 속 인물의 죽음과 작가의 변고는 그 비중이 다를 수밖에 없었다.

심지어 밝혀진 사실도 단순히 '병환'이라는 내용뿐.

그리고 그렇게 부풀어진 불안은 갖가지 가짜 뉴스로 나왔다. 주어진 정보가 적다 보니 합리적인 예측이라는 것이 불가능해진다.

여하튼, 그런 와중 그들도 깨달을 수밖에 없었다.

"가만, 지금 연재하고 있는 게…… 〈피터 페리〉에 〈빈센트 빌리어스〉랑 〈던브링어〉……."

"공저라곤 해도 〈아서 왕과 수학의 기사〉, 그리고 지금 서쪽 식민지(미국)에서 유행 중인 〈꼬마 케빈의 집 지키기〉에도 그의 이름이 있더군."

"뭐? 그러면 총 5작품을 연재 중이라고? 그것도 하나는 주간 연재로 말이야?"

"음……."

현 한슬로 진의 '객관적인' 상황을 말이다.

"하긴, 한 번에 그렇게 많은 작품을 동시 연재한다는 것 자체가 불가능한 일이었지. 여태 그런 작가가 있긴 했던가? 정말 위험한 거 아니야?"

"괜찮을 거야. 정말 그렇게 아프다면 출판사가 이렇게

태연하겠어? 좀 기다려 보자고."

 이런 식으로 심신을 안정시키고, 다시 생업에 종사하러 돌아가는 이들도 있긴 했으나…… 대다수의 반응은 달랐다.

 그것은 바로 작품에 대한 걱정이었다.

 '〈피터 페리〉가 완결 나는 거야 그렇다 치고, 그럼 후속작은?'

 '쓰러져서 못 쓰면, 그러면 〈빈센트 빌리어스〉랑 〈턴브링어〉 연재는? 어떻게 되는 거지?'

 '맙소사! 난 이런 것까진 원하지 않았어! 난 그냥, 좀 더 많이 〈피터 페리〉를 읽고 싶었을 뿐인데……!'

 사람은 알지 못하는 미래에 공포를 품고, 그 공포는 불안이 되고, 불안은 여유를 잡아먹는다.

 '피터 페리 완결 반대 시위 연대'가 와르르 무너지면서, 그들은 점차 불안 속에서 책임회피를 시전했다.

 "이, 이게 다 네놈들 셜로키언 놈들 때문이야!"

 "그게 무슨 개소리야!?"

 그리고, 그 회피는 모든 이들이 가장 쉽고 빠른 방식으로 진행되었으니. 다름 아닌 '남 탓'이다.

 "뭐 틀린 말 했냐! 〈피터 페리〉랑 〈빈센트 빌리어스〉만 연재할 땐 이런 일 없었다고! 너희 셜로키언들이 계속 〈스트랜드 매거진〉을 안 사 주니까, 조지 뉴스가 한슬로진에게 매달린 거 아니냐!"

"그게 왜 우리 때문이야!! 고객의 니즈를 맞추지 못하는 상품을 파는 기업이 망하는 건 당연한 거지!! 그리고, 너희도 〈턴브링어〉 재밌게 봤으면서 인제 와서 딴소리냐!!"

장르를 막론하고, 원래 동종업계 팬덤끼리는 싸우는 게 일상. 한슬리언과 셜로키언이라고 크게 다르지 않았다.

애초에 둘은 물과 기름 같은 족속들이었으며, 그나마 〈스트랜드 매거진〉에서 〈턴브링어〉가 연재된 이후에는 어느 정도 봉합되는 모양새였지만, '한슬로 진의 병환'이라는 폭탄이 균열을 만들어 버린 상황.

"전쟁이다! 이 알못들아!!"

다행히, 양쪽 모두에 스코틀랜드 야드와 수상할 정도로 정보에 밝고, 경찰서장이 굽실대는 어느 해군 장교들이 숨어들어 있었기 때문에 실제 폭력 사태로까지 이어지지는 않았다.

아무튼 그들은 걱정과 불안을 동시에 안으며 해산하게 되었다.

그사이 〈스트랜드 매거진〉은 〈셜록 홈스〉 시리즈 신작 장편, 〈공포의 계곡〉이 실리며 조금 분위기가 풀리긴 했으나 그것과 이것은 별개의 이야기.

모두 한슬로 진에 대한 후속 보도를 바라며 자신들의 방법을 행하기 시작한 것이다.

그리고 그동안.

이 모든 평지풍파의 중심, 한슬로 진은.

　　　　　＊　＊　＊

"후, 정말 죽는 줄 알았네."

따듯한 햇볕 아래. 나는 맑은 호수를 내려다보며 일광욕을 즐기고 있었다.

이게 얼마 만의 날씨야…… 원래 런던의 날씨가 지극히 더러운 것도 있지만, 최근 연속된 통조림과 사건 사고로 도통 햇빛을 즐길 날이 없었다.

사람은 적당히 일광욕하지 않으면 비타민 D가 부족해진다던데 아직 영양제도 없는 이 시기에 구루병에 걸릴 순 없지.

물론 막 그렇게까지 엄청난 일이 아니긴 한데…… 신문으로 대대적으로 이야기할 정도까진 말이지. 나도 막어? 양심이 따끔따끔하다고.

하지만 거짓말도 아니다.

뇌세포를 쥐어짜는 생활이 지속되면 만성 두통이 오기도 하고 목이나 허리 디스크, 건초염이 와서 정말 눕지도, 앉지도 못하기도 하니까.

괜히 많은 작가들이 '종합병원'이라는 소리를 듣는 게 아니다.

게다가…… 원래 작가라는 생물은 글을 써 내려갈 때마

다 '산통'을 머리로 느끼니까.

"작가도 사람이야, 사람!"

애초에 일일 연재가 문제다.

이 바닥은 프리랜서 자영업자들의 무제한 경쟁 시스템이 열려 있는 콜로세움이다 보니 그 한도가 없거든.

현대에서 연재하면서 주말 없는 나날이 대체 얼마였던가 흑흑…… 워라벨이 필요하다, 워라벨이.

"……지금 무슨 말을 하는 건가? 자네는 주간 연재지 일일 연재는 아닐 텐데?"

"아니, 말이 그렇다는 거죠."

물론 이번 일이 그 때문에 벌어졌다는 것은 아니지만.

하지만, 잠시 생각해 봐라.

눈을 부리부리하게 뜨고 수염이 덥수룩한 남자들이 팔뚝을 들이밀며, 눈앞에다가 거대한 나무 인형을 불태워서 거리 행진을 하고 있다고.

마치, 다음에 매달릴 것은 너라는 것처럼!

이걸 도망치지 않을 사람이 과연 있을까? 진짜 생명의 위험을 느꼈다니까?

"그래서 내린 결론이…… 꾀병이라고?"

"그게 아니라도 요즘 작업량이 많긴 했잖아요. 저도 지치더라고요. 숨 돌리지 않으면 번아웃(burnout) 옵니다."

"번…… 뭐? 그건 또 뭔가?"

게다가 뜬금없는 미래시 사태라든지, 미국의 케빈의 인기에 따른 뒷 수습을 위해서 긴급 작업에 여러 번 들어갔으니까.

살짝 머리를 환기하지 않으면 안 된다 이 말이다.

그런 고로, 나는 정겨운 나의 집. 데번 주 토키의 시골로 도망쳐 온 것이다.

그야말로 행보관의 짬 때리기 냄새를 귀신같이 캐치하고 숨어지낸 대한민국 육군 병장의 신묘한 회피기동 전술이 아닐 수 없다. 크흠. 크흠.

"……후우, 하여튼."

공기가 맑으니 기분도 맑아지는 기분이다.

하긴 런던은 워낙 공기가 안 좋았으니까. 요즘 목이 좀 텁텁하긴 하더라.

"뭐, 적당히 쉬다가 금방 돌아갈 테니까 걱정하진 마세요."

"으음…… 자네가 그렇다면야 내가 뭐라 할 부분은 아니군."

역시 밀러 씨다. 직원 복지에 진심인 분이시지.

"그리고 보니 밀러 씨, 최근 신경을 못 쓰긴 했는데 본업 쪽은 어떤가요?"

"자넨 이미 본업이 작가여도 될 텐데."

씁쓸히 웃으며 고개를 저은 밀러 씨는 잠시 중얼거리듯 말했다.

"흠, 미술상 쪽을 말하는 거라면 그때 일본화를 산 이후로 큰 변화는 없었네. 그냥저냥 자잘한 거래만 있었지. 아, 자네가 주장한 그 뭉크였던가? 그래, 그 양반 그림도 추가로 매입했네. 자네 말대로 금방금방 오르더군."

"다행이네요, 그건."

나는 진심으로 그렇게 말했다.

밀러 씨가 '그' 애거사 크리스티의 아버지라는 걸 안 뒤로, 나는 밀러 씨 건강과 사업을 면밀히 보고 있었다.

마가렛 밀러 여사도 말했지만, 언제 어디서 사업이 고꾸라질지도 모르는 거니까.

"그런데 자네, 〈던브링어〉와 〈빈센트 빌리어스〉는 어쨌나? 설마 그 둘도 휴재할 셈인가?"

"아뇨, 그쪽은 아프기 전에 쌓아 둔 비축분이라는 핑계로 계속 연재할 겁니다."

실제로 꽤 많은 분량을 쌓아 놓고 있었고.

어찌 보면 이게 벤틀리 씨의 동아줄이다. 아니, 솔직히 말해 그 '완결 반대 연대'인지 뭔지를 보면 그대로 잠수를 탔다간 무슨 일이 벌어질지 모를 거 같은 걱정이 드는 것도 사실이라…….

아무리 희생양으로 묶어 두고 왔다지만 진짜로 번제물로 잿더미가 되면 안 되지.

독자들이 얼마나 화가 나 있는지는 솔직히 가늠이 잘 안 된다만, 아무튼 연재를 멈추고 싶은 생각은 나도 없으니까. 부디 시간을 조금만 끄는 사이, 어떻게든 진정해 주셨으면 할 따름이다.

그리고 그사이.

"후후, 제 신작이 딱! 하고 나오면서 왕의 귀환을 하는 거죠."

이것이 바로 제 완벽한 마스터플랜입니다.

"마스터 플랜은 무슨."

난 밀러 씨의 타박을 한 귀로 흘리며 오이 샌드위치를 씹어 먹었다.

괜찮다. 내가 무슨 음주운전이나 마약하다 걸린 범죄자도 아니고.

작가인 이상, 팬들에게는 그저…… 좋은 작품으로 보답하면 된다.

※ ※ ※

"그래, 그러니까 건강에는 큰 이상이 없다는 건가?"

"네, 곁에 붙여 놓은 이들의 보고에 의하면 피로해서 그런지 다소 창백한 기색은 있지만, 운신에 큰 문제는 없었다 하옵니다."

"휴우……."

버킹엄 궁. 그 안쪽에 위치한 알현실.

그곳의 주인은 자신도 모르게 깊은 안도의 한숨을 내쉬었다.

불태우는 화염의 우리 〈273〉

그리고 이내 그 얼굴을 상기시키며 찻잔에 담긴 차를 벌컥벌컥 마시기 시작했다.

탁!

상앗빛 탁자에 잔이 올라간 순간. 그녀의 눈 깊은 곳에서 강렬한 빛이 쏘아졌다.

'이, 이…… 망할 놈의 칭키가…….'

대체 이 망할 놈은 이 늙은이에게 얼마나 큰 충격을 줘야 만족할 셈인가.

그녀는 가슴 깊은 곳에 있는 불이 화륵 타오르는 것을 느끼며 이를 갈았다.

아니, 물론 그녀는 이미 〈피터 페리〉 완결 반대 시위연대에 대해서 첩보로 파악하고 있긴 했다.

그럼에도 막지 않은 것은 아마 한편으로는 그들에게 동조하기도 했기 때문이리라.

다만, 그게 그렇게까지 격할 줄은 몰랐지.

만약 노동자층만 모였다면 그녀도 미리 이런저런 대처를 취했을 거다.

하지만 거기에는 정말 다양한 층의 인물들이 모여 있었다. 그야말로 부르주아, 아니 작위를 가진 귀족부터 일용직 노동자까지.

상식적으로 고귀하게 폴로나 럭비를 즐기는 이들이 섞여 있으니 당연히 중간에 자정작용이 있을 거로 생각했거늘, 되려 동조해서 함께 흉물스러운 허수아비 따위를 만들어 불태우다니.

이 무슨 야만적인 행동이란 말인가. 그녀로서는 상상도 못 할 폭거였다.

"아무튼, 그래서 당분간은 데번 주라 하더냐?"

"네, 워낙 촌이라 접근은 할 수 없지만, 시내에서 대기하며 들은 이야기에 따르면 저택에서 나오지 않고 있다 합니다."

"흐음……."

그렇단 말이지.

빅토리아는 손톱을 세워 탁자를 두드렸다.

저택에서 계속 안 나오는 거면, 혹 이쪽에서 모르는 병이 있는 건 아닌가? 문득 드는 생각에 걱정이 올라오기도 잠시.

"알았다. 계속 감시하도록."

"예. 저, 그리고 실은 아서 코난 도일과 조지 버나드 쇼가—."

"호오."

평소라면 그런 불경한 이들의 이름은 듣기만 해도 경찰을 출동시켰겠지만.

"괜찮겠지. 눈여겨보라."

"예, 폐하."

조지 버나드 쇼는 그렇다 쳐도, 아서 코난 도일은 믿을 만한 인물이니.

그저 뒤에서 고만고만한 이들이 싸우는 거나 구경하면 된다.
'이게 바로 팝콘 마렵다는 건가.'
빈센트 빌리어스의 주인공, 빈센트가 간간이 했던 말을 떠올리며, 빅토리아는 가열(苛烈)한 웃음을 지었다.

10장
프랑스 여행

프랑스 여행

"간만이군. 승리를 축하드리오."

"하. 승리는 무슨. 병신 같은 자유당 놈들 때문에 피로스 1세가 된 기분이거늘."

오랜만에 아서 코난 도일과 회동한 자리.

노동당에도 한 발 걸치고 있는 조지 버나드 쇼는 눈에 띄게 불쾌해하면서 말했다.

결국 연정으로 총리 자리를 획득할 정도로 이기긴 했으나, 그뿐.

결국 국정동력은 처음부터 없는 거나 다름없는 미숙아 정당이 뭘 할 수 있겠나.

이래 놓곤 아일랜드 독립이니 보편 복지니, 염병할 뿐이다.

조지 버나드 쇼는 그렇게 씹으며 말했다.

"다음부턴 우리 노동당이 단독으로 도전해야겠소. 자유당 머저리들이 진보인 것도 글래드스턴까지지. 결국 이름만 다른 보수당 놈들이요."

"그거야 뭐, 그대들이 알아서 할 일이고."

성향과 별개로 정치엔 그다지 관여하고 싶지 않았던 아서 코난 도일은 그저 그렇게 말했다.

어쨌든 지금의 그에겐 이 일이 더 급했다.

"슬슬, 하던 일을 마무리 지을 때가 아니겠소?"

"그러지. 그러고 보니, 그쪽도 참 재미난 일을 벌여 주셨더구먼."

조지 버나드 쇼는 이죽거리며 그렇게 말했다.

무슨 말인지 짐작이 된 아서 코난 도일은 격렬한 두통을 느끼며 한숨을 쉬었다.

"당해 보지 않은 입장이니 그런 말을 하는 게요."

셜록 홈스를 죽였을 때, 아서 코난 도일이 겪은 고난은 저것보다 심하면 심했지, 덜하진 않았다.

게다가 뜬금없이 터진 이야기도 있었으니, 다름 아닌 '한슬로 진-아서 코난 도일 불화설'이었다.

타블로이드(tabloid)지로 발행된 황색언론에서 '〈피터 페리〉가 완결 난 이유는 복귀한 아서 코난 도일이 〈던브링어〉를 내쫓기 위해 만든 술수로, 배신당한 한슬로 진이 크게 상심해 위독해졌다!' 같은 기사를 내뱉은 것이다.

둘 사이의 우정을 생각하면 일고의 가능성도 없는 엉뚱한 내용이었으나, 하도 정보가 없던 상황인 터라 술렁임도 적지 않았다.

뭐, 아서 코난 도일은 그 내용 자체에는 동요하지 않았지만, 그 밖의 기사들에서 나오는 내용의 공통점인 건강 악화 자체는 평소부터 우려하던 내용이었다.

그래서 밀러 씨를 찾아가려 했는데…… 다행히 말리본에 있는 그의 자택까지 찾아온 조지 뉴스가 선수를 친 것이다.

—그러니까, 꾀병이다. 이 말씀이시군요.
—그렇다네. 〈피터 페리〉 완결 반대 시위 연대를 무너트리기 위해 퍼트린 헛소문이지. 나 참, 그 친구가 정치를 하지 않은 게 다행이야.

아서 코난 도일은 무심코 고개를 끄덕일 수밖에 없었다.

진한솔 또한 이런 꾀병을 미래의 흔한 '검찰 출석 에디션'에서 따왔으니 부정할 수 없었을 것이다.

어쨌든, 양측 팬덤 분위기가 격화되면 답이 없다.

따라서 '당장 새 장편 원고를 내놓아라.' 그것이 뉴스의 말이었고, 그렇게 아서 코난 도일이 넘긴 〈공포의 계곡〉 원고와, 조지 뉴스의 언론 단속 덕에 사태는 살짝 소강상태로 돌아갈 수 있었다.

물론, 음모론 자체가 사라지지 않긴 했지만, 그는 신경 쓰지 않았다. 애초에 황색 언론 따위가 무너트리기에 그의 에고는 너무나 단단했으므로.

게다가 이런 황색 언론의 가짜 뉴스가 꼭 피해만 준 것은 아니었다. 대표적으로는…….

"뭐, 그 덕에 우리가 탄력을 받게 되었으니 어찌 보면 좋은 일이군."

조지 버나드 쇼가 담배 연기를 뿜으며 말했고, 아서 코난 도일 역시도 고개를 끄덕였다.

그런 두 사람 사이에는, 〈왕립문학회, 한슬로 진을 괴롭히다?!〉라는 제목의 신문 기사가 나와 있었다.

'작가의 병환'이라는 말에 가장 먼저 런던 시민들이 떠올린 것은 다른 것들이 아니었다.

바로 살아 있을 적, 런던 문학계 최고의 인기스타였던 작가.

찰스 디킨스다.

잡지 회사를 경영하고, 자선 사업에 참여하고, 소인 연극을 상연했고, 공개 낭독회를 열어 그 시대의 그 누구보다도 런던의 대중에게 깊게 다가갔던 남자.

하지만 뇌졸중이라는 신의 장난으로, 정말 갑작스럽게 빼앗겨 버렸던 비운의 작가.

―한슬로 진마저 찰스 디킨스처럼 잃을 수는 없다.

이것이 런던 시민들이 떠올린 생각이었고, 자연히 그다음에 드는 생각은 바로.

―한슬로 진이 아프다고?! 근데, 그걸 왜 나한테 물으

시오!?

―하지만 회장님, 왕립문학회는 뇌졸중으로 사망한 찰스 디킨스와도 대립했고, 이번 한슬로 진에 대해서도 알력이 있었다는 소문이 있는데요!?

―몰라! 모른다고!! 날 좀 내버려 두시오!!

사실 왕립문학회장, 할즈베리 후작 하딘지 기파드는 진짜로 억울했다.

아서 코난 도일과 싸움 붙인다는 계획도, 탈세 혐의로 고발한다는 계획도 전부 어그러졌다.

오히려 한슬로 진은 마크 트웨인 등과 어울리며 승승장구하고 있을 뿐.

이런 상황에서 그가 왕립문학회 회장 자리에 앉아 있는 건 왕립문학회라는 이름 자체가 얼룩졌기 때문이지, 딱히 회원들이 그를 비토하지 않아서가 아니다.

그래서 그는 아주 조용히, 아무것도 안 하고 가만히 있었다. 때가 오길 기다렸다는 것에 더 가까울 거다.

그런데 뜬금없이 '암투설', '집단 따돌림 설' 따위로 기자들 입에 오르내리기 시작했으니, 기파드가 학을 떼는 것도 무리는 아니었다.

물론 뭔가를 하려고 마음먹긴 했지. 하지만 아직 시작도 안 했는데 뭐라고 하는 건 좀 억울하지 않은가!

하지만, 모름지기 기자들이란 그러면 그럴수록 더더욱 벌떼처럼 날아드는 존재들인 법.

자연스럽게 헤드라인에는 이런 기사들이 뜨기 시작했다.

〈찰스 디킨스와 한슬로 진, 우리가 잃어야 했던 작가들에 관하여〉

〈우리는 왜 찰스 디킨스를 잃어야 했는가? 왕립문학회 집중탐구!〉

〈연이은 작가들의 위독…… RSL은 무엇을 숨기고 있는가?〉

그 기사들이 지금, 아서 코난 도일과 조지 버나드 쇼가 보고 있는 이것들.

심지어 그들이 마음에 안 드는 작가들을 암살하는 특수부대까지 운영한다는 기사가 나올 지경이니 정말 돌아 버릴 것만 같았다.

뭐, 그건 이쪽이 신경 쓸 바가 아니긴 하지만.

"이것들이 뜻하는 바는 명확하지."

조지 버나드 쇼는 멍하니 하늘을 보며 말했다.

"런던의 민심이 당신네, 대중 문학가들을 향하고 있다는 것. 허, 부럽구먼. 그 출판사 앞의 절반만큼만 우리한테 표가 들어왔어도 우리도 원내에 입성할 수 있었을 텐데."

"전후가 다르오. 그들이 우리에게 온 게 아니라. 우리, 아니 한슬로 진이 먼저 대중에게 다가갔기 때문에 나온 결과인 것이지."

경우에 따라 다르긴 하지만, 대체로 사람은 자신을 좋아해 주는 사람들을 좋아한다. 아서 코난 도일은 그렇게 말하며 피식 웃고는 물었다.

"어디, 추리 소설 한번 써 보시려오? 아니면, 아동문학이라든가."

"말이 되는 소리를 해야지."

썩 괜찮은 농담이야.

두 사람은 서로를 바라보며 미소를 지었다.

아무튼, 지금 런던은 그 어느 때보다 왕립문학회를 대체할, 사랑받는 작가들의 조직? 학회? 커뮤니티? 에 대한 열망이 뜨겁다고 할 수 있었다.

즉, 신생 협회를 발족시키는 데에 대한 순풍이 그 어느 때보다 강하단 뜻.

"이쪽이 확보한 명단이오."

"이쪽도 나름 열심히 모았소."

대중 문학계에서는 로버트 바, 아놀드 베넷, 헨리 라이더 해거드.

아일랜드 독립운동계에서는 패트릭 피어스, 토머스 맥도너, 제임스 커즌스.

그 외, 편집자인 에드워드 가넷, 신입인 길버트 체스터튼, 폴란드 출신인 조셉 콘라드 등…….

그간 고생이 무가치하진 않았는지, 그들은 런던에서 '비주류'라고 불리는 인사들을 이만큼이나 끌어모으는 데 성공했다.

"흠. 아무리 그래도 키플링을 배제한 건 좀 아쉬운데."

"그럼 난 버밍엄(George A. Birmingham)을 초청하겠소."

"아니, 그 새끼는 입에 올리지도 말라고 했잖소."

서로에게 한 방씩 스트레이트를 날린 두 사람은 잠시 서로를 노려보았다.

극렬 보수주의에 인종 차별주의자인 러디어드 키플링.

아일랜드 독립운동계에서 매국전범이자 변절자로 유명한 조지 A. 버밍엄.

어느 쪽이 더 심한 반발과 증오를 얻고 있는지는 애매했으나, 서로 입에도 올리기 싫어하는 인종이라는 점에서는 비슷했다.

결국 두 사람은 암묵의 화해를 하기로 했고, 표정을 풀었다. 이게 대체 몇 번째 아니, 몇십 번째 화해인지는 알 턱이 없었지만.

"그래도 아직 우리 중에 '얼굴'이 될 만한 사람이 부족한 건 사실이오."

"하긴, 모았다는 양반들이 노동당에서나 좋아할 사람들이니."

그 말에 조지 버나드 쇼는 순간 지금 노동당을 무시하는 거냐고 울컥할 뻔했지만, 애써 마음을 다스렸다.

후, 역시 마음에 안 드는 인간이다.

이런 일만 아니었다면 아마 함께할 일도 없었겠지. 하지만 어쩌겠는가, 이미 일이 이렇게 된 것을.

그리고 아서 코난 도일은 그런 그의 생각을 아는지 모르는지, 그저 살짝 눈살을 찌푸린 채 천천히 말을 이었다.

"일단, 작가 클럽(Author's Club)과 작가 협회(Society of Authors)에도 말을 해 뒀소. 때가 되면 베산트(Walter Besant)와 메러디스(George Meredith)가 각각 타이밍 봐서 통합하기로 했소."

"흐음. 확실히 그 둘이 그나마 괜찮지."

단순 사교 모임에 가깝지만 그래서 구성원은 제일 많은 작가 클럽과, 인원수가 적은 편이지만 저작권을 비롯해 작가의 법적인 이익을 보장하기 위한 일종의 노동 조합인 작가 협회.

이제까진 서로 따로국밥으로 놀던 이 두 조직을, 이번 기회에 하나로 뭉친다면…… 그럭저럭 왕립문학회도 무시할 수 없는 거대한 작가 조직이 태어날 것이다.

"하지만 결국 그들까지 규합할 얼굴이 없다는 건 그대로일 텐데?"

"물론이오. 그래서 생각해 둔 사람이 있소."

"당신이 안 하고?"

"난 이제까지 그들하고 거리를 뒀었는데, 인제 와서 대장 노릇 하겠다고 하면 누가 따라 줄까."

아서 코난 도일은 쓸쓸하게 웃으며 말했다.

하여튼 이것도 저것도 결국 그를 각성시킨 한슬로 진 때문이다.

"그래서, 이분을 초청할 생각이오."

"누구 말이오."

"조지 맥도널드(George MacDonald)."

"……호."

버나드 쇼는 찰스 디킨스와 같은 시기 활동했던 원로 소설가의 이름에 눈을 빛냈다.

"그분, 안 보인 지 꽤 됐는데 이미 돌아가신 거 아니오?"

"이탈리아로 휴양 간 지 오래되긴 했지. 하지만 루이스 캐럴 어르신을 통하면 연락이 닿을 거요."

"흐으음. 확실히 그분이라면 우리 협회의 초대 회장으로 어울리는 분이지."

캐럴만큼 사회적 물의를 일으킨 것도 아니고, 아동문학 작가로서 활동한 경력도 길다.

최근 10년간엔 일체 활동하지 않았고, 영국에도 못잖은 아동문학가들이 줄지어 등장한 탓에 잊히고 있긴 하지만, 그럼에도 다른 작가들 사이에선 밀리지 않을 묵직한 이름임이 분명했다.

"그래, 그러면 이제 나올 건 다 나왔군. 자, 그럼…… 슬슬 우리 협회의 이름은 정했소?"

파이프를 문 신사는 짧게 답했다.

"작가 연맹(Alliance of Authors)."

심플한 게 좋잖소.

아서 코난 도일의 그 말에, 조지 버나드 쇼는 피식피식 웃음을 흘릴 수밖에 없었다.
 "나쁘지 않군."

* * *

"으으으음."
"으으으웅?"
뒹굴뒹굴.
"으으으엄."
"으으으엥."
뒹굴뒹굴.
"으으으…… 꾸엑!"
"꾸엥?"
"애랑 같이 뒹굴거리면서 뭐 하는 거야, 지금!"
"아, 아가씨. 아파요!"
 나는 얻어맞은 등짝을 부여잡으며 상체를 일으켰다.
 방학을 맞아 내려온 우리 아가씨, 매지 밀러가 나를 황당하다는 눈으로 내려다보고 있었다.
 그리고 아가씨는 내 품에서 나랑 같이 굴러다니던 5살, 애거사 크리스티…… 가 아니라 메리 밀러를 빼앗아 갔다. 거참 너무하시네.
 "휴가라고 듣긴 했지만, 이건 너무…… 그, 아마존 산다는 나무늘보같이 늘어져 있는 거 아냐? 좀 그, 건전하게 소풍이나 갈 생각은 없어?"

"뭘 모르시는군요, 아가씨."

난 당당하게 말했다.

"사람은 말이죠, 원래 서면 앉고 싶고, 앉으면 눕고 싶은 생물입니다!"

"임미다!"

내 말의 끝을 따라 하면서 까르르 웃는 메리, 그 모습에 매지는 깊은 한숨을 쉬며 털썩 주저앉았다.

"나도 한슬이 간만에 휴가 나온 건 좋다고 생각해. 지금까지 일 너무 많이 했잖아?"

"에, 음."

뭐, 너무 잡탕으로 많이 뛰긴 했지.

매지는 그런 내 팔을 붙잡으며 말했다.

"그러니까 간만에 쉴 때, 한번 제대로 쉬어 보자. 응? 남프랑스든 벨기에든, 이탈리아든 여행도 좀 가고. 좋은 것도 먹고 오고. 집에서 뒹굴거리지만 말고 그러면 안 돼?"

"……아가씨."

나는 매지 머리를 잠시 쓰다듬었다.

이거이거, 아무래도…….

"고돌핀 스쿨 공부가 많이 힘드신가 보군요. 저를 핑계로 놀러가고 싶…… 억!!"

"몰라! 한슬 바보!!"

정곡을 찔리셨군.

난 매지가 때리고 간 배를 살살 문지르며 생각해 봤다.

음…… 지루할 정도로 심심한 것은 사실이긴 했다.

"여행이라……."

그런데 이 시기에 내가 여행을 갈만한 데가 있나? 그렇게 고민하던 나는 문득, 무언가를 떠올렸다.

그러고 보니 슬슬, 새 컬렉션도 들여봐야지?

＊　＊　＊

여행이라…….

사실 난 21세기에서도 그다지 여행을 많이 다니는 쪽은 아니었다. 뭔가 이유가 있어서는 아니고…… 그냥 시간이 없었다.

매일 연재를 하다 보면 비축이 없기 마련이고 그러다 보면 시간이 안 나거든.

게다가 원래 취향상 인도어파기도 해서 잘 나가지 않았었지. 난 집이 편하다구.

그래서 오히려 19세기에 와서 더 왕성하게 돌아다니는 편이다.

작가로 데뷔하고 나서 그랬다는 게 아니라, 밀러 씨 따라 일하면서 프랑스나 벨기에 등으로 출장 다니는 일이 많았기 때문이다.

어찌 보면 작가 데뷔하고 나서 원래 생활로 돌아간 감

이 있다는 뜻이기도 했다.

그러니까 나는 나쁘지 않아! 그저 독자와 돈을 위해 최선을 다했을 뿐이다!

"하는 일이 없으니 하루하루 발작이 심해지는군."

윽. 밀러 씨의 일침이 아프다.

아무튼 그런 식으로 빨빨거리면서 돌아다니긴 했다는 거지.

밀러 씨가 워낙 널널하신 분이라 관광 코스도 겸사겸사 돌아다녔으니까.

뭐, 물론 그건 어디까지나 출장이라 여행과는 좀 다르긴 하지만······.

"됐고, 각설하면 결국 애들 데리고 여행 다녀오고 싶다 이거 아닌가?"

"예, 어떠세요?"

"안 되지."

엥? 나는 의아하다는 얼굴로 칼같이 자르는 밀러 씨의 얼굴을 보았다.

방금 말했듯 워낙 널널한 분이라, 출장에서도 함께 관광하는 것을 즐기던 게 바로 밀러 씨다. 그런데 뜬금없이 안 된다니, 이게 무슨?

"감히 날 떼놓고 자네만 점수 따려고? 그럴 순 없지. 아예 가족 여행을 가세나. 어디가 좋겠나?"

"아······ 예."

그러면 그렇지. 이게 밀러 씨지.

일단 나도 굳이 당장 어딜 가고 싶다! 하는 건 없던 터라 참가자들 의향을 물어보기로 했다.

"난 미국! 미국 어때요? 요즘 제일 잘 나간다고 하던데."

"무슨 미국이야? 이럴 때는 프랑스지!!"

"흐음, 자네는 어떻게 생각하나?"

"이럴 때는 뭐."

어느 한쪽을 지지할 순 없다. 한쪽이 삐질 테니까. 하지만 난 기적의 방법을 알고 있다. 이미 여러 번 했던 유서 깊은 방법이지.

"자, 여기요."

나는 두 사람에게 체스판을 내밀었다. 무슨 말인지 알아들었지?

이제 서로 죽여라.

"이겼다!!"

"치사하게 진짜!"

"아, 그래서 한 판 더 해?!"

"……젠장."

그리고 승자는 매지였다.

흠, 내가 보기에 실력은 호각이었는데 매지의 장외전술이 괜찮네. 은근히 누나로서 찍어 누르고서 심기 긁는 전술이 보통이 아니다.

기숙사에서 이것저것 많이 배워 온 모양.

몬티가 학을 떼는 저걸 봐라.

아무튼, 그래서 프랑스라…… 나쁘지 않다.

영국에 많이 물들다 보니 '개구리'라는 말이 먼저 입에 붙긴 하지만, 솔직히 말해 이 시기의 영국이 프랑스를 개구리라고 부르는 건 경멸이라기보단…… 질투에 가깝다.

미국이 아직 2류 열강인 시대, 나폴레옹 이후 벨 에포크의 국제 공용어는 사실상 프랑스어다. 당장 '벨 에포크(Belle Époque).'라는 말 자체가 프랑스 말인 것만 봐도 확실하지 않나.

그리고 그중에서, 파리.

지금의 파리는 예술의 도시로 유명했고, 그만큼 많은 화가, 작가, 음악가들이 살고 있다.

모네는 연못 시리즈를 그렸고, 세잔은 배와 과일을 그렸다.

로댕은 생각하는 인간 조각상을 완성했고, 드뷔시가 프렐류드를 작곡했다.

최초의 모터스포츠도 파리에서 루앙까지 구간에서 벌어진 경기였지.

전에 우승자인 푸조의 알베르 르메르트의 인터뷰가 실린 걸 본 적이 있다.

에밀 졸라가 드레퓌스의 변호를 위해 백방으로 뛰었고, 마르셀 프루스트가 '잃어버린 시간을 찾아서'를 쓴 건…… 어, 이건 한 10년 뒤이긴 한가? 아무튼.

아쉽게도 이 시기 최고의 프랑스 문학 천재인 기 드 모파상(Guy de Maupassant)은…… 2년 전에 죽었다. 매독으로.

언제 한번 만나 보고 싶었는데 아쉽네.

진짜 오스카 와일드도 그렇고, 천재 단편 작가란 인간들은 그냥 거세하고 평생 통조림 시키는 게 답인가? 왜 이렇게들 좆대가리를 좆같이 놀려서 안 그래도 짧은 인생을 낭비하는 걸까?

아무튼.

난 상념을 멈추고 눈앞의 풍광을 바라보았다.

거기엔 그 기 드 모파상이 평생 증오했던, 그리고 영국이 질투해서 블랙풀 타워라는 흉물을 만들었지만, 절반도 못 쌓아 올려서 개같이 망해 버린 건축물.

그 에펠 탑(La tour Eiffel)이 지금, 내 눈앞에 있었다.

"우와, 저거 되게 크다!!"

"저게 에펠 탑입니다. 매지 아가씨."

나는 허허 웃으면서 메리가 탄 유모차를 끌었다.

그래, 난 지금 우리 애들. 매지, 몬티, 메리 3남매와 함께 프랑스 파리에 있었다.

토키의 코앞이 플리머스니까, 배 타고 오면 금방이구만.

밀러 씨랑 클라라 부인은 오붓하게 데이트하시라고 보내고, 내가 애들을 책임지면서 돌아다니고 있는 거다.

애들이 확실히 다 크니까 다 이해하더라고.

흠. 넷째 볼 수 있으려나?

"한슬, 한슬!! 저거 봐봐, 센느(Seine)강이야!"

"뭐야, 저게. 그냥 시냇물 아냐?"

센느강이라는 강 자체에 의미를 두는 매지와, 강이라 봐야 별로 웅장하지도 않은 폭에 불만을 가진 몬티가 선명하게 자기 색들을 드러냈다.

뭐, 딱히 틀린 말은 아니다.

서울의 한강, 런던의 템즈강과 달리 센느강은 의외로 그리 크지 않은 규모를 가진 강이니까.

어쩔 수 없지. 서울을 지나는 시점의 한강은 거의 1km에 육박하는 폭이지만, 파리를 지나는 센강은 강폭이 1~200m대에 불과하거든. 그냥 헤엄쳐서 건너도 무방할 정도다.

하지만 경치는 끝내준다.

강 중간에는 생루이섬과 시테섬이라는 하중도(河中島)들이 있는데, 이 사이에 노트르담 대성당, 루브르 박물관, 개선문, 에펠 탑 등등 누구나 잘 알고 있는 건축물들이 즐비하게 있거든.

즉, 최고의 셔터 플레이스라는 거다.

나는 몬티에게 등을 살짝 밀어주며 그 손에 메리의 유모차를 건네고 말했다.

"자, 도련님. 너무 그러지 마시고 가서 매지 아가씨 옆에 서 주십쇼."

"누나랑? 왜 굳이……."

"사진 찍어 드릴게요."

"매지!! 거기 좀 서 봐!!"

이거 봐라. 애들은 역시 사진을 좋아한다니까?

나는 빙긋 웃으면서 메리의 유모차 밑에서 커다란 사진기를 꺼냈다. 이래 봬도 이게 루이스 캐럴 영감님한테 협찬받은 사진기다.

Kodak n°1 박스 카메라.

최첨단을 달리는 문명의 이기를 손으로 들어 올리며 난 포즈를 취해 보았다.

물론 21세기에 비하면 굉장히 귀찮고, 무겁고, 짜증 나긴 하지만, 우리 애들을 찍기 위해선 이 정도는 감수할 수 있지.

원래 여행 가서 남는 것은 사진뿐이라는 말도 있지 않나?

"자, 찍습니다-. 하나, 둘, 김치~"

"한슬, 근데 김치가 뭐야?"

"그러고 보니 가끔 그거 먹고 싶다고 혼잣말하긴 하더라."

"자자, 조용히 하시고!!"

그리고 잠시 후, 몇 분의 시간이 걸린 뒤에야 나는 오케이 사인을 냈고, 지친 애들이 풀썩 주저앉았다.

음, 어쩔 수 없다.

아직은 기술이 애매해서 아직은 좀 시간이 걸리니까.

심지어 즉석으로 확인할 수 없기도 하지.

최첨단이라 봐야 이 정도인가…… 음, 역시 새삼스럽게 불편하긴 하네.

"몇 번만 더 찍고 싶은데…… 안 되겠죠?"

"안 돼."

"크레이프(Crêpe) 사 줘."

"꾸레뿌우~?"

"예, 예."

아이들답게 금세 집중력이 흐트러져서 포기해 버렸다.

그리고 주변을 둘러보았다.

파리의 센느강변은 유명한 관광지였고, 이런저런 노상 점포들이 많이 나와 있었다.

그리고 나는 그중 크레이프 파는 포장마차로 다가가 크레이프 셋을 주문했다.

"여기요, 크레이프 셋……."

"〈프랑스어로 말하지? 촌것.〉"

"〈…… 크레이프 셋이요.〉"

"〈흥, 알고 있었으면서도 왜 그런 천박한 말을 쓴 건지. 여기 있수다.〉"

허, 참. 나는 혀를 내두르며 크레이프를 내미는 노점상에게서 음식을 받아왔다.

그런 내 귀로, 주변 프랑스인들이 속삭이는 소리가 들렸다.

"〈들었어? 로스비프(Rosbif) 놈인가 봐.〉"

"〈들었지. 세상에. 해적 놈들은 얼마나 돈이 없으면 동양인을 저렇게 잘 입혀서 가정교사로 쓰지?〉"

"〈냅 둬. 아까 보니까 저 흉물스러운 흉골 덩어리 따위를 배경으로 사진 찍던데. 무식한 섬나라 원숭이들이 다 그렇지 뭐.〉"

기참. 바게트 향 나는 개구리 새끼들은 정말 어쩔 수 없구먼. 이 태생적 레이시스트들 같으니라고.

나는 입맛을 다시며 애들이 아직 프랑스어를 못한다는 점을 다행으로 여겼다.

물론 저 정도는 나도 런던에서 많이 들었다.

근데 내가 여러 번 출장을 다녀본 결과, 유럽 본토의 타국 혐오…… 특히 영국 차별은 영국에서 받은 거에 비하면 진짜 격이 다르더라.

하긴 영길리는 혐성도 혐성이지만, 3류 문화국이기도 하니까.

그런데 영국은 또 아일랜드를 차별하고, 미국을 차별하고, 또 걔들 사이에선 WASP와 유색인종으로 나뉘고…… 세상만사 참 복잡기괴하게도 돌아간다. 괜히 서양에서 PC 운동이 극단적으로 나타난 게 아니라니까?

"한슬, 무슨 일 있었어?"

"쩌어~?"

"아무것도 아닙니다."

나는 짐짓 고개를 저으며 아이들의 머리를 쓰다듬었다.

루이스 캐럴의 말에 전부 동의하는 건 아니지만, 진짜 애들의 순수함이 정답이다.

적어도 애들은 자기가 좋아하는 거엔 솔직하니까.

"그러면 슬슬 에펠 탑에서 경치 구경 좀 하고, 루브르 박물관 좀 돌아보죠."

"에펠 탑? 저 높은 거?"

"예에. 저 '높은 곳'에서 파리를 내려다보면 얼마나 멋 있게요?"

나는 힘주어 말했다.

내가 한국에 있을 때 사우론의 눈, 그러니까 꼴데월드 타워 올라가서 투명 바닥 올라가 본 적이 있는데, 진짜 그거 끝내줬다.

원래 높은 곳에서는 그런 생각이 드는 거 아닌가? '봐라! 쓰레기 같은 인간들을!'이라며 오시하는 거지.

그런 내게, 매지가 다가와 소매를 잡으며 떨리는 목소리로 물었다.

"……안 가면 안 돼?"

"으음. 겁나요?"

"아, 아니! 그런 건 아닌데! 무너지면 어쩌려고!!"

허허, 참. 별소리를 다 하시네. 저게 정확히 135년 뒤까지도 무사한 건물입니다, 아가씨. 그 이상은 모르지만.

그러자 누나 속 긁는 건 동생이 잘한다고, 몬티가 와서 말했다.

"헹, 겁나냐?"

"······너 죽는다."

"저런 높은 곳도 못 올라가면서 무슨."

"도련님, 너무 그렇게 도발하지 마세요."

나는 한숨을 푹 쉬고 몬티와 매지 사이로 유모차를 끌고 들어갔다. 사춘기란 건 알지만 애들, 크면 클수록 싸운다니까.

"아가씨, 걱정 마십쇼."

"그치만······."

"저 탑이 저래 보여도 굉장히 튼튼한 건물입니다. 아무 일 없을 거예요."

게다가, 하고 나는 이어 말했다.

"저 위에서 내려다보는 경치는 진짜 끝내줄 테니까요. 제가 보장하지요. 아마 평생 못 잊을 추억이 될 거예요."

"흐음. 그렇게 말해 주니 고맙군."

그 순간, 그렇게 말한 사람은 매지도, 몬티도, 심지어 메리도 아니었다.

내가 고개를 돌리자, 묘하게 점잖게 생긴 올백의 프랑스인이 나를 내려다보고 있었다.

"그, 누구시죠?"

"저기 사는 사람이지."

사내는 에펠 탑 언저리를 손으로 가리키며 말했다.

흐음. 에펠 탑 1층쯤에서 장사하시는 분인가? 지금 시기엔 가게에서 숙박하는 경우도 많으니까.

"자네, 보기보다 예술이 뭔지를 아는 사람처럼 보이는군. 보아하니 모시는 집 아이들과 에펠 탑에 올라가고 싶은 모양인데, 후후, 기분일세. 내가 저 위에 올려 보내 주지."

"그래도 되겠습니까?"

"그럼! 저 탑의 진가를 알아보는 사람이라면 영국인이든 미국인이든 독일인이든 상관없다네. 프랑스인이라면 더 좋았겠지만."

허허, 참. 하긴 이 시기 에펠 탑은 흉물로 유명했으니까. 저 사람도 어찌 보면 에펠 탑 아래에서 장사를 하다 보니 그 생각에 많이 감화된 거 같다.

뭐, 억울할 수도 있겠지. 자신과 상관없는 것으로 욕먹는 것은 말이야.

나야 거절할 이유가 없었다.

"알겠습니다. 그럼 부탁드리죠."

"좋아! 그럼 그다음에 내 집에서 식사도 한번 하고 가게. 에스코피에(소고기와 채소를 빵 껍질 안에 넣고 구운 요리) 좋아하나?"

그러고 보니 점심시간 다되긴 했네.

나보다 먼저 몬티가 좋다고 소리를 질렀고, 나까지 동의하자 메리는 자연스럽게 따라 했으며, 매지는 불퉁한 얼굴로 얼굴만 끄덕였다.

그렇게, 우리 가족과 정체불명의 프랑스인은 자연스럽게 탑 안으로 들어갔다.

흐음, 그런데 이상하게 돈을 안 받는다? 하긴, 흉물로 유명할 때인데 공짜로라도 들여보내야지?

그리고 그곳에 들어가자.

놀랍게도 안쪽엔 1895년임에도 불구하고 엘리베이터가 설치되어 있었다.

투명 엘리베이터는 아니었지만, 유리창은 있었고, 뻥 뚫린 에펠 탑의 철골 구조는 바깥 풍경을 여과 없이 보이게 했다.

그리고, 그렇게 마침내 올라간 최상층.

"우하하하! 난 세상의 왕이다!!"

"몬티!! 거기 서!!"

파리의 풍경이 개미처럼 보이는 에펠 탑 꼭대기.

몬티는 신이 나서 돌아다니고, 나는 그것을 보며 피식 웃었다.

역시 모두 좋아하잖아. 저리 좋을까.

그나저나.

"자, 이쪽일세."

"예?"

"여기가 내 집이야."

프랑스인은 손가락으로 한편에 설치된 욕실 및 주방, 그리고 방 2칸이 있는 공간을 가리켰다.

프랑스 여행 〈303〉

대체 뭐야. 에펠 탑에 거주 공간이라고? 그리고 거기 들어왔다고? 란 생각이 든 그 순간.

나는 무언가를 직감하며 물었다.

"실례지만, 성함을 여쭈어도 되겠습니까?"

"아, 그러고 보니 통성명을 안 했군."

구스타프. 프랑스인은 그렇게 자랑스럽게 말했다.

"알렉산드르 구스타프 에펠(Alexandre Gustave Effel). 이 탑의 설계자이자, 시대의 흐름을 모르는 얼간이들에게 핍박받고 있는 선구자일세."

* * *

구스타프 에펠.

솔직히 말하면 그에 대해 아는 바는 많이 없다.

왜 아니겠는가? 사실 에펠 탑의 에펠이 사람의 이름이라는 것을 아는 사람도 거의 없을걸?

미래엔 본인도 그렇게 말하지 않았는가. '저는 저 탑을 질투해야겠군요. 저 탑은 저보다 더 유명합니다.'라고.

그래서 몰랐다. 아니, 생각조차 못 했지.

"건축에 대해선 아무것도 모르는 놈들이 자꾸 내 탑이 흉물이니, 금방 무너질 거라느니 그딴 소리를 지껄이더군. 그래서 빡쳐서 그냥 아예 내가 입주를 해 버렸네."

"하, 하하. 그랬군요."

구스타프 에펠이 설마, 진짜로 에펠탑 최상층에서 살고 있을 줄은.

에펠은 내 어깨에 손을 올리고는 어느 한 방향을 가리켰다. 그 끝을 따라가 보자, 그곳엔 궁전이 있었다.

"저기, 저 방향이 진짜 진국이야. 보이나? 여기서 보면 마르스 광장, 샤요 궁(Palais de Chaillot)이 일직선으로 보이지! 바보 같은 놈들. 이 풍경은 오로지 나와 에디슨 같은 선구자들만이 아는 거야!!"

"그, 저기. 말씀을 좀."

나는 애들의 눈치를 보며 말했다.

그래도 이제 사춘기가 지난 몬티랑 매지는 그렇다 치고, 겨우 다섯 살밖에 안 된 메리도 있단 말이야. 착한 말, 착한 말!

아니, 모파상이 여기 식당에서 식사했다는 썰이야 들은 적이 있는데, 설마 에펠한테까지 그런 비스무리한 역사가 있을 줄은 몰랐다.

게다가.

"에디슨? 설마 그 미국의 토마스 에디슨 말씀이십니까?"

"그렇지. 몰랐나? 그 양반이 여기까지 올라오는 엘리베이터를 설계해 줬는데."

수천 장의 도면을 다 보느라 시간이 좀 걸리긴 했지.

그리 말하곤 빙긋 웃는 에펠을 보며, 난 이렇게 생각했다. 내가 그걸 어떻게 알아요, 이 사람아.

잠시 멍한 기분이 될 수밖에 없었다. 심지어 에디슨이라니, 그 발명왕? 이번 〈꼬마 케빈〉으로 한 다리 건너서지만 인연 맺은 사람 아닌가?

케빈 베이컨이 그랬던가? 세상에 6단계만 거치면 세상 모든 사람과 알 수 있다더니(Six Degrees of Separations), 지금 내가 딱 그 모양새였다.

"그러고 보니, 자네 이름을 못 들었군. 이름이 뭐지?"

"아, 밀러 미술상에서 일하고 있는 진한솔이라고 합니다. 적당히 한슬로라고 불러 주세요."

나는 그렇게 말하며 내 명함을 꺼내 내밀었다.

그러자 에펠은 그것을 받아 들더니, 면밀히 살피다가 고개를 갸웃거리며 말했다.

"미술상 직원? 보모가 아니고?"

"뭐, 겸직이죠. 제가 워낙 유능해서요."

"허허, 그 자신감 마음에 드는군. 그보다…… 특이한 이름인데, 묘하게 낯설지 않군. 그 왜, 자네가 온 영국에서 그런 이름의 소설가가 있지 않았나?"

"아, 그거 저 맞습니다."

"응?"

구스타프 에펠이 잠시 나를 보았다. 나는 담담하게 그에게 말했다.

"제가 그 소설가입니다. 한슬로 진, 제 모국에서는 성과 이름이 반대라 진이 성이지요."

"……설마 〈피에르 페리스(Pierre Perris)〉?"

"아, 예. 〈피터 페리〉를 말하시는 거군요."

몇 번이나 들어도 프랑스어는 참 발음이 희한하다. 그러고 보니 슈트라우스도 피터 페리를 페테라고 불렀었지?

뭔가 그런 건가? 로컬라이징 비스무리한?

"〈뱅상 빌르예즈〉? 〈블루어 드 르브(Brûleur de l'aube)〉?"

"〈빈센트 빌리어스〉는 알겠는데……."

들을수록 더 모르겠네. 마치 강백호의 원래 이름이 사쿠라기라는 것을 알게 됐을 때 같은 충격이다.

음, 어디 보자, '드 르브'가 아침이었나?

"혹시 〈던브링어〉를 말씀하시는 겁니까?"

"그래, 그거."

"그럼 맞네요."

"허허."

현시점, 프랑스에서 가장 유명한 건축가는 잠시 나와 명함을 번갈아 보았다.

"……그러니까 자네가."

그러더니 에펠은 자신의 머리를 긁적였다. 그러고는 나를 쏘아보더니 물었다.

"내 탑의 예술성을 알아보는 미술상 직원에."

"예."

"애 셋을 이렇게 잘 돌보는 보모고."

"네."

"그런데, 지금 영국에서 제일 유명한 작가이기까지 한 아시아인이라고?"

"거짓말 같으십니까?"

"누가 들어도 그럴 거라 생각하는데?"

뭐, 안 믿어도 상관은 없지.

나는 어깨를 으쓱이며 그렇게 말했다. 잠시 고민하던 에펠은, 잠시 후 주방으로 가며 소리쳤다.

"이보게, 가정부! 오늘은 제일 비싼 고기와 케이크를 꺼내게! 그리고 와인……!"

"아, 애들이 있어서 술은 안 됩니다."

"와인은 집어넣고! 파티다!!"

역시 불란서 사람이야. 먹을 줄 안다. 나는 씨익 웃으면서 그렇게 생각했다.

* * *

"그러니까, 소문의 그 병환은 꾀병이라는 거군?"

"표현하시는 게 좀 불순하시군요. '창작의 고뇌에서 온 스트레스'에 의한 휴양입니다."

"스트? 그게 뭔지는 모르지만 결국 그 말이 그 말 아닌가? 결국 일하기 싫어서 내뺐다는 거니. 하하하!! 걸작이군, 걸작이야!!"

에펠은 내 어깨를 두드리며 그리 말했다.

크흠, 정말 이 19세기의 상식에 따지면 그렇겠지. 우울증이나 PTSD 같은 것도 '정신력'이 약한 거다! 하면서 무시하는 시대니까.

아니, 그건 그렇고 진짜 귀가 따가울 정도로 목청이 크다. 술도 안 들어갔는데 무슨 목소리가 이렇게 커? 애들을 이 집 가정부한테 맡겨서 다행이지.

다행히 구스타프 에펠쯤 되는 부자다 보니 가정부도 영어가 되었고, 애들도 어설프게 프랑스어는 할 줄 알던 덕에 둘이 남아서 이야기를 나눌 수 있었다.

"솔직히 말하지. 난 자네 글을 재미있게 보긴 했지만, 불만이 아주 많아!!"

"그랬나요?"

"그야 그렇지!! 젠장, 그 대중한테 아양 떠는 글이라니. 자네는 뭐, 그런 거 없나?! 내가 세계에서 최고다! 너희 돼지들은 닥치고 내 개찌는 예술을 봐! 그런 거 말일세."

아니, 그게 어딜 봐서 예술가야? 그냥 성격 파탄자지.

나는 그런 에펠의 주장에 어이가 없어서 물었다.

"에펠 선생님은 그런 예술을 하신 겁니까?"

"그야 당연하지!"

거…… 되게 당당하시네.

내가 할 말을 잃고 있자, 구스타프 에펠은 평상시 쌓인 게 많았는지 벌떡 일어서서, 발을 쾅쾅 굴렀다.

"아니, 생각해 보게. 이 철골 덩어리! 세계 최초의 높이 300m짜리 거탑(巨塔)을! 미학적으로 흉물이란 건 나도 알아. 그런데 그게 뭐 어쨌단 말인가?"

"그 말씀은?"

"크다는 건 말일세."

구스타프 에펠은 나를 보며 눈빛을 반짝였다.

그건 마치 오스카 와일드나 슈트라우스의 '별'과도 같았지만, 그보다는 좀 더 악동 같은, 그래서 더욱 순진무구한 눈이었다.

에펠은 그 눈으로 마치 비밀스러운 무언가를 알려 준다는 듯 속삭였다.

"그냥, 그 자체로 좋은 거야!!"

"……."

아니, 그냥 바보였나?

나는 어이가 없다는 듯한 차갑게 식은 눈으로 에펠을 바라보았다. 하지만 그는 그것을 눈치채지 못한 채 여전히 열정적으로 팔을 휘두르며 열변을 토했다.

"아니, 생각을 해 보게! 자네도 큰 전함, 큰 대포! 그리고 큰 좆을 보면 주눅 들지 않던가!?"

"총각 앞에서 대체 무슨 소리세요, 지금?!"

"이런! 아직도 결혼을 안 했다고?"

에펠은 잠시 나를 세상에서 제일 불쌍한 머저리를 보는 눈으로 보았다. 아니, 내가 뭐가 아쉬워서 저런 눈으로 보여야 하는 건데?

 그리 생각하던 나는 문득 이 양반도 결국 프랑스인이라는 것을 떠올렸다.

 "아무튼 생각해 보게. 내가 이 탑을 지을 때 든 건축비가 대체 얼만 줄 아나? 모두들 나를 돈을 땅에 버린다고, 욕을 했었지! 하지만 난 틀리지 않았어! 내가 이 탑의 입장료를 받기 시작하자 어찌 됐는지 아는가?"

 "어떻게 되셨죠?"

 "3년! 고작 3년 만에 그 돈을 모두 회수했다네. 멍청한 정부 놈들은 20년 치 입장료 회수권을 내줬는데 말이지! 크하하하!"

 모르는 일화는 아니다. 현대에도 유명하니까.

 하지만 직접 들으니 확실히 좀 샘나네. 진짜 아무것도 안 하는데 돈이 복사되는 거 아니야.

 "자, 알겠나?"

 "뭘…… 말씀이십니까?"

 "이, 내가 성까지 따 가며 이름 붙인 탑은 그 자체로 인류 문명의, 그리고 과학 지성(智性)의 승리라는 것을 말일세!"

 나는 그제야 에펠의 눈에서 반짝이는 빛이, 왜 슈트라우스나 오스카 와일드의 그것과는 조금 다른지 알 수 있었다.

 이 자의 눈은, 천재의 그것이 아니다.

 선구자 특유의 확신. 그것으로 미래를 예지하고, 그 확신대로 행하여 마침내 승리한…… 말하자면.

"인류의 과학, 산업, 그리고 미학! 그것이 드디어 옛 바벨 탑을 넘어, 신의 영역이라 여겨지던 하늘까지 도달했다는 증거! 오오…… 나는 그 장대한 미답천(未踏天)에 처음으로 발을 들인 것일세!!"

정복자의 눈.

태양과도 같은 눈이다.

"……그래서 일부러?"

"그래! 왜 이따위 철골 덩어리로 만들었겠나? 이건 그냥 뼈대야! 앞으로 인간이 끊임없이 올라갈 위대한 마천루들의 뼈대! 내가 고작 19세기에 300m에 도달했지? 그렇다면 다음 20세기, 21세기엔 내 후배, 그 후배, 그리고 그 후배들이! 마침내 1km 높이의 마천루(Skyscraper)에 도달하지 않겠는가!!"

프랑스인이자 정복자다운, 굉장한 에고(Ego)가 깊이 스며든 말이었다.

그러나, 나는 그것이…… 광인의 헛소리라고 할 수 없었다.

63빌딩이 250m.

롯데월드타워가 550m.

그리고, 부르츠 할리파(Burj Khalifa)가…… 무려 800m.

인류는 점점, 이 사람의 말대로, 1km의 마천루를 향해 다가가고 있었으니까.

실제로 사우디아라비아에 건축되던 제다 타워(Jeddah Tower)는 완성되면, 1km의 벽을 넘을 거란 이야기가 많았다. 현실의 바벨탑이라 하던가?

그게 실제로 불가능한지 어떤지는 나도 모른다. 내가 웹소설 작가지, 건축학과나 토목학과는 아니잖아.

하지만 적어도.

"……예. 분명 그렇게 되긴 할 겁니다."

"하하하하! 그래, 자네도 역시 아는군!"

"그리고, 하고 싶은 말씀이 뭔지도 알겠고요."

나는 씁쓸하게 에펠을, 그 눈의 태양과도 같은 열기를 마주 보며 말했다.

"어차피 당신은, 앞으로 가야 할 길에 대해 전부 안다. 그러니까 아양 떨 필요 없이 거기 먼저 가 있으면, 대중이고 돈이고 자연히 따라붙는다. 그런 말씀을 하고 싶으신 거 아닙니까?"

"잘 아는군! 그걸 아는 사람이 그러나?"

"아니까 그렇죠."

결국, 이 시대 사람들이 흔히 말하는 계몽주의(啓蒙主義).

인류 문명이 과학적 지식을 함양해 갈수록, 인간 역사 전체가 연속적인 진보를 해 나갈 것이라 확신하는 관점.

그 확신이 없었다면 미쳤다고 뜬금없이 300미터짜리 철골 구조물을 세우겠다는 생각이 안 들지.

다만, 뭐어…… 그게 내 길은 아니라는 거다.

"저는 그저, 제 옆에 있는 사람들을 위로해 주고 싶었을 뿐입니다."

"흐음, 위로라……."

"딱히 뭐, 거창하게 예술한다는 생각도 없으니까요. 그냥 재미있으면 그만이 제 모토라."

솔직히 예술이 계몽주의의 '수단'이었던 것도 결국 20세기까지다.

예술에서의 계몽주의가 뭐냐? 잘 아는 진보주의적 엘리트들이 대중을 앞으로 이끌어서 '계몽'시키자는 거잖아?

근데 내가 뭐, 그런 고상한 엘리트 같은 것도 아니고 뭔 그런 대단한 생각을 하겠는가. 가르치고 선도한다고? 그건 너무 오만하지.

그래서 뭐, 난 그냥 그 대중들이 좋아하는 걸 팔면서 내 한 몸의 안녕을 바랄 뿐이다.

그 버릇이 19세기에 와선 선구자처럼 보일 뿐이고.

즉.

"전 그저, 제 고향에서, 거인들의 어깨 위에서 추던 춤을 그대로 추고 있을 뿐입니다. 다만 여기선 알지 못하는 거인들이니, 새롭게 보이는 건 어쩔 수 없지요."

"헹. 재미없는 소리를 하는구먼."

"뭐 어떻습니까."

난 뭔가 겸연쩍다는 듯 목을 긁적였다.

"사람이 하늘을 보고 상승만 할 순 없겠지요. 그러다간 언젠가 지쳐서 쓰러집니다. 가죽끈이 끊어지지 않도록 잠시 쉬어가라고 '위로하는 예술' 같은 게 있어도 나쁘지 않잖습니까?"

하나님도 6일간 천지를 만드시고 하루를 쉬었다 하지 않습니까.

그 말에 에펠은 잠시 고민하는 표정을 지었다.

"흐음, 잠깐 쉬어가는 거라……."

그러자 구스타프 에펠은 연신 고개를 끄덕이더니, 그 거친 손을 내게 내밀었다.

"그래, 그런 것도 있을 수 있겠지. 후배라고 생각했는데, 터무니없는 오해였구먼."

"뭐, 굳이 사상으로만 후배일 필요는 없잖습니까."

나는 그와 손을 맞잡았다.

"인생 후배인 셈 치죠, 뭐."

"크하하하!! 정말 한마디를 안 지려는 구만."

에펠은 박장대소하면서도 연신 내 손을 흔들었다.

흠, 보면 볼수록 매력적인 캐릭터다.

사실 거 왜, 자기 신념이 확고한 양반들은 어디 넣어도 꽤 맛있는 캐릭터잖아.

심지어 매드 사이언티스트도 아니고 매드 아티스트인데 매드 아키텍트(Architect)라. 확실히 유니크해.

"그건 그렇고 '위로하는 예술'이라. 확실히 글 쓰는 사람이라 그런가, 꽤 괜찮은 말이군."

프랑스 여행 〈315〉

"뭐 제 개인적인 사상이지만요."

"아니, 하지만 내가 보기에도 그럴듯해. 그리고, 그 말을 들어야 할 사람도 따로 있는 것 같군."

잠깐 기다리게.

구스타프 에펠은 그렇게 말하더니, 구석에서 수첩을 꺼내 북 찢고 내게 내밀었다.

"이걸 갖고 어느 공방에 가 주게. 뭐, 내키지 않으면 버려도 상관없고."

"이게 뭔데요?"

"저~ 아래쪽에 공방이 하나 있네."

에펠은 손가락을 들어 파리의 어느 거리를 가리켰다.

"그 공방에 꽤 많이 고민하고 있는 친구가 하나 있는데, 자네 이야기를 들으면 조금은 그게 해결될 듯하이."

"흐음."

나는 그 공방이 누구의 공방인지를 물었다. 그러자 그는 가볍게 답해 주었다.

"알폰스 무하(Alfons Maria Mucha)."

* * *

―한슬, 또 일하고 왔지!?
―아뇨, 이게 나름 또 인맥을 쌓는 중요한…… 악!
―사람이 쉬라면 좀 쉬란 말이야……!

참으로 정겨운 대화다.

구스타프 에펠은 멀어지는 밀러 삼 남매와 한슬로 진을 보며 그렇게 생각했다.

저 대화가 정말 주인집 맏딸과 그 주인집에 고용된 동양인 하인의 대화란 말인가? 차라리 철없는 삼촌과 다부진 조카에 가까울 텐데.

치익―.

에펠은 시가에 불을 붙여 입에 물었다.

〈피터 페리〉.

〈빈센트 빌리어스〉.

〈던브링어〉.

그의 마음에 들지 않았다는 것은 여과 없는 사실이다.

하지만 그 소설들이 내포하고 있는 자연스러운 함의(含意)는 프랑스인인 그도 대충 짐작이 갔다.

인종 평등.

계급 평등.

그리고…… 박애주의.

"이래 놓고 계몽사상가가 아니라고?"

음흉한 건지, 아니면 겸손한 건지.

에펠은 피식 웃으면서 한슬로 진의 천연덕스러웠던 얼굴을 떠올렸다.

아직도 세상 사람들은 프랑스 혁명의 대의, '자유-평등-박애'가 인류의 기본권이라는 사실을 받아들이지 못

하고 있다.

　유럽만 해도 아직도 제대로 된 공화국은 스위스와 프랑스, 이 두 곳을 제외하곤 없잖은가.

　이런 상황에서 천민이 귀족의 몸을 강탈하는 소설을 써 놓고 '대중의 옆에서~'라니.

　'그런 눈을 하고서.'

　한슬로 진이 에펠의 눈을 보았듯, 에펠 역시 그 동양인의 눈을 보았다.

　올곧고, 똑바르다. 자신감은 없어 보이는 주제에 자신이 보는, 자신이 믿는 미래가 올 것이라고 확신하는 그 눈이 대체 어딜 봐서 선구자의 그것이 아니라는 것인지 원.

　'영국이 변하고 있다.'

　이유는 잘 모르겠다. 하지만 옆 나라의 약진은 이곳에서도 크게 느껴지고 있었다. 아니, 오히려 살짝 떨어져 있기에 더 체감됐던 건지도 모른다.

　그야말로 '미개'라는 말이 어울릴 문화 소국이었는데 요즘 벌이고 있는 일의 반향은 결코 작지 않았으니까.

　그리고 그것이 점차 경제, 학문에까지 뻗어 가는 게, 마치 눈에 보일 정도다.

　미래를 바라보는 부르주아이자 건축가며 예술가인 이는 그리 생각했다.

　'아무튼 우리도 가만히 있을 수는 없지.'

　뜻하지 않게 본인을 만난 덕에 확신이 들었다. 프랑스

도 변할 준비를 해야 한다.

전 세계의 예술과 문화를 선도하는 도시에 속한 자로서, 무언가를 깨달은 선구자로서 가만히 있을 수 없었다.

그는 소리 높여 자신의 가정부를 불렀다.

"앙리에타! 아직 있는가? 전보 좀 붙여 주게."

"예, 주인님. 어디로 부칠까요?"

"클레망소(Georges Benjamin Clemenceau)로."

잠시 생각했던 그는, 이윽고 말했다.

"그리고, 아미앵(Amiens)의 쥘에게도 연락을 넣어 주게."

문득 에펠은 궁금했다.

고대하던 후배를 먼저 만났다는 걸 안다면, 그 쥘이 얼마나 샘이 날까.

"아."

그리고 보니 제 이야기만 하느라 드워프식 지하 천 년 탑은 어떻게 떠올렸는지 물어보는 걸 깜빡했군.

그의 작품에서 나온 건축물이 주는 여러 영감도 있었거늘, 너무 찰지게 들어 주다 보니 말이 자꾸만 나온단 말이야.

"이것 참, 나중에 다시 자리를 잡아 봐야겠군."

구스타프 에펠은 못내 아쉽다는 얼굴로 입맛을 다셨다.

※ ※ ※

파리, 18지구 몽마르트르(Montmartre) 거리.

"자, 오늘도 수고했다."

"수고하셨슴다, 스승님!!"

"감사합니다!!"

"……감사는 무슨."

공방의 주인, 알폰스 무하는 침울하게 답했다.

그런 그의 반응을 본 도제(徒弟)들은 뭔 일 있었나 해서 고개를 갸웃거렸지만, 이제 겨우 6개월 치 제자들이 뭔가 말을 하기엔 그 위치가 애매했다.

게다가, 대신 말해 줄 사람이 없는 것도 아니었으니까.

"오빠, 무슨 문제 있어?"

"어, 음. 아델라."

공방의 모델 겸, 매니저 역할도 하고 있는 여동생의 물음에 무하는 무언가를 말할 듯 입술을 달싹였다.

하지만 이내.

"아냐. 아무것도."

'아, 진짜……!'

아델라는 확 저 주둥아리를 강제로 열기라도 해야 하나 고민했다.

'예전처럼 가난한 것도 아닌데 왜 저렇게.'

1년 전, 1894년 크리스마스.

우연히 휴가 간 친구 대신 인쇄소를 봐주고 있던 무하가 우연히 잡아 온 연극, '지스몬다' 광고 포스터 의뢰.

정말 별것 없는 평범한 일에 불과했었다. 하지만 문제

는 그 연극이 보통 연극이 아니었다는 점.

그것은 현 프랑스 연극계의 정점, '여신'이라는 별명이 붙은 배우 겸 감독인 사라 베르나르(Sarah Bernhardt)가 직접 제작, 출연하는 것이었고.

이때 무하가 그린 포스터를 보고 흘러 들어온 사람이 많았던 터라, 엄청난 호평과 함께 흥행의 1등 공신이라는 명성을 얻게 되었다.

삽화가 제롬 두세 왈, '이 포스터는 하룻밤 사이에 파리의 모든 시민이 무하의 이름에 친숙해지게 만들었다.'라고 했으니, 그 말은 결코 자만이나 거짓이 아닌 명백한 진실이었다.

그래서 요 반년 사이, 무하는 파리에서 최고로 인기 있는 상업 화가가 되었다.

완전히 단골이 된 사라 베르나르와의 6년 계약은 물론, 여러 부르주아와 셀럽들의 그림 의뢰는 물론이고, 이제는 장신구 제작 의뢰까지⋯⋯ 순식간에 그야말로 혼자 감당하기 힘든, 몽마르트르 거리에서도 가장 잘나가는 공방이 된 거다.

넘쳐 나는 작업량에 알폰스 무하 본인만으론 답이 없어 도제들도 고용하고 공방도 더욱 커졌다.

하나, 그럼에도 최근 몇 주 사이 공방의 주인이자 간판인 알폰스 무하의 얼굴에는 그늘이 떠나질 않고 있었다.

동생인 아델라는 허리에 손을 얹으며 쏘아붙이듯 말했다.

"고민할 시간이 있으면 사람이라도 좀 더 뽑아. 지금 하고 있는 셋만으론 주문량 못 따라가는 거 알지?"

"……어떻게 그러겠냐. 내가 쟤들 미래를 어떻게 책임지라고."

"응? 뭐라고?"

아델라는 고개를 돌렸다. 알폰스가 무언가 말하긴 했으나, 너무 작은 목소리라 들리지 않았던 거다.

알폰스는 잠시 또 입술을 달싹이다가, 작심한 듯 말했다.

"그건 내가 알아서 할 테니까, 넌 신랑감이라도 좀 데려…… 커헉!!"

"오빠가 일을 줄여 줘야 내가 신랑감을 데려오지, 이 화상아!!"

아델라가 알폰스의 얼굴에 시원한 스트레이트를 갈긴 그때였다. 그들의 앞에 익숙한 그림자가 모습을 드러냈다.

"흠, 흠. 알폰스 군…… 괜찮은가?"

"……지배인님?"

알폰스 무하는 눈을 크게 떴다.

어느새 그의 앞에는 그와 계약했던 사라 베르나르, 그녀가 소유한 극장의 지배인이 그를 내려다보고 있었다.

"무슨 일이십니까?"

"일단 거…… 괜찮은 거 맞나?"

"아, 예. 괜찮습니다. 평범한 일입니다."

그사이 아델라 무하는 코웃음을 치며 공방 안쪽으로 들

어갔다. 둘이 남은 알폰스는 지배인에게 멋쩍은 웃음을 지으며 머리를 긁적였다.

"죄송합니다. 저런 애가 아닌데."

"아, 아닐세. 중요한 일은 아니니. 그보다 알폰스, 일이 급해. 〈지스몬다〉의 공연이 바다 건너 미국에서도 급하게 잡혔어."

"미국이요?"

"그래! 이번엔 아주 크게 할 예정일세. 거기에 파리 최고의 솜씨를 가진 자네의 포스터가 있어야 하지 않겠나?"

"그야, 뭐…… 그렇긴 합니다만."

무하는 난처하다는 듯 말을 끌었다.

아델라가 말하지 않아도, 지금 상황이 급하다는 것은 그가 제일 잘 알고 있었다.

무엇보다, 지금 제일 공들여 준비 중인 〈춘희(La Dame aux Camélias)〉의 포스터조차 아직 진행 중이 아닌가.

그런데.

"기왕 하는 거, 제대로 보여 주기 바라네! 자네도 알다시피, 미국 인구가 제법 되지 않은가? 뉴욕, 필라델피아…… 각각의 도시마다 그 도시에 맞는 포스터를 그려서, 쫙 펼쳐 주면 바랄 게 없겠는데 말이야!"

"……그러면 작업량이 늘어나지 않겠습니까? 지금도 일정이 빠듯합니다만."

"그게 무슨 상관인가? 사람 더 뽑으면 되잖아!"

지배인은 알폰스의 어깨를 붙잡았다. 성공에 대한 질척질척한 열망이 그대로 드러나는 눈이 알폰스를 똑바로 바라보고 있었다.

"부탁하네. 자네가 최고 아닌가!"

"……그게."

"설마, 못하겠다고 하진 않겠지?"

지배인의 눈이 희번덕였다. 알폰스는 자칫 살기까지 엿보이는 그 눈에 무심코 침을 삼킬 수밖에 없었다.

"우리 대배우님, 사라 베르나르 여사께서 자네에게 베푼 은혜가 얼만데!! 여사님께서, 응? 자네 진가를 알아보고 6년 계약을 하지 않았으면 자네 같은 무명 화가가 이렇게까지 성공할 수 있었겠는가!?"

무명이라는 거야, 최고란 거야? 알폰스 무하가 조금만 더 기가 셌다면 그렇게 반박할 수도 있었겠지만, 그는 도저히 그런 성격은 아니었다.

지배인 역시 그것을 알고 있기에 이렇게 압박을 줄 수 있었던 것이고.

"자, 고개를 끄덕이게! 그리고 포스터를 그려 와! 무슨 수를 써도 상관없네. 그러기만 하면 돼! 알겠나?"

뒤로 점점 밀려나던 알폰스가 네, 하면서 고개를 끄덕이려던 그때였다.

"어라, 밀러 씨. 선객이 있는데요?"

묘하게 어린, 영국 어투가 물씬 드러나는 프랑스어였다.

알폰스와 지배인이 고개를 돌리자, 그곳엔 전형적인 섬나라 양치…… 아니 영국풍의 신사와 그 하인으로 보이는 동양인이 공방으로 들어오고 있었다.

후자는 몰라도, 전자는 딱 봐도 돈이 많아 보이는 인상이다.

지배인은 서둘러 알폰스의 어깨를 놓아 주고, 헛기침하며 신사 앞으로 다가갔다.

"흠흠, 뉘시오? 지금 이 공방은 문을 닫았소. 의뢰를 할 거라면 내일 다시 와 주셔야 할 텐데."

"의뢰를 하러 온 게 아니라, 매입을 하러 왔소. 영국의 밀러 상회라 하오."

"밀러……!?"

그 이름값에 먼저 놀란 것은 지배인보다 알폰스 쪽이었다.

밀러 상회.

그 이름을 모르면 최근 유럽 회화계에서 간첩이나 다름없었다.

관전에 입선했으나 흔하디흔한 화가 정도로 인식되었던 폴 세잔, 완전히 무명이나 다름없던 빈센트 반 고흐, 일개 학생에 불과했던 에드바르트 뭉크를 선점해서 알게 모르게 미술계에서 마이다스의 손으로 불리는 그곳!

그렇게 행하는 실적에 비해 규모가 크지도 않는, 미스

테리한 분위기. 합쳐져서 그들의 이야기는 사교회, 술자리를 가리지 않고 나올 정도였다.

무하 본인 역시 무명 시절, 동료들과 술을 마시면서 나오는 소리 중 하나가 갑자기 밀러 상단에서 자신의 그림을 사가면 좋겠다는 말이었으니.

최근은 조용해졌다고는 하지만, 몽마르트르에서는 여전히 '밀러가 손대면 흥한다'라는 말이 있을 정도.

그런 태풍의 눈이나 다름없는 회화계의 살아 있는 전설이, 대체 왜 여기에?

알폰스가 그리 의아해하던 찰나, 그런 사실을 잘 모르는 지배인은 한껏 불쾌한 얼굴로 '그게 어디 촌구석의 상회지?'라며 낮게 지껄이며 그에게 다가갔다.

"매매든 뭐든 내일 오란 말이오. 이쪽은 지금 중요한 계약을……."

"구스타프 에펠 씨의 소개로 왔습니다만. 혹시 그보다 중요한 일입니까?"

동양인 하인이 품에서 에펠의 명함을 내밀며 말했다.

밀러는 몰라도 에펠은 알 수밖에 없었던 지배인은 잠시 입술을 앙다물었으나, 결국 휙 소리가 나도록 거세게 몸을 옮길 수밖에 없었다.

"빨리 끝내시오. 이쪽도 바쁘니까."

"뭐, 그러죠."

묘한 주종이었다. 알폰스 무하는 그렇게 생각할 수밖에

없었다.

분명 주인은 뒤쪽의 영국인 상인일 텐데, 어째서 대화는 하인일 동양인 남자가 주도하고 있는 거란 말인가.

그리고 그 의문은, 알폰스의 앞으로 온 동양인이 에펠의 명함과 함께 내뱉은 한마디로 순식간에 납득될 수밖에 없었다.

"처음 뵙겠습니다. 알폰스 무하 씨. 전 진한솔. 음, 이쪽이 더 익숙하겠군요. 필명은 한슬로 진이라고 합니다."

"······한슬로?!"

알폰스는 벌떡 일어서며 말했다.

최근 영국으로 시작해 북미는 물론, 유럽까지도 휩쓸고 있는 작가의 이름이 아닌가?

기본적으로 영국을 얕보는 프랑스인들의 입에서 '크흠, 나쁘지 않군.'이라는 소리가 나온 시점에서 끝난 것이나 다름없었으니.

'동명 이인일 가능성은······!'

없겠지.

알폰스는 그렇게 확신했다. 물론 그런 인기 작가가 동양인에 불과했다니, 말도 안 되는 일이지만······ 역설적으로 그냥 단순히 같은 이름의 동양인이라면 '그' 구스타프 에펠의 명함을 받을 수 없었을 테니.

알폰스 무하는 지배인의 눈앞이라는 것도 잊고, 한슬로 진의 손을 붙잡았다.

"쳐, 처음 뵙겠습니다! 늘 재밌게 보고 있었습니다!"

"하하, 빈말이라도 감사합니다."

"아니, 절대 빈말이 아닙니다! 저도 무명일 적, 꼭 그 일러스트레이션(삽화)를 직접 한번 맡아 보고 싶었습니다!"

"오호, 그래요?"

그 순간, 한슬로 진의 눈빛이 번뜩였다.

하지만 알폰스는 그것을 눈치채지 못하고 계속해서 말을 이었다.

"그럼요! 그 탐미적인 요정국의 묘사를 보며 항상 감탄했습니다!"

"좋네요. 그럼, 한번 해 보시겠습니까?"

"……예?"

갑작스러운 말에, 한슬로 진은 차분하게 말했다.

"안 그래도 이번부터 단행본에서 삽화를 대대적으로 늘려 보려고 합니다. 알폰스 무하 작가님. 제 삽화가가 되어 보시겠습니까?"

(대영 제국에서 작가로 살아남기 4권에서 계속)